LE CHAOS ET L'INCRÉÉ

DANS LA MÊME SÉRIE

RAINER CASTOR

LE CHAOS ET L'INCRÉÉ

ATLAN — 8

Fleuve Noir

Titre original :
FLUCHT INS CHAOS

Série dirigée
par Jean-Michel Archaimbault

*Traduit et adapté de l'allemand
par Jean-Marc Gasser*

© 2002, Verlagsunion Pabel-Moewig KG
© 2005 Fleuve Noir, département d'Univers Poche
pour la traduction française

ISBN : 2-265-07832-8

« IL Y A LONGTEMPS,
DANS UN AMAS STELLAIRE LOINTAIN,
TRÈS LOINTAIN... »

En 1962, la série de S.F. allemande PERRY RHODAN existe depuis déjà un an et fête son cinquantième épisode – dont l'action se déroule en 2040 après J.-C. – avec l'entrée en scène de l'Arkonide Atlan qui, très vite, va s'imposer avec succès comme second personnage principal de la saga « rhodanienne ». Cinq ans plus tard se lance une série spécifique exclusivement consacrée à ce héros auréolé de mystère et qui révélera entre autres, à partir de 1973, les origines de ce fascinant immortel né plus de huit mille ans avant Jésus-Christ au cœur d'un fabuleux empire galactique. Bien entendu, les auteurs qui participeront à ATLAN seront en majorité ceux qui ont déjà fait leurs preuves dans l'équipe rédactionnelle de PERRY RHODAN.

Ce sont précisément les aventures de jeunesse d'Atlan que vous vivez à travers les volumes de la présente série pour laquelle l'écrivain de S.F. Rainer Castor (né en 1961) a remanié en profondeur – et en connaisseur accompli – les textes des épisodes initiaux. « Fuite dans le Chaos », quatrième volume de la réédition en cours, est paru en Allemagne en avril 2002 et comporte ainsi la reprise des titres suivants :

— *La Forteresse du Tyran* (Hans Kneifel, 1974),
— *Fuite dans le Chaos* (H.G. Francis, 1974),
— *La Machine à Répliques* (Kurt Mahr, 1974),

— *Traque dans l'Hyperespace* (Clark Darlton, 1974),

— *Le Laboratoire de Satan* (Dirk Hess, 1974),

Pour des raisons purement éditoriales, sa version française est composée de deux tomes intitulés *La Route des Cratères* et *Le Chaos et l'Incréé*. Nous avons choisi de ne faire figurer dans chacun d'eux que les compléments nouveaux – encore quelques notions essentielles, donc, pour approfondir l'univers d'Atlan ! – par rapport au « Petit Glossaire Arkonide » dont l'actualisation la plus exhaustive à ce jour est parue dans nos précédents volumes 5 et 6.

Partons dès à présent pour l'an 10497 *da Ark*, dix mille ans avant notre époque, à la découverte de nouveaux mondes baroques en compagnie de l'adolescent Atlan qui poursuit son aventureux périple…

NOTE PRÉLIMINAIRE

Tous les textes composant la biographie d'Atlan, dont le présent volume constitue le huitième tome, ont été recueillis et consignés entre 3561 et 3565 après J.-C. par l'historien et philosophe Cyr Abaelard Aescunnar lors de la convalescence de l'immortel Arkonide sur Géa, planète-capitale du Nouvel Empire Einsteinien dissimulée au sein du nuage sombre de Provcon-Faust.

L'histoire d'Atlan commence dans un lointain passé, vers l'an 8000 avant J.-C., dans l'amas globulaire M 13 de la constellation d'Hercule. M 13 ou plutôt Thantur-Lok, dans la langue du Taï Ark'Tussan, le Grand Empire arkonide qui s'y est développé et traverse alors une douloureuse période de guerre contre des êtres à métabolisme hydrogéno-ammoniaqué, les Maahks aussi appelés Méthaniens.

Pour une compréhension plus aisée, le professeur Aescunnar a privilégié la plupart des unités de mesure du système terranien usuel à l'exception de celles relatives à l'écoulement du temps et à la chronologie. Tous les événements seront donc datés selon le calendrier arkonide tel qu'on le trouve explicité dans le glossaire en fin de ce volume. Par ailleurs, celui que l'on dénomme à juste titre le « chroniqueur d'Atlan » a jugé opportun d'utiliser assez fréquemment la terminologie terranienne lorsque le sens des concepts évoqués et de leur contexte s'en trouvait plus direct à visualiser.

Orphelin, le jeune Arkonide Atlan a grandi sur Gortavor, une planète sauvage aux marches de l'Empire. Fartuloon, l'énigmatique Carabin, a prodigué à son fils adoptif une éducation remarquable qui lui a permis de franchir les divers degrés initiatiques de l'Ark Summia et de voir s'activer son cerveau-second. Peu après, l'adolescent a appris qu'il est Mascaren da Gnozal, fils et héritier désigné de l'empereur Gnozal VII – assassiné quatorze années arkonides plus tôt par son demi-frère, Orbanaschol, et ses exécuteurs des basses œuvres.

Le 24 prago de messon de l'an 10497 *da Ark*, une date correspondant, selon la chronologie terranienne, à un jour du printemps de 8023 avant J.-C., Atlan lance en public un défi au tyran meurtrier et commence une nouvelle existence en tant que Prince de Cristal – implacablement traqué par les sbires du fratricide, contraint à se cacher, mais dorénavant animé par la volonté inébranlable de revendiquer son héritage et de destituer l'usurpateur. Une entreprise ardue, celui-ci jouissant du pouvoir absolu sur les dix mille mondes du Taï Ark'Tussan, s'appuyant sur des services secrets impitoyables sous la férule d'Offantur et sur la troupe des Kralasènes – ou dogues de l'Empereur – subordonnés à Sofgart l'aveugle.

Autre facteur non négligeable : au cours du périple à l'issue duquel Atlan, le Carabin et le Chrektor Griffe-de-Glace ont quitté Gortavor, Farnathia, fille du Tato – ou gouverneur local – et amie d'Atlan, est tombée entre les mains de Sofgart. Pour le jeune Gos'athor, mettre d'abord le cap sur le *Monde des Mille Tortures* répond tout autant à des motivations personnelles qu'à son dessein politique. Mais avant de parvenir là-bas, il faut se constituer une base secrète de repli – et c'est l'ancien avant-poste impérial de Kraumonn que Fartuloon a choisi à cet effet.

L'installation sur cette planète impose d'abord de régler un étrange conflit : sur Kraumonn, de singuliers combats opposent depuis vingt ans des Arkonides et des Maahks qui oscillent entre le continuum normal et l'hyperespace. Au final, seul rescapé de l'anéantissement mutuel, le commandant Morvoner Sprangk se rallie à Atlan sans hésiter et devient un atout précieux face à Corpkor, le misanthrope chasseur de primes, qui envoie bientôt une armée d'animaux manipulés contre la base du Carabin mais que le Prince de Cristal « retourne » par une tactique astucieuse.

Préoccupé par le sort de sa bien-aimée Farnathia, Atlan quitte ensuite Kraumonn avec son ami Tirako Gamno : destination Trumschvaar, la planète des Kralasènes, les soldats d'élite de Sofgart et mercenaires de l'Empereur. Précipités au milieu d'intrigues embrouillées causées par des luttes d'influence entre chefs, les deux jeunes gens doivent jouer serré mais la situation les sert bien car l'aveugle ne tarde pas à surgir pour mater la rébellion. Avec une prisonnière de choix, Farnathia, à bord de son vaisseau amiral… Atlan y embarque en cachette et c'est en passager clandestin qu'il atteint bientôt Ganberaan, le *Monde des Mille Tortures*, fief de Sofgart.

Au terme d'une épopée hallucinante et périlleuse, le Prince de Cristal libère enfin sa bien-aimée et tous deux fuient avec une étonnante facilité jusqu'à l'unique spatioport de la planète. Là-bas, Atlan contraint l'aveugle à lui céder un navire et le couple, avec quatre anciens captifs de Ganberaan, ne tarde pas à s'envoler… pour plonger bientôt dans un secteur spatial d'enfer, la *Barrière de Sogmanton*, où la trame même de l'Univers se distord sous l'effet de terribles tempêtes hyperénergétiques. Écarté de ses compagnons, le jeune Arkonide est recueilli par des pirates cosmiques établis en plein cœur de la zone mortelle, sur un astéroïde appelé le Château de Richmond. Il découvre avec surprise la manière dont ces audacieux aventuriers se sont adaptés à un environnement périlleux qui leur assure cependant de substantiels butins, tant est grand le nombre de vaisseaux qui font naufrage dans la Barrière. Avant de gagner la confiance du chef des forbans, Hanwigurt Sheeron, le Prince de Cristal fait de bien énigmatiques rencontres au milieu de groupuscules hétéroclites qui luttent pour la suprématie. Dont celle d'un enfant mutant qui lui prédit notamment son immortalité future et quelques millénaires d'un mystérieux « sommeil »…

Avec Sheeron et un de ses pirates, Atlan se lance ensuite à la recherche du navire emportant Farnathia – mais celui-ci a entre-temps été arraisonné par des Méthaniens, et seuls ont survécu la jeune fille ainsi qu'un autre évadé de Ganberaan. Dès le retour au Château de Richmond, une horreur innommable commence à se faire jour : Farnathia est l'hôte d'un bio-parasite que Sofgart l'aveugle a implanté en elle. Véritable bombe à retardement, la créature affamée tue sans merci pour se nourrir, acquérant vigueur et puissance à chaque nouvelle victime.

Alors que le bastion des Pirates Cosmiques sombre dans le cauchemar, la jeune fille s'affaiblit et rien ne semble plus pouvoir la sauver… Miracle : Morgus, le métabolite polymorphe familier d'Hanwigurt Sheeron, intervient et oblige le monstre à quitter son hôte involontaire, ce qui fournit à Atlan l'occasion d'éliminer le parasite !

Peu après, Fartuloon, Griffe-de-Glace, Corpkor et Morvoner Sprangk rejoignent à leur tour le Château de Richmond. Seul le chasseur de têtes y restera aux côtés de Farnathia tandis qu'Atlan, accompagné des trois autres, embarque sur un navire pirate à destination de Jacinther IV, un monde de libre échange où les flibustiers de la Barrière de Sogmanton vont écouler leur butin.

Les quatre gouverneurs provinciaux qui se partagent la planète depuis que Fertomash Agmon, le plénipotentiaire impérial, a cessé de paraître en public sont des rivaux acharnés dans la course au pouvoir. Pour le compte de l'un d'eux, le souverain du continent de Braschoon, Atlan et ses compagnons acceptent une mission d'espionnage qui permettra d'une part de faire la lumière sur le sort réel d'Agmon, d'autre part d'approcher de très près le ministre des finances du Taï Ark'Tussan, Freemush Ta-Bargk, dont l'arrivée pour une inspection planétaire est imminente… Un haut dignitaire que le Prince de Cristal a prévu d'enlever afin de porter un premier coup à la puissance d'Orbanaschol ! Pour cela, il faut gagner par voie maritime le continent de Sebentool ; mais les aventuriers sont contraints à une escale forcée sur l'île de Kortasch-Auromt, fief d'un des quatre gouverneurs en compétition, Mavillan Ruuver, le Maître des Sauriens, qui est en train de se constituer une monstrueuse armée de reptiles guidés à distance. Grâce à une ruse habile, Atlan et ses compagnons démontrent à Ruuver que sa supériorité est très précaire. C'est avec son appui qu'ils partiront peu après pour Sebentool dont le Tato, Djulf Sorpschan, est hélas trop bien informé pour se laisser abuser par leur imposture lorsqu'ils se présentent comme agents mandatés par l'économe impérial. Ils seront obligés d'enlever Sorpschan pour pouvoir s'enfuir indemnes…

Lorsque le Prince de Cristal et ses équipiers atteignent enfin la forteresse de l'intendant planétaire, une vérité assez sordide se révèle : si Fertomash Agmon a cessé de se manifester en public depuis des années, c'est parce qu'un autre des quatre gouverneurs en compétition, Kadokko, Tato du continent KevKev, l'a assassiné et règne incognito à sa place ! L'arrivée prématurée de Freemush Ta'Bargk, avec une flotte d'escorte de six cents vaisseaux-robots, remet de l'ordre dans le panier de crabes qu'est devenue Jacinther IV. Kadokko est destitué ; ses prisonniers libérés se voient offrir la possibilité de s'établir sur le monde de libre échange ou de le quitter en embarquant à bord du *Caïsed*, le croiseur du Ministre des Finances.

En chemin vers le navire, Atlan gagne un nouvel allié, Kolcho, capable de voir jusque dans d'autres dimensions, temps et univers… mais refusant de reconnaître le Prince de Cristal qu'il abhorre de tout son être ! Avec Fartuloon, ils s'emparent du *Caïsed*, enlèvent Freemush puis filent vers la Barrière de Sogmanton. Une aubaine pour les Pirates Cosmiques : les six cents nefs automatiques suivent et font naufrage dans ce secteur infernal…

Avec le *Polvpron*, Atlan, ses compagnons et sa chère Farnathia ainsi que Freemush – contraint et forcé – repartent pour Kraumonn, leur avant-poste secret. C'est alors qu'un appel de détresse les attire sur une planète inconnue, dans une situation qui offre hélas toutes les apparences d'un piège diabolique…

CHAPITRE I

Depuis quelque temps déjà, la tranche sommitale de la première créature s'était teintée des lueurs de l'inquiétude. Sans émettre le moindre son, elle guettait les diffusions en provenance des véhicules du groupe de sécurité qui la tenaient au courant de l'évolution des événements. Finalement, lors d'une pause dans le déferlement des informations, elle leva les yeux.

— *Ils ont généré un mort !* dit-elle avec une expression difficilement imitable par un Arkonide.

— *Eux… ?* demanda Soon-Soon avec étonnement.

— *Ils sont deux – et non pas un seul, comme nous l'avions d'abord présumé.*

Le fait qu'un membre du groupe de sécurité fût tué semblait revêtir, pour le premier être, une importance nettement moins significative que le constat selon lequel, chez les étrangers, il ne s'agissait pas d'un seul, mais de deux Arkonides.

— *Ils vont pourtant droit dans le piège ?*

— *Nous le supposons.*

— *Nous le supposons ? Nous ne le savons pas ?*

— *Eh bien, non ! Jusque-là, les hommes du groupe de sécurité sont difficilement parvenus à suivre les étrangers. Ceux-ci s'étaient enveloppés dans une sorte d'écran ; nos spécialistes estiment avoir affaire à un champ qui, pour l'œil arkonide, dévie la partie visible, du spectre électromagnétique autour du porteur pour le rendre indécelable* selon leurs critères. Cependant, pour nos systèmes de détection, ils n'en sont devenus que plus perceptibles, et ils ont dû s'en rendre compte. Après l'incident, ils n'ont pas tardé à couper leurs écrans et se sont réfugiés dans une cachette d'où ils ne sont pas encore ressortis.

— De quel incident parles-tu ?

La première créature semblait seulement se rappeler que Soon-Soon n'avait pas participé à l'échange de renseignements télépathiques avec les véhicules de la section de sécurité. En effet, il ne maîtrisait pas la faculté de lire les pensées. Ils utilisaient, certes, des « diffusions télépathiques » pour la transmission des informations sur courtes distances. Néanmoins, celles-ci n'émanaient pas de leurs cerveaux ou de leurs consciences mais d'appareils qui généraient ces signaux par voie paramétrique. La réception des impulsions nécessitait également un translateur qui transformait les trains d'ondes en messages intelligibles. L'être fit donc à son congénère handicapé un rapport succinct sur le glisseur abattu et la mort du pilote.

— Que le Cosmos lui accorde une reconfiguration avantageuse ! murmura Soon-Soon en bourdonnant. Il a été changé en glace, disais-tu ?

— Oui ! Une force paranormale a retiré jusqu'à la dernière parcelle de chaleur de son corps. D'après les membres de la sécurité, c'était comme s'il avait été plongé dans une citerne de gaz liquide. Il n'y a qu'un Arkonide, et l'autre est un Chrektor !

— Ils ont bien pris la direction du piège ?

— C'est indubitable. Selon les observations de nos gens, ils ont d'abord emprunté le chemin menant juqu'ici, puis ont peu à peu dévié. Je suis certain que, dans l'immédiat, nous n'avons plus besoin de nous soucier d'eux. Au moment opportun, ils déboucheront immanquablement sur le traquenard.

Soon-Soon détailla son compagnon, et les lueurs vertes de son disque sommital trahirent une réelle appréhension.

— Pardonne-moi si je ne ressens pas la même confiance que toi. Me permettrais-tu de prendre mes propres dispositions ?

La première créature parut étonnée.

— Quelle question ! Nous sommes deux savants égaux en droits. Comment pourrais-je t'assigner à suivre la moindre instruction ?

— Je pensais… que ce n'était peut-être pas conforme à ton plan qui bénéficie de la priorité absolue. Je souhaiterais simplement m'occuper un peu de la prisonnière pour m'assurer que tout est en ordre, même si nos deux visiteurs doivent soudain surgir ici.

— Libre à toi !

*
**

Je ne m'étais pas imaginé me retrouver dans une telle situation. L'incursion en zone inconnue aurait dû être une entreprise froidement planifiée puis exécutée avec circonspection et pondération. Là, nous nous précipitions parmi les broussailles comme si nous étions pourchassés par les flamboyantes furies de Hradschir, et chaque pas gagné sur les véhicules de nos poursuivants nous semblait une faveur imméritée du destin.

Dans la direction que nous avions prise en nous éloignant du cadavre de l'étranger, il n'y avait aucun arbre, mais des broussailles à foison. Au bout d'un quart de tonta, nous avions de bonnes raisons de croire que nos chasseurs avaient définitivement perdu notre trace. Il n'y avait plus le moindre véhicule dans les parages. D'après mes constatations, les glisseurs étaient dispersés assez régulièrement tout le long du trajet menant au point d'où provenaient les signaux de l'émetteur codé de Farnathia ; c'est-à-dire, l'endroit que nous supposions receler un piège. *Ils imaginent toujours nous retrouver sur le même chemin*, pensai-je, *et c'est un succès patent de notre tactique.*

Cela signifie également que vous n'avez pas de temps à perdre, compléta mon cerveau-second. *Les étrangers s'attendent à ce que vous apparaissiez à proximité du traquenard au bout d'un certain délai. Dans le cas contraire, ils déclencheront l'alarme et commenceront à vous rechercher ailleurs.*

D'ici là, nous devrons avoir atteint notre vrai objectif et libéré Farnathia. Griffe-de-Glace galopait devant moi en haletant ; je l'agrippai par les épaules pour le forcer à s'arrêter.

— Pourquoi as-tu tué la créature ?

Ses yeux dégageaient toujours la même expression de terreur que j'avais déjà remarquée quand il s'était rué sur sa victime.

— Je... ne sais pas, articula-t-il. Il y avait... quelque chose en moi... Je *devais* le faire. L'autre était enveloppé d'une... *aura* tellement étrange... et je...

Il leva les mains et les fixa – elles, qui celaient cette incroyable force – comme s'il les voyait pour la première fois. J'ignorais ce qui avait bien pu lui passer par la tête, mais renonçai à l'abreuver de reproches. Dans l'immédiat, notre tactique demeurait prioritaire : mon hodomètre m'apprit que nous n'étions plus qu'à un kilomètre du lieu où nous supposions que se trouvait Farnathia. Une fois que nous l'aurions délivrée et mise en lieu sûr, il serait toujours temps de manifester ma réprobation au Chrektor.

Nous avançâmes à travers les broussailles en contournant de petits groupes d'arbres serrés. La morose luminosité rouge dont s'éclairait la ville se répandait dans la nuit. La tentation était grande de considérer ce ténébreux clair-obscur comme un atout supplémentaire. J'admettais néanmoins que les facultés visuelles des étrangers étaient différentes des nôtres et que, dans cette ambiance, ils voyaient certainement aussi bien que nous, en plein soleil. Nous restions donc tributaires des abris que nous offraient les fourrés et les bosquets.

Nous avions apparemment atteint le parc au milieu duquel devait se situer le bâtiment où Farnathia était retenue. Nous aboutîmes finalement à la lisière d'une petite forêt et découvrîmes une clairière parsemée de haies basses. Je sus alors que j'avais eu raison, du moins en ce qui concernait la construction.

À environ deux cents mètres s'élevait le plus grand édifice qu'il m'avait été donné de voir sur ce monde. Sa longueur dépassait les cent mètres et sa hauteur en comptait au moins trente. Comparé aux autres, c'était un véritable géant parmi les bâtiments visibles sur cette planète. Il avait la forme habituelle, un ovale allongé aux murs abrupts légèrement obliques et culminant en un pinacle acéré. Quelques rares fenêtres les perçaient çà et là. L'illumination de ces ouvertures nous fit comprendre que l'édifice était non seulement colossal, mais également important.

En y regardant de plus près, l'une des grandes « fenêtres » situées au niveau du sol se révéla être une entrée. Par une observation attentive, j'essayai de discerner d'éventuels mouvements de silhouettes étrangères dans la faible clarté que déversait l'ouverture. Mais rien ne bougeait. La bâtisse était illuminée mais avait l'air aussi déserte que toutes les autres demeures de la ville.

— Nous allons tenter de pénétrer par là, chuchotai-je en montrant le passage.

— À ta place, j'inspecterais d'abord les environs. (Je n'avais pas la moindre idée de la raison pour laquelle j'aurais dû le faire !) Ils utilisent un matériau léger pour leurs constructions. On dirait du bois. Leurs portes ne doivent guère opposer de résistance à un intrus décidé, et elles sont pour cela probablement équipées de senseurs trahissant l'approche d'éventuels importuns.

Griffe-de-Glace possédait de meilleurs yeux que moi et je ne doutai pas de son appréciation quant à la consistance des murs. Ce monde bénéficiait d'un climat doux ; l'utilisation de matériaux légers n'avait donc rien d'étonnant et les conclusions de mon ami paraissaient fondées. Si déjà les huis n'étaient pas solides, il fallait effectivement installer des dispositifs de sécurité complémentaires pour se protéger contre les visiteurs indésirables. Au moment précis où nous passerions le portail à l'éclairage terne, tout le bâtiment retentirait probablement du hurlement de puissantes sirènes ou de tout autre dispositif d'alarme utilisé par les autochtones inconnus.

— Alors… que proposes-tu ?

— Une ronde ! déclara-t-il simplement, et il se mit en mouvement sans même attendre ma réponse.

Nous entreprîmes de tourner autour de la bâtisse en longeant l'orée du bois. Mon inquiétude grandissait car, selon mon estimation, le moment approchait où les étrangers nous attendaient à proximité du piège, avec un souci croissant en ne nous voyant pas surgir. Griffe-de-Glace devint soudain le calme en personne. C'était un pisteur né, et on pouvait lui donner avec une totale confiance la mission de démêler une situation, de dénicher une cachette ou de découvrir l'entrée d'un lieu soigneusement défendu.

Le succès ne tarda guère. Le Chrektor tendit tout à coup la main et m'arrêta.

— Regarde là-bas !

Son bras déployé désignait un arbre gigantesque et d'âge immémorial. C'était le seul dans son genre à se dresser près de l'édifice. Les branches noueuses, en partie aussi imposantes que des troncs adultes, s'approchaient en certains endroits à quelques mètres des murs abrupts de la construction. L'une d'entre elles pointait directement vers une des fenêtres. Je compris aussitôt le dessein de mon compagnon.

— La grosse branche, n'est-ce pas ? Celle qui se situe à quelques pas de l'ouverture ?

Je ne pouvais distinguer les traits de son visage, mais j'étais sûr qu'il se fendait d'une grimace ironique.

— À quelle distance peux-tu sauter ?

— À cinq ou six mètres… avec un élan suffisant !

— Ça en fait au moins sept. Comme tremplin, il n'y a que la branche et elle n'est pas spécialement droite. Aimerais-tu tenter le coup ? (Le sarcasme était devenu palpable.) Il n'y a jamais que douze mètres jusqu'au sol !

— Mais encore ?

— Vois-tu la branche au-dessus ?

Je la voyais. Elle était mince, presque aussi longue que la plus grosse en contrebas, et elle semblait envahie de plantes parasites qui pendaient telle une chevelure désordonnée.

— Celle-là… ?

— Oui, avec les franges ! Nous en avons besoin pour entrer par la fenêtre.

J'envisageai le pire.

— Allons-nous jouer les primates ?

— Tout à fait ! gloussa-t-il. Les primates ! C'est la seule solution.

Nous aurions pu nous éviter cet effort si nous avions eu la possibilité d'utiliser les microprojecteurs antigrav de nos combinaisons sans prendre le risque d'être détectés. Toute cette entreprise m'apparaissait particulièrement périlleuse, mais nous n'avions pas le choix. L'imposante branche nous offrait suffisamment de prises pour nous permettre d'accéder sans trop de peine sur celle que Griffe-de-Glace avait choisie. Nous avançâmes en tâtonnant, aussi loin que la résistance de notre appui le tolérait.

Quand celui-ci commença à se plier dangereusement sous notre poids, le Chrektor m'indiqua une des grosses lianes.

— Utilise-la pour descendre… le plus bas possible.

— Et toi ?

— Je lui imprime un mouvement de balancier et je te rejoins.

La perspective imminente de faire une chute de près de dix-huit mètres n'avait rien de réjouissant. Pourtant, sans autre forme de procès, j'exécutai les consignes de Griffe-de-Glace en empoignant la liane comme une corde et en me laissant glisser vers le bas. La plante, épaisse et coriace, supporta ma masse sans coup férir. Je passai à quelque distance de la branche que j'avais tout d'abord choisie. Quelques mètres plus bas, la tresse végétale devint si mince que je jugeai préférable de m'arrêter. J'observai comment le Chrektor s'efforçait d'impulser une oscillation à la plante grimpante. Tantôt je me mouvais en direction du mur, tantôt je m'en éloignais. Mon ami réussit à accentuer peu à peu l'amplitude du mouvement pendulaire jusqu'à ce que, pendu à l'extrémité inférieure de la liane, je ne me trouve plus qu'à quelques mètres de la fenêtre, au plus fort de la déflexion.

À l'intérieur, la blafarde lumière me permit de distinguer une pièce en grande partie vide. Rien ne bougeait. J'essayai de déterminer quel matériau les étrangers pouvaient bien utiliser pour leurs fenêtres. Je nous voyais déjà bondir et nous écraser contre un obstacle infranchissable, ce qui provoquerait immanquablement notre chute. Je ne discernai pourtant aucun cadre, et la transparence était trop parfaite en regard de la faible clarté. Mon cerveau-second confirma ma conclusion : il n'y avait pas de vitre. C'était une simple ouverture dans le mur. Les balancements se mirent à ralentir. Je levai les yeux et pus en déterminer la raison : le Chrektor s'était également accroché à la liane et glissait dans ma direction tout en se ramassant et se dépliant au rythme du pendule, de sorte que l'amplitude d'origine fut bientôt rétablie.

— Pas de vitre, parfait ! murmura Griffe-de-Glace en arrivant au-dessus de moi. Attention ! Maintenant !

Je ne compris pas tout de suite ce qu'il voulait dire et me

demandai avec égarement quelles étaient ses intentions. Ce n'était pourtant pas le signal du saut ! La révélation vint aussitôt après. Le bois d'une plante grimpante n'est certainement pas un bon conducteur, pourtant je ressentis le choc glacial qui traversa soudain la liane. Le Chrektor avait mobilisé ses paraforces. J'entendis un bruit de crépitements et de craquements au-dessus de moi quand le tissu végétal figé se brisa et que la partie inférieure de la tresse se détacha du reste de la liane. Griffe-de-Glace avait guetté l'instant précis et nous volâmes en direction de l'ouverture. Je me recroquevillai instinctivement pour ne pas heurter de la tête et des épaules le montant supérieur. Un battement de cœur plus tard, je tombai lourdement au sol en roulant sur moi-même. J'effectuai plusieurs culbutes, puis le choc contre le mur me coupa la respiration. Je me redressai, complètement sonné. Au centre de la pièce reposait le morceau de liane dont le bout le plus épais montrait une vilaine blessure grise.

Griffe-de-Glace se tenait à côté de moi et affichait une grimace cristalline.

— Excellent atterrissage, non ?

— L'atterrissage ? Je préfère ne pas le commenter.

Il ne m'écoutait pas, tendant l'oreille vers autre chose. Un silence profond régnait dans les entrailles du bâtiment. Je regardai autour de moi et vis que la salle se resserrait en entonnoir à ses deux extrémités opposées qui se poursuivaient par un boyau dont la hauteur me permettrait juste de m'y déplacer en position accroupie. L'éclairage de ces couloirs n'était pas plus soutenu que celui de la pièce. Je pus seulement déterminer que le corridor de droite longeait en ligne directe le mur extérieur de l'édifice, alors que l'autre déviait progressivement vers l'intérieur.

— Par là, décida Griffe-de-Glace en désignant ce dernier.

Je lui emboîtai le pas. Le boyau de section circulaire mesurait à peine plus d'un mètre et demi de diamètre. La lumière, d'un rouge brasillant sans pour autant émettre la

21

moindre chaleur, irradiait à travers les parois arrondies çà et là percées d'ouvertures et de déversoirs d'entonnoirs analogues à celui par lequel nous étions venus. Toutes ces embrasures menaient dans des salles de tailles et de formes diverses, avec néanmoins un seul point commun : elles étaient complètement vides.

— Je ne peux pas imaginer que les étrangers arrivent à se passer du moindre mobilier, finis-je par dire après l'inspection de la sixième pièce.

— Certainement pas. Il n'y a qu'une explication : la construction est récente et seule une petite partie est aménagée.

La déduction semblait évidente et en même temps terrifiante.

— Ou peut-être l'ensemble ne l'est-il pas du tout !

— Erreur ! me corrigea le Chrektor. Le bâtiment a au moins un usage.

— Lequel ?

— On y séquestre la jeune Arkonide enlevée.

Le corridor serpentait à travers l'édifice. La civilisation étrangère ne semblait pas connaître l'usage des marches. Les principes de son architecture se distinguaient de ceux des Arkonides à un degré tel que nous étions dans l'incapacité de comprendre l'utilité et les rapports existant entre les différents espaces. Tout semblait si ludique, si insane ! Certes, mes multiples rencontres avec des peuples stellaires m'avaient appris que ce que certains trouvaient parfaitement inutile revêtait pour d'autres une importance capitale. Je me laissai simplement imprégner par l'étrange image sans émettre le moindre jugement. Pourtant, l'intérieur du bâtiment m'apparaissait comme un « monde magique » qui me déconcertait de plus en plus au fur et à mesure de notre progression. C'était la première fois que je prenais véritablement conscience à quel point la civilisation de cette planète était étrange.

Nous avions pu examiner environ deux douzaines de salles nues de toutes tailles et de toutes formes. Elles étaient vides et aucune ne recelait la moindre trace de Farnathia. Le découragement me gagna, puis le désespoir. *Et si je m'étais trompé ? S'il n'y avait vraiment personne dans ce bâtiment ? Si elle se trouvait toujours à l'endroit d'où proviennent les signaux de son émetteur codé ?*

Griffe-de-Glace m'observait. Quand les traits de mon visage ne parvinrent plus à cacher ma détresse, il m'interpella d'un air de défi.

— Pourquoi n'utilises-tu pas la manière la plus simple ?

— Laquelle ?

— Appeler !

Il n'attendit pas ma décision et mit ses mains en entonnoir devant sa bouche.

— Farnathia… ! cria-t-il d'une voix forte et claire.

L'effet fut immédiat. Une réponse jaillit de quelque part, un bruit faible et indistinct qui se précisa alors que nous nous acheminions dans la direction d'où il émanait. Je finis par reconnaître la voix de Farnathia et saisis les paroles quelques instants plus tard.

— Ici… Atlan… Ici…

Je ne me contins plus. Tête baissée, je courus le long du couloir circulaire jusqu'au moment où je fis face à l'embouchure de l'entonnoir d'où provenaient les appels. Je franchis le seuil et vis du coin de l'œil le Chrektor sur mes talons mais qui, contrairement à moi dans toute l'imprudence de mon émoi, tenait son arme dans la main.

La pièce était ovale – forme géométrique sans doute favorite des étrangers – et vide. En fait, près de la large ouverture qui lui donnait accès, Farnathia était debout. Sa mine trahissait l'inquiétude et les soucis qu'elle avait endurés. Les larmes montèrent à ses yeux rouge clair quand elle me reconnut. Elle poussa un profond soupir et vint vers

moi en chancelant. Je l'accueillis dans mes bras. Nous restâmes longtemps comme ça, sans un mot, moi lui caressant
les cheveux, elle blottissant sa tête au creux de mon épaule.
Il n'y avait rien à dire. Nous l'avions trouvée, et c'était
l'essentiel.

La question est de savoir si vous parviendrez à ressortir
sains et saufs du bâtiment, cracha brutalement mon cerveau-second.

Une voix ironique retentit soudain dans mon dos. Le
Chrektor, naturellement ! Sans doute estimait-il avoir suffisamment patienté derrière nous.

— Euh…, vous deux ! Il s'est passé quelque chose…

Je me retournai vivement et vis aussitôt l'objet de son
trouble : un scintillement rayonnant à moitié transparent
barrait le seuil par lequel nous étions entrés – c'était sans
conteste un champ énergétique. Griffe-de-Glace retira un
stylet lumineux de l'une des poches de son harnachement
et le lança en direction de l'entonnoir, où il heurta la barrière miroitante et tomba au sol. La raison pour laquelle la
jeune femme n'avait pas quitté la pièce était établie. Elle
avait été prisonnière jusqu'à notre arrivée et nous nous
étions précipités, tête la première, dans le piège.

— Un simple écran protecteur ! commenta le Chrektor,
un rien méprisant, en pointant son arme. Nous allons vérifier jusqu'où il s'insère dans les murs voisins.

Au même instant, une voix étrangère au timbre surpre-
nant s'éleva.

— Vous ne le pourrez pas, dit-elle dans un satron
impeccable, mais avec une intonation aiguë et curieuse-
ment chantonnante. Nous avons pris nos précautions !

Les mots semblaient provenir du plafond. D'un mouvement réflexe, nous levâmes les yeux pour finalement
remarquer que c'était l'acoustique particulière de la salle
ovale qui nous avait induits en erreur. La voix émanait en
réalité de l'autre bout de la pièce. Griffe-de-Glace poussa
un cri strident. Un mélange atavique de crainte et de dégoût

me traversa également à la vue de la créature étrangère. Seule Farnathia conserva son calme, signe évident que les inconnus lui étaient familiers.

L'être ressemblait au pilote du glisseur : une « saucisse » sectionnée, d'un mètre et demi de hauteur, pourvue de longs tentacules et de quatre jambes, et dont le postérieur se terminait en cône. Il n'était visiblement pas armé. Je remarquai pourtant une différence avec celui que nous avions précédemment rencontré : sur le haut du corps, il portait un petit appareil cubique d'où sortaient les surprenantes modulations quand il se remit à parler. Il devait sans nul doute s'agir d'un translateur. Ce que mon cerveau-second ne tarda pas à confirmer : *Les étrangers ont déjà eu des contacts avec des Arkonides et leurs appareils maîtrisent votre langue.*

— Chez vous, je pense que mon nom se prononce *Soon-Soon*. Je suis un Skine et vous, vous êtes mes prisonniers !

*
* *

Griffe-de-Glace poussa un rugissement menaçant. D'une main, je parvins à le retenir. Sa fureur débridée n'était pas de mise ici. Nous ne devions pas oublier que la technologie étrangère dépassait la nôtre de quelques longueurs. Seule une froide réflexion devait guider notre action.

— Mon nom est Atlan et nous sommes effectivement des Arkonides. Mais nous ne sommes pas prêts à nous considérer comme tes prisonniers.

Des éclairs traversaient la surface ronde et plate qui terminait la partie antérieure de son corps Les phrénocristaux mouvants que nous avions déjà observés chez le pilote accidenté fulguraient de leur propre énergie. Il y en avait de diverses couleurs, mais c'était le bleu qui prédominait.

— Je ne vois pas comment vous pourriez vous soustraire à la captivité, reprit la voix chantante provenant du translateur.

Je fis un geste en direction de mon ceinturon, dégainai mon radiant polyvalent et en jouai ostensiblement.

— Avec ceci ! Je ne crois pas que tu puisses opposer grand-chose à cette arme. Du moins pas dans l'immédiat.

Aucun signe d'effroi ne se manifesta chez mon interlocuteur. Et les paroles qu'il prononça ensuite m'apparurent également comme une réaction des plus inhabituelles.

— Pardonne-moi si je me suis mal exprimé. Vous n'êtes pas mes prisonniers ; en fait, vous ne l'êtes pas du tout. Vous êtes *appropriés*, et ce de manière seulement provisoire. Pas pour moi, mais pour le *projet* !

Certes, je ne savais pas de quoi il parlait ; je décidai néanmoins de lui faire part de mes objections.

— *Approprié* équivaut à *prisonnier* !

— C'est pour cela que mon appareil n'a pas réussi à faire la distinction entre les deux concepts, saisis-tu ?

— Et nous refusons de nous considérer comme des captifs.

— Vous voyez pourtant le champ d'énergie devant vous !

Le translateur était tellement perfectionné qu'il arrivait à intégrer des émotions dans sa traduction. Le Skine se montrait à la fois étonné et indécis parce qu'il pensait sans doute que nous étions trop stupides pour comprendre la réalité de notre détention, que nous le voulions ou non.

Je dirigeai la bouche de mon radiant vers le milieu de son tronc, estimant que l'une ou plusieurs des incrustations de sa tranche sommitale constituait des organes visuels et qu'il pouvait sans difficulté observer mes faits et gestes.

— Assez de divagations ! l'apostrophai-je durement. Soit tu t'arranges pour faire disparaître cette barrière et pour que tous trois, nous puissions retourner sans encombre vers notre vaisseau, soit tu n'auras plus jamais le moindre souci à te faire.

Un long silence s'établit, puis le translateur se manifesta à nouveau avec cette fois-ci l'intonation d'une stupeur intéressée.

— Tu voudrais donc générer ma mort ?

Ce n'était assurément pas son intention, mais sa façon d'exprimer sa constatation me fit l'effet d'être blessante. Il ressemblait à un entomologiste qui tiendrait un insecte tropical sur sa main et qui lui dirait : « Tu veux donc me mordre… ? ». *Et puis, ça veut dire quoi : générer sa mort ?*

J'eus un instant d'incertitude, et il le mit à profit pour reprendre la parole.

— Tu aurais dû remarquer que nous n'avons pas dit un mot du mort que le Chrektor a généré à l'extérieur.

Je tendis l'oreille. *Ils connaissent également le peuple de Griffe-de-Glace…* Nous avions *tué* un Skine – sous le coup d'une émotion dont je souhaitais absoudre Griffe-de-Glace – *et lui me parle de « générer la mort »…* Rien que sa façon de s'exprimer trahissait déjà le gouffre qui existait entre nos manières de penser et celles des Skines.

— Je sais que la grande majorité des races primitives craignent la mort, qu'elles méprisent et punissent celui qui la cause. (Avec quelle adresse Soon-Soon savait décocher ses dards blessants ! *Nous, les Arkonides, des primitifs ?*) Vous n'avez pas encore réalisé que le Cosmos ne perd jamais la moindre parcelle de la substance de l'Être. La somme des trois manifestations de l'Être, c'est-à-dire la conscience, l'énergie et la masse, est constante de toute éternité. Celui qui subit le trépas, comme vous le nommez, ne se perd pas. Son essence est dégroupée et reconfigurée ; c'est sous une autre forme qu'il demeure un élément du Cosmos. Toute répulsion, toute peur de la mort s'éloigne de celui qui a compris cela. Pour lui, ce sera un processus tout aussi naturel que la respiration, la vision et la naissance. Et tu essaies de m'effrayer en me menaçant de ton arme ?

Il est fou ! Il ne faut pas que je me laisse perturber. C'est une simple intimidation !

— Je t'accorde une millitonta, grognai-je. Tu sais ce que c'est ?

— Environ trois miniskops, répondit-il avec sérénité.

— Si dans une millitonta l'écran n'est pas désactivé, je te tuerai… que tu craignes la mort ou non.

— Et tu seras prisonnier pour toujours, me railla-t-il.

Il émanait un singulier fluide de cette créature qui considérait sa fin avec une telle équanimité. N'était-elle pas en train de sourire ? Je ne savais pas à quoi pouvait ressembler l'équivalent de cette mimique sur son disque sommital. Mais autant sa quiétude m'inondait au point de remplir la pièce tout entière, autant ma fureur fondait comme neige au soleil. La millitonta s'était depuis longtemps écoulée que je n'avais toujours pas pressé la détente de mon radiant.

Je me sentais stupide et ridicule. Je finis pas abaisser et ma main armée et mes yeux.

— Tu as gagné, reconnus-je d'une voix sourde. Dans l'immédiat du moins. Ce qui adviendra maintenant ressort de ta responsabilité.

— Je l'endosserai. Nous ne craignons pas l'artillerie de ton vaisseau.

Je sursautai. *Peut-il lire mes pensées ?* J'avais effectivement songé à Fartuloon et au fait qu'entre-temps il avait dû réussir à perforer le champ de contention autour de la gueule de la batterie de bord. *Les Skines sont-ils naturellement télépathes ? Non, mon écran individuel n'a pas enregistré de tentative d'intrusion.*

— Je voudrais connaître la nature de ce projet, manifestai-je à voix haute. Dans quel but avons-nous été considérés comme appropriés, selon tes termes ?

— Nous sommes un peuple de scientifiques. Le besoin de sonder l'Univers nous est inné. Nous opérons dans une multitude de domaines spécialisés. Le mien, par exemple, relève de l'étude de la conscience des êtres intelligents qui peuplent le Cosmos. J'ai besoin de vous pour réaliser une copie de la vôtre. Nous sommes également des collectionneurs passionnés.

— Une copie ? Et de quelle manière procédez-vous ?

— Nous disposons d'appareils dont les principes de fonctionnement t'échapperaient certainement.

J'encaissai également cette offense.

— Cette... *duplication* est-elle douloureuse ou même dangereuse ?

Une copie de la conscience ? Comment cela peut-il être ? pensai-je. *Certes, nous savons que les domaines des fréquences extrêmes du spectre hyperénergétique sont en relation avec la conscience, les processus de cognition et les dons paranormaux, mais nous n'avons pas encore découvert le secret de l'esprit et de l'âme. Ce n'est pas pour rien que la faculté transmigratoire des Vecorats apparaît tellement terrifiante... Avant la première confrontation avec les Méthaniens, ces créatures insectoïdes personnifiaient l'*ENNEMI *des Arkonides.*

— Non, elle n'engendre aucune douleur. Il existe certes quelques risques ; cependant, ils sont minimes. Sur mille cas, on dénombre en moyenne un accident au cours duquel la conscience de l'objet de l'expérience est perturbée à jamais. Dans ce cas, il reste à notre charge et nous lui apportons tous les soins nécessaires à son confort. D'autres appropriés ont choisi de demeurer parmi nous et ont colonisé les *mondes supérieurs*.

Un frisson me parcourut l'échine. Quel décalage entre l'exultante croyance à l'intangibilité du cosmos et la disposition à utiliser un être vivant comme « sujet d'expérimentation » ! Je m'effrayai une nouvelle fois de l'antinomie de nos deux peuples. Toute mon énergie se tendait vers le refus du destin qui devait nous asservir à l'appétit scientifique des Skines. Et je me préoccupais avant tout du sort de Farnathia. *En aucun cas, je ne peux permettre que sa conscience soit dupliquée. Elle a subi bien trop d'épreuves récemment... Et ici, il y a une solution !*

— Je suis prêt à me soumettre aux exigences de ton projet, mais à certaines conditions.

— Nomme-les-moi ! répondit calmement le Skine. Je verrai si je peux te les accorder.

— Retiens-moi ici et permets à la femme et à mon ami de retourner au vaisseau. Je te propose de les remplacer par mon vieux maître. Il est à bord du navire et viendra ici si nous trouvons un terrain d'entente.

— J'accepte ! dit Soon-Soon après une courte réflexion. La conscience de ton mentor m'est plus précieuse que celle de la femme ou du Chrektor.

C'était tellement simple que je devins méfiant.

— Je te mets en garde contre d'éventuelles intentions captieuses. Fartuloon ne souscrira à l'échange que si Farnathia et Griffe-de-Glace le rejoignent effectivement.

À sa réponse, je me rendis compte qu'il n'avait pas compris mon avertissement.

— Tes paroles n'ont aucun sens. J'ai accepté ton offre et il en sera ainsi.

— Mes amis sont libres ?

— Pas encore. Auparavant, j'aimerais obtenir la garantie que ton maître se met effectivement à la disposition du projet. Je présume que vous disposez des moyens de communication nécessaires… ?

J'avais attendu cette occasion. J'activai mon petit émetteur et appelai Fartuloon. Le récepteur était réglé de telle façon que Soon-Soon pouvait entendre les réponses de l'Arracheur d'Entrailles à partir des haut-parleurs extérieurs du casque.

— Que tous les She'Huhan soient remerciés ! Où es-tu, petit ? Comment…

— Écoute ! l'interrompis-je avec brusquerie pour lui relater rapidement les derniers événements.

Je l'informai du projet de Soon-Soon et expliquai la proposition que je lui avais faite.

— Si je comprends bien, tu veux m'échanger contre

Farnathia et Griffe-de-Glace ? Je ne peux naturellement que souscrire à ton désir. Mais ne crois pas que je le fais avec enthousiasme.

Il n'en pensait pas un mot. En réalité, il aurait risqué sa vie pour nos amis sans l'ombre d'une hésitation. Néanmoins, j'avais réussi à le mettre en situation. Le moment décisif arrivait.

— Je suis désolé, Carabin ! repris-je plus calmement. J'avais d'abord songé à *Singtauman*. Mais tout bien pesé, tu es le plus apte à satisfaire aux exigences de l'expérience.

Le silence se fit à l'autre bout. Puis j'entendis le soupir de mon vieux maître. Il répondit enfin, du ton de celui qui s'abandonne à contrecœur à un implacable destin.

— Bon d'accord, je me prépare. J'espère que quelqu'un voudra bien m'indiquer ma destination.

Son acceptation paraissait tellement détachée, tellement normale que je ne pus déterminer si Fartuloon jouait son rôle à la perfection ou s'il ne m'avait tout simplement pas compris. Mon cerveau-second assena : *Erreur ! Il t'a parfaitement compris !*

Farnathia et Griffe-de-Glace furent libérés. Le champ de force s'évanouit, deux Skines équipés de translateurs apparurent et accompagnèrent mes deux amis à l'extérieur. À ma question, Soon-Soon m'expliqua qu'ils seraient ramenés au *Polvpron* sur l'un des petits glisseurs lenticulaires. L'étranger escomptait que Fartuloon se mette en route dès l'embarquement des deux captifs relâchés. L'Arracheur d'Entrailles avait reçu une description détaillée du bâtiment dans lequel nous nous trouvions car il avait refusé de se faire transporter par un véhicule skinien ; il voulait utiliser son propre moyen de locomotion.

Je l'avais également prévu ! Nous avions besoin d'un engin sur lequel nous pouvions compter. J'avais soufflé discrètement cet indice à mon mentor ; même Farnathia et Griffe-de-Glace l'avaient compris. *Singtauman* n'était en réalité pas une personne, mais le nom de la grande presqu'île septentrionale du vaste continent Bargak de l'hémisphère sud de Gortavor. Là-bas, Fartuloon et moi avions triomphé d'une périlleuse mission, deux années arkonides auparavant. Nous avions dû notre salut à une astuce employée par mon mentor. J'avais l'intention d'utiliser la même dans le cas présent.

Soon-Soon me guida le long de couloirs sinueux et vides, aux murs rougeoyants, jusque dans une autre salle, plus grande, du gigantesque bâtiment. Elle se différenciait de toutes les autres par le fait qu'elle était équipée – littéralement bondée d'instruments dont les finalités m'étaient inconnues et dont je ne savais pas selon quels principes ils fonctionnaient. Je constatai seulement qu'ici aussi, la forme ovale prédominait. Ce n'était pas ce savant désordre d'imbrications cylindriques, cubiques et sphériques tels que l'exhibaient nos laboratoires, salles de commande ou autres agrégats. Chaque appareil, jusqu'à l'écran géant fixé au plafond, était de section ovoïde.

Au milieu de la pièce se trouvaient deux meubles ressemblant à des couchettes. Un Skine était allongé sur l'un d'eux et semblait absorbé dans la contemplation du moniteur. Sa tranche sommitale étincelait de toutes les nuances du rouge. Mon secteur logique, fonctionnant indépendamment de ma conscience, détermina que les couleurs des organes luisants de la section discoïdale des Skines reflétaient sans nul doute leur état d'esprit. *Le rouge signifie l'harmonie, et le bleu l'excitation. Leur luminosité rend l'intensité du sentiment éprouvé.*

Soon-Soon réussit à attirer sur moi l'attention de son congénère. Je remarquai que j'étais attendu au fait que la deuxième créature était également porteuse d'un translateur. Elle se redressa légèrement en utilisant uniquement les muscles de son corps flexible : la partie antérieure du tronc se plia de telle sorte que sa tranche sommitale s'orienta vers moi. Je supposai qu'elle m'examinait sans que je puisse pourtant distinguer laquelle des taches brillantes formait les yeux.

— Je te présente Atlan, dit Soon-Soon en se servant de la langue bourdonnante des Skines, quasi inarticulable pour nos cordes vocales.

Le translateur traduisait chacune de ses phrases. Soon-Soon se tourna vers moi.

— C'est un des plus importants scientifiques de... (Quand la machine traduisit les sons murmurants sensés rendre le nom skinien de cette planète, cela donna quelque chose comme *Tsopan.*) Lui-même ne connaît pratiquement plus son vrai nom suite aux nombreux sobriquets qui lui ont été attribués durant les âges. On l'appelle la « première créature », « le sage », ou encore « le transcendant » et « le vrai savant » ; et cela, bien que nous soyons tous d'une manière ou d'une autre des chercheurs.

Je supposai qu'il existait une sorte de classification sociale ou politique parmi les Skines et présumai que le « vrai savant » faisait partie du sommet de la hiérarchie. Pour m'en assurer, je m'enquis de la structure institutionnelle de la société skinienne ; je voulus savoir comment ils se gouvernaient, quels étaient les droits individuels et si tous les Skines s'occupaient uniquement de sciences.

Les réponses que j'obtins, tant de Soon-Soon que du « transcendant », me révélèrent que toutes les représentations que j'avais pu me faire de la société skinienne étaient erronées. J'avais effectué un transfert des conditions et de la mentalité arkonides sur ce peuple et dus constater, à ma totale consternation, que nous avions affaire à des êtres dont la suprématie sur la nôtre était non seulement d'ordre technologique, mais couvrait également tous les autres domaines...

CHAPITRE II

(Extrait de : *Tradition ou obstination arkonide ?* – Collection d'essais, Vol. XIX, Hemmar Ta-Khalloup ; Arkonis I, Palais de Cristal, Archives des Salles d'Histoire, 19025 *da Ark*.)

Une amie chère à mon cœur me demanda un jour comment il était possible que durant une période de plusieurs centaines de millénaires – que ce soit selon la chronologie terranienne ou arkonide –, les traditions soient restées pratiquement immuables dans le Taï Ark'Tussan. Par là, elle entendait tant le protocole au Palais de Cristal que la stratégie militaire, la politique de colonisation et d'industrialisation. Tout cela donnait une impression de ritualisme, sinon d'obstination.

Toujours est-il que pour autant que nous le sachions, durant un cycle de dix mille ans, la civilisation arkonide a pu évoluer paisiblement, sauf pendant la césure due aux Périodes Archaïques. Nous explorâmes, nous nous déployâmes et nous conquîmes en prenant soin de préserver notre unité. Nos enregistrements étaient toujours précis, nos échanges d'informations de monde à monde, de vaisseau à vaisseau, parfaitement exhaustifs malgré une certaine lourdeur bureaucratique due à la masse de données. Sur tous les globes que nous colonisions, nous établissions rapidement les bases informationnelles de gigantesques réseaux positroniques ; tout ce que l'on savait sur la planète-mère et dans les anciennes colonies était consigné et tenu à la disposition des autres.

De manière d'abord sélective, puis généralisée, nous étendîmes ce processus aux peuples étrangers absorbés par l'Empire. Même quand les Mehandor et les autres nations indépendantes s'expatrièrent, ils conservèrent cet héritage. Le volume des informations réclamées se déplaçait, mais le contenu croissant demeura accessible à tous. Sans doute, vu de l'extérieur, certaines modifications ont-elles eu lieu ; pourtant, même les Zalitains, les Préboniens, les Ekhonides ou quel que soit le rameau dérivé, se sentent arkonides. Tous se réclamaient et se réclament d'Arkonis. Nous décidions et de notre taille et de nos frontières – qui devaient naturellement être constamment étendues –, de notre puissance et de notre projet de civilisation. Arkonis ne se déterminait que par elle-même et nous en voulons pour preuve la gloire autoproclamée à travers le symbole des trois mondes synchrones.

Certes, Arkonis et le Taï Ark'Tussan firent bénéficier d'autres peuples du style de vie arkonide, mais ils n'en retiraient rien. Oh, nous disposions bien d'informations concernant les intelligences xénogéniques, y compris celles qui nous apportaient volontairement leur contribution. Naturellement, les Arkonides savaient aussi apprécier les compositions therboriques et un grand nombre de connaissances s'intégrèrent, par exemple, dans l'enseignement du Dagor. Ainsi, avec cette phagocytose, tout devint arkonide !

Par contre, les originaux furent expressément désignés par la mention « de source non arkonoïde » dans les réseaux positroniques. L'Histoire du Taï Ark'Tussan renonça consciemment à presque toutes les données qui ne concernaient pas Arkonis et certaines furent délibérément falsifiées, comme il en fut fait avec celles des « pères fondateurs » ou de Tiga Ranton.

C'est pourquoi il est parfois si difficile à l'archiviste que je suis d'accéder aux données originales étrangères. Si nos jeunes étudiants souhaitaient approfondir l'histoire de l'Empire, ils obtenaient exactement les informations arkonides, et rien d'autre. Bien que disponibles dans les bases positroniques, ces renseignements originaux sont préclassés de manière à rendre impossible la recherche d'aspects étrangers au sujet, ou du moins à ne l'autoriser qu'avec de sérieuses difficultés.

De plus, beaucoup de ces fichiers étaient – et sont toujours – équipés de codes d'alerte d'accès éveillant un intérêt plus ou moins malséant auprès des autorités concernées selon le type et l'ampleur du questionnement. Ce n'est pas une censure, ou alors pas directe, mais juste une forme subtile de surveillance. La recherche xénologique a plutôt été découragée pour que les pionniers – comment disait le Terranien Kipling ? – ne sautent pas par-dessus le mur. Ce système est pérenne depuis des millénaires.

Au cours du temps, les peuples d'ascendance arkonide interrogèrent les données qui leur étaient utiles et y intégrèrent de nouvelles, mais cela était prévisible et autorisé. Sur cette même durée, le processus global a naturellement évolué, au plus tard avec la positronique titanesque d'Epétran sur Arkonis III et a fortiori lors de l'activation de cette dernière en tant que « Grand Coordinateur ».

En somme, par le biais de l'assimilation culturelle permanente, tout un chacun se sentait arkonide, même si ses privilèges ou ses fonctions différaient ; néanmoins, il était toujours précisé que c'était uniquement sur Tiga' Ranton que vivaient les vrais Arkonides. De ce fait, on créait d'un côté une loyauté à toute épreuve et, de l'autre, on organisait la hiérarchie des peuples arkonides…

Tsopan ; le 33 prago d'ansoor, 10497 da Ark

La ville dans laquelle je me trouvais s'appelait *Xascat*. Il ne me fut pas possible de découvrir le nombre d'habitants de Tsopan car ni Soon-Soon ni le « transcendant » ne semblait le savoir. En tout cas, il ne pouvait s'agir que d'au plus quelques centaines de millions d'individus. Comme la technique hautement évoluée des Skines subvenait à tous les besoins du peuple vivant sur la planète, la population s'était régulée presque d'elle-même à une valeur étonnamment basse pour un monde de cette taille.

L'agriculture de Tsopan était automatisée : elle produisait exactement le nécessaire à l'existence certainement peu frugale des Skines. Les réserves de ressources naturelles, complétées par le recyclage perfectionné, la nucléosynthèse, la surrégénération masse-énergie et la transmutation des matières, pourvoiraient encore aux exigences de la technologie skine durant des millions d'années, comme nous l'assurait le savant.

— … L'histoire du peuple skine remonte à plusieurs centaines de millénaires dans le passé, expliqua-t-il. Nous n'avons jamais tenté de nous déployer et de coloniser d'autres mondes. Sans doute faut-il en chercher la raison dans le fait qu'il n'existait aucune ethnie stellaire intelligente proche de nous, et que nous n'avons eu à subir aucune menace en provenance du cosmos. Ce sont justement ces périls qui transforment souvent l'instinct de conservation d'un peuple en une force active habitée d'une volonté expansionniste agressive. Nous avons néanmoins exploré l'Univers en profondeur…

— L'Univers ? Vos recherches ne se limitent-elles pas à notre galaxie ? Auriez-vous même visité de lointains amas stellaires ? demandai-je, curieux, en pensant aux possibilités technologiques de ces êtres.

Ils ne répondirent pas et éludèrent toute autre question sur le sujet. Pourtant, j'eus la nette impression que durant leur longue histoire, ils avaient poussé leurs recherches jusqu'aux confins de l'Univers.

Pendant un millier de siècles d'une existence pacifique, la société skine s'était développée en une structure lâche et informelle. Il n'existait aucune prescription, et guère de lois. La respectabilité et le « rang » d'un individu étaient déterminés à l'aune de sa contribution au « bien-être général » – que ce soit par ses recherches, sa créativité ou son art –, car les Skines étaient un peuple d'érudits et de scientifiques, de chercheurs passionnés, de collectionneurs et de philosophes. Il n'y avait ni gouvernement ni représentation populaire ; seul un « Conseil des Sages » formait une sorte de forum de discussion. Pour les Skines, l'oralité constituait le plus important moyen de communication. L'écriture semblait inexistante, et tous les enregistrements étaient de nature acoustique. De cette disposition résultait que le mensonge, c'est-à-dire des paroles décrivant une situation différant sciemment de la réalité, était totalement inconnu.

— La parole dite est digne de foi ! C'est une évidence qui ne peut être remise en cause...

Les Skines étaient hétérosexués. En général, les femelles présentaient une envergure corporelle plus importante que leurs homologues masculins. C'était le seul attribut qui permettait à l'œil étranger inexpérimenté de différencier les deux sexes.

— Nous n'éprouvons absolument aucune difficulté à les distinguer, assura Soon-Soon d'un ton suffisant parfaitement rendu par le translateur,.

Les excroissances cartilagineuses situées sous le point d'attache des longs bras préhensiles étaient des oreilles qui pouvaient se déployer comme des trompes en cas de besoin. La partie arrière, affinée, du tronc abritait l'équivalent d'une bouche servant uniquement à l'absorption de nourriture, ainsi que l'orifice d'un canal excréteur. La communication acoustique était générée par une membrane située sur la tranche sommitale multicolore.

J'étais étonné de la facilité avec laquelle Soon-Soon et le savant parlaient de leur monde, sans poser la moindre question sur la civilisation qui m'avait engendré. Je pris conscience qu'ils maîtrisaient non seulement notre langue, mais qu'ils étaient parfaitement au courant des spécificités de notre race. J'évitai toute allusion au fait que j'appartenais à la dynastie régnante, qu'un meurtrier me pourchassait et que j'étais en voie de revendiquer mon héritage légitime.

Il ne semblait pas exister de vraie religion sur Tsopan ; par contre, on croyait à la constance ou à « l'irréductibilité » du Cosmos, et c'était cette conviction qui permettait d'aborder l'idée de la mort avec une telle indifférence. Cette foi était sans nul doute en relation étroite avec ce qui m'intéressait au plus haut point : l'imminente réalisation de « duplicats de consciences ». Entre-temps, j'avais compris que Soon-Soon était l'actuel directeur de cet antique projet, mais les tenants et aboutissants m'échappaient encore. Au moment où je posai la première question s'y rapportant, le « vrai savant » fit un signe de son tentacule et pointa sa main tridactyle sur le moniteur.

— Il arrive.

L'écran affichait une surface de verdure entourant le gigantesque bâtiment. Un glisseur arkonide avait pénétré dans le plan de séquence et s'apprêtait à atterrir. Je vis s'ouvrir son écoutille et reconnus la silhouette trapue de Fartuloon. Il jeta un regard indécis autour de lui, jusqu'au moment où deux Skines vinrent à sa rencontre. Farnathia et Griffe-de-Glace avaient dû le préparer à l'étrange apparence de ces créatures car il ne montra aucune réaction. Il se laissa sagement guider et sortit du champ de visualisation alors qu'il s'approchait de l'entrée.

Durant les précédentes tontas, j'avais essayé de comprendre Tsopan et la société skine avec une telle concentration que mon plan avait peu à peu été relégué au fond de ma conscience. Je chassai enfin toutes les pensées qui me détournaient de mon but. Il s'agissait maintenant de recouvrer notre liberté. *Quels que soient la grandeur et le degré d'évolution de cette civilisation, je n'ai pas le plus infime désir d'être l'objet d'expérimentation de ce projet !*

Les guides skines restèrent à l'extérieur dans le couloir. Fartuloon pénétra seul dans la pièce encombrée d'appareils, cligna de l'œil sous l'intense éclairage et m'adressa une grimace amicale.

— Heureux de te trouver en bonne santé ! Certes, Farnathia et Griffe-de-Glace me l'ont confirmé, mais rien ne vaut l'évidence. (Son regard se fixa sur les deux Skines et sa voix tonitruante demanda :) De quel droit nous requérez-vous pour accomplir vos desseins ?

— Je ne crois pas qu'on puisse ici évoquer le droit, répondis-je devant l'hésitation de Soon-Soon et du « vrai savant ». Cela correspond pour eux à un besoin et comme ils n'envisagent pas de nous causer le moindre désagrément, ils ne comprennent pas nos objections.

— Avez-vous fait la même chose avec les Maahks ?

— Je suppose que tu parles du vaisseau des Méthaniens, intervint Soon-Soon. Effectivement, certaines de leurs consciences ont été dupliquées. Nous ne savions rien d'eux et ils nous intéressaient particulièrement.

— Que les She'Huhan les emportent ! grogna Fartuloon en se tournant vers moi, visiblement pour poser d'autres questions.

Mais il n'en eut pas le temps.

Le sol se souleva soudain sous mes pieds et un tonnerre assourdissant secoua le bâtiment. Les minces parois plièrent et se couvrirent de boursouflures. Une large lézarde déchira le dallage et une bouffée de chaleur pénétra par l'embouchure de l'entonnoir. Je faillis hurler d'enthousiasme. Fartuloon avait usé du stratagème de Singtauman, et celui-ci fonctionnait également ici. Soon-Soon pivota, atterré, et éructa un bourdonnement aigu que le translateur ne traduisit pas. Le « transcendant » sauta de sa couchette. Les deux Skines se précipitèrent vers la sortie ; l'explosion leur avait fait perdre tous leurs moyens et ils ne prirent même plus garde à nous.

C'était le moment que mon mentor avait attendu. Tel un éclair, il dégaina le paralysateur qu'il portait sous sa cape. Soon-Soon et le « vrai savant », nous tournant le dos, avaient atteint la sortie quand l'arme incapacitante fit entendre son murmure. Certes, Fartuloon avait pris un risque en n'emportant qu'un paralysateur, à l'instar de ce qu'il avait fait à l'époque de Singtauman. Là-bas, les créatures ressemblaient aux Ooths du *Désert aux Arachnes* et avaient un système nerveux aussi sensible à cette arme que l'était le nôtre. *Ici c'est pourtant différent. Les Skines sont-ils réceptifs aux rayons paralysants arkonides ?*

Ils l'étaient : Soon-Soon et le savant se cabrèrent sous l'impact. Ils s'affaissèrent avec force bourdonnements chantonnants et s'immobilisèrent au sol. Le Carabin les examina d'un œil méfiant, puis me saisit par les épaules.

— Sortons d'ici ! Nous n'aurons pas d'autre occasion.

Je n'avais aucune idée de l'endroit où nous nous trouvions au sein de l'immense édifice. Fartuloon s'était heureusement imprégné du trajet qu'il avait arpenté sous la conduite des deux Skines. Les couloirs sinueux étaient engorgés d'une épaisse fumée. Des crépitements et des craquements parcouraient les murs. Soon-Soon m'avait appris que le bâtiment n'avait été construit que très récemment et qu'il devait abriter un nouveau « Centre de Recherches sur les Consciences Exogènes ». Seule une partie minime des laboratoires avait déjà été installée. Fidèle à l'expérience de Singtauman, l'Arracheur d'Entrailles avait apporté un explosif chimique à haut pouvoir déflagrant et l'avait déposé à l'intérieur de l'immeuble en profitant d'un moment d'inattention de ses guides skines. Le détonateur d'initiation de la charge avait été réglé sur une décitonta. Bien que de

nature chimique, la substance employée avait un effet déto-
nant qui suffit à ébranler la légère construction jusqu'à ses
fondations. Comme à Singtauman, le but de l'explosion
était de détourner l'attention de nos geôliers. L'astuce avait
fonctionné ; nous étions libres.

Nous atteignîmes la sortie au bout de quelques décitontas. Nous n'avions rencontré aucun étranger. Le glisseur
n'était qu'à quelques mètres de distance, et nous nous précipitâmes dans sa direction. Fartuloon s'était contenté de
laisser le panneau entrebâillé. D'un bond, nous fûmes à
l'intérieur du véhicule. Le système de propulsion hurla,
puis mon mentor décolla à la vitesse d'un projectile. Au-
dessus des cimes des petits bosquets qui entouraient le
centre de recherches, il fit basculer l'engin et mit le cap sur
le spatioport.

— Tout est paré pour un appareillage en catastrophe,
annonça-t-il. Aussitôt que nous pénétrerons dans le sas de
transbordement, le *Polvpron* décollera.

— Et le champ de contention… ?

— Il est toujours là ; entre-temps, cependant, nous
avons développé une méthode pour le lever dans son intégralité. Nous consommerons beaucoup d'énergie, mais que
faire d'autre si nous voulons déguerpir de cette damnée
planète ?

Je me tus en songeant à Soon-Soon et au savant allongés
dans leur laboratoire, immobiles et vulnérables. Une sorte
de sentiment de compassion et de culpabilité faillit s'emparer de moi. Je balayai ces pensées importunes. Nous passâmes à basse altitude au-dessus des faîtes acérés des
maisons skines. Le soleil rougeoyait déjà à l'est. Un nouveau prago s'annonçait. Nous survolâmes l'endroit où
j'avais dû effectuer un atterrissage de fortune. Le glisseur
endommagé était resté à l'endroit où Griffe-de-Glace et
moi l'avions abandonné. Personne ne s'en était occupé.

Les feux de position du *Polvpron* apparurent. J'éprouvai
un début de soulagement. Nous avions presque réussi !

Entre-temps, j'avais appris que les Skines possédaient des transmetteurs de type particulier, des appareils bipolaires appelés projecteurs de matière. Ceux-ci étaient dotés d'un « champ de téléportation » à zones de dématérialisation et de rematérialisation variables, à l'aide duquel ils pouvaient expédier des objets sans qu'il soit nécessaire de disposer d'équipements spécifiques aux deux extrémités du circuit. C'était avec un *transmetteur fictif*, ou bipolaire, qu'ils avaient subrepticement enlevé Farnathia à bord du *Polvpron* et s'ils le voulaient, ils pouvaient faire subir le même sort à n'importe quel autre membre de notre groupe. Nous étions donc en danger tant que nous demeurions à portée de leur dispositif. J'espérais pourtant que rien de fâcheux ne nous arriverait tant que Soon-Soon et le « vrai savant » restaient sans connaissance, ce qui pouvait encore durer quelques tontas s'ils réagissaient comme nous à l'irradiation paralysante.

À peine étais-je arrivé au bout de ma pensée que le glisseur se mit soudain à tressauter. Je criai un avertissement, mais Fartuloon ne réagit pas. Il était penché sur le volant et paraissait dormir. La panique s'empara de moi. Que s'était-il passé ? L'engin plongea en piqué vers le terrain d'atterrissage. J'essayai d'arracher mon mentor de son siège pour prendre sa place. Au même instant, la fatigue me submergea comme une chape de plomb. Je n'étais plus en mesure de bouger un bras. Ma main retomba, inerte, avant d'avoir pu saisir le levier de direction. Une indifférence sans fond s'empara de moi. Je vis la surface plane du spatioport foncer vers nous ; pourtant, je fermai les yeux et m'endormis.

*
* *

Ma conscience revenait avec difficulté. Peu à peu, les souvenirs se remettaient en place. Je ne ressentais aucune douleur. Je me revoyais, assis dans le glisseur et penché sur Fartuloon immobile, cherchant désespérément à agripper le levier de commande. Je regardais le spatioport qui se précipitait vers nous ; alors, seulement, l'épouvante que je n'avais pas éprouvée au moment des faits me gagna. Je me cabrai, hurlai...

... et ouvris les yeux. La première chose que je remarquai, c'était ma position : je n'étais pas allongé, mais me tenais debout. Tout autour de moi se dressait un mur de verre, tellement étroit que je le heurtais au moindre mouvement. La paroi était lisse et à la même température que mon épiderme, de sorte qu'au toucher elle ne manifestait ni chaleur ni froid. Je renversai la tête en arrière et levai les yeux. Le tube semblait infini et s'emplissait d'une douce clarté, quelque part dans le lointain. Il se trouvait dans une salle gigantesque qu'éclairaient des sources lumineuses incorporées dans le plafond relativement bas, que le tube de verre paraissait largement dépasser. Des groupes d'étranges appareillages et de machines se répartissaient sur le sol. Des centaines de Skines s'affairaient dans la salle et, à en juger par leurs mouvements, ils étaient très occupés.

Une portion de la cloison entourant la pièce – à la section de base probablement ovale – attira tout spécialement mon attention : formant une gigantesque surface ovoïde de couleur gris-brun, elle avait l'air constituée d'un métal serti de proéminences lenticulaires faites d'un matériau inconnu et qui, de temps à autre et à intervalles irréguliers, s'illuminaient d'une teinte orangée formant un jeu de lumières déconcertant. Je n'avais aucune idée de la fonction remplie par cette incrustation murale, mais sa contemplation avait quelque chose de fascinant.

Je perçus des bruits et me rendis compte que ma cage transparente ne m'isolait pas de manière aussi absolue de mon environnement que je l'avais d'abord supposé. Le ronronnement des voix des Skines était omniprésent. Ces êtres ne paraissaient pourtant pas se préoccuper de moi. J'essayai de m'imaginer de quelle manière j'avais pu me retrouver dans une telle situation : *manifestement que l'in-*

conscience de Soon-Soon et du « vrai savant » n'ont pas duré aussi longtemps que Fartuloon et moi l'escomptions. Ils ont dû assez rapidement revenir à eux. Pour eux, il était évident que nous cherchions à rejoindre le Polypron *; il était facile de nous retrouver. La fatigue qui nous a terrassés devait émaner d'une arme que le Skines ont utilisée contre nous.*

Je ne pouvais me faire une idée du principe selon lequel cette arme opérait, mais entre-temps j'avais développé une haute opinion de leur technologie et estimais nos « hôtes » capables de maîtriser les artifices les plus invraisemblables. La chute de notre glisseur avait sans doute été enrayée à temps. Nous ne nous étions pas écrasés, nous avions doucement atterri sous l'effet d'un champ de guidage.

Je ne disposais pas d'une assez grande liberté de mouvement pour faire fonctionner mes muscles et mes articulations. La paroi rétrécie du tube m'en empêchait. Je pouvais néanmoins me rendre compte que je n'étais pas blessé. *Mais qu'est-il advenu de Fartuloon ? Les Skines l'ont-ils également ramené ici ?* Je regardai autour de moi. À ma gauche, à environ cinq mètres de distance, je découvris un deuxième tube d'un diamètre tout juste suffisant pour enserrer un corps arkonide, et d'une hauteur qui touchait le plafond. Une silhouette étrangère se trouvait à l'intérieur. J'ouvris tout grand les yeux. Ce ne pouvait être mon mentor ! Ces contours indistincts, ce corps incolore… C'était…

— Griffe-de-Glace ! m'égosillai-je.

Il m'entendit et tourna son visage vers moi. Sa mine était inexpressive, comme à l'accoutumée. C'est seulement lorsqu'il me répondit que je pus reconnaître son état d'âme au son de sa voix.

— Oui, c'est bien moi, confirma-t-il d'un ton plaintif. J'ai peur ! Ce tuyau m'étouffe. Il fait trop chaud. Je vais finir par fondre !

Je ne me préoccupai pas de ses lamentations, mais lui demandai des nouvelles de Fartuloon.

— Le glisseur est arrivé par le sas de transbordement, comme prévu, rapporta le Chrektor. Personne ne débarquait, et nous sommes devenus méfiants. Nous avons ouvert la portière et trouvé le Vieux Carabin inconscient.

En fait, les Skines avaient téléguidé notre engin à bord du *Polvpron*. Moi, ils m'avaient d'abord extrait du glisseur – sans doute à l'aide de l'un de leurs transmetteurs fictifs – et ramené ici.

— Nous étions très embarrassés. Personne ne savait comment réagir. Nous avons tenté de ranimer Fartuloon, mais toutes nos tentatives furent vaines. C'est tout ce que je sais. Un voile noir a soudain obscurci mes yeux et quand je suis revenu à moi, je me trouvais dans le tube transparent à côté de toi.

Les Skines avaient donc procédé à un nouvel échange. D'abord mon mentor contre Farnathia et le Chrektor, ensuite ce dernier contre l'Arracheur d'Entrailles. Je ne savais qu'en penser. Ils avaient apparemment l'intention de nous utiliser coûte que coûte comme sujet d'expérimentation. Et je n'avais certes pas l'intention de les laisser mésuser de moi de cette manière.

Abandonne ! intervint mon cerveau-second. *Comment veux-tu leur échapper ?*

Je balayai mon corps du regard. Les étrangers ne m'avaient rien pris, pas même le radiant multifonction. *Il va falloir agir de manière un peu plus déterminée.*

Et t'endormir avant de presser la détente ! se moqua ma voix intérieure. *Tu as fait l'expérience de leur puissance. À ta place, je renoncerais à toute velléité de résistance et je me soumettrais à mon destin. En tout état de cause, ils ont promis que vous ne souffririez pas, n'est-ce pas ?*

— *Et tu leur fais confiance ?*

— *Ils ne mentent pas ! Le déguisement intentionnel de la vérité leur est inconnu.*

Mon secteur logique avait naturellement raison, et je m'en irritai dans la mesure où mon moi refusait toute idée de capitulation. Je me cabrais contre l'injustice que je devais subir. J'étais seul maître de mon corps et de mon esprit. Personne n'avait le droit d'en disposer à son gré à l'encontre de ma volonté…

Mon cerveau-second interrompit mes réflexions : *La sagesse consiste aussi à accepter l'inéluctable. À propos, parles-en à celui qui vient ! Sans doute pourra-t-il te convaincre.*

Une créature s'était détachée de la masse des Skines qui s'affairaient autour des diverses machines, et s'approchait de mon tube. J'étais toujours incapable de distinguer ces êtres l'un de l'autre, mais j'aurais pu jurer qu'il s'agissait de Soon-Soon. L'étranger s'immobilisa devant le tuyau et le translateur cracha.

— Tu es une créature des plus remarquables.

Ce qui m'étonnait le plus, c'était ce ton de détachement amical qui émanait de l'appareil. À plusieurs reprises, j'avais pu constater qu'il était capable de restituer les émotions de celui qui parlait. Soon-Soon ne paraissait nullement m'en vouloir. Il ne me considérait ni comme un danger ni comme un individu violent ; il voyait en moi une *créature remarquable*.

— Pourquoi remarquable ?

— Tu sais prononcer des mots qui ne sont pas en harmonie avec ce que tu penses.

C'est donc ça ! Totalement incapable de mentir, il considérait la faculté d'exprimer des contre-vérités comme un phénomène. Je lui avais promis, ainsi qu'au savant, de me mettre à disposition du projet et puis, plus tard, avais essayé de m'y soustraire en prenant la fuite. Il y voyait une particularité qui m'estampillait comme une « créature remarquable ». Il eut été intéressant d'analyser cette divergence fondamentale de nos manières de penser de façon plus approfondie. Mais je n'en avais pas le temps.

— Pourquoi avez-vous récupéré mon ami ?

— Le gros Arkonide à tête chauve nous a semblé un peu trop dangereux et trop réfractaire. Il eût sans nul doute été un sujet d'expérience captivant, mais le risque que nous courions en lui administrant le traitement nous est apparu trop élevé. C'est pourquoi nous avons préféré reprendre l'homme de verre.

— Sommes-nous ici dans le lieu où la duplication de conscience doit être effectuée ?

L'un de ses deux tentacules désigna le mur gris-brun aux éminences lenticulaires scintillantes.

— Ce sont les *pièges*.

Si cela devait répondre à ma question, je ne compris rien.

— Des pièges… ?

— C'est ainsi que nous les appelons, s'égaya le Skine. Ce qui y pénètre n'en peut plus sortir, sauf si nous le récupérons.

— Et qu'est-ce qui s'y trouve ?

— Eh bien… justement, les copies que nous avons réalisées avec tout cet appareillage.

L'impression irréelle de quelque chose de monstrueux, d'horrible et d'incompréhensible s'empara de moi.

— Tu ne m'as pas dit à quoi ressemblaient ces répliques.

Je ne voulais pas l'effrayer et utilisais de ce fait le même ton, mi-factuel mi-détaché, dont se servait également le translateur en parlant de ces choses, propres à faire dresser les cheveux sur la tête.

— Que veux-tu dire par… ressembler ? Quelle est l'apparence d'une conscience ? Elle n'est naturellement pas perceptible de manière optique !

— Tu parlais bien d'*images* de consciences.

— Qu'est-ce donc qu'une image ? Un fac-similé de l'original !

Je faillis hurler toute mon indignation, mais m'efforçai au calme.

— Un fac-similé qui peut reproduire toutes les fonctions de l'original ?

— Évidemment. Sinon, il ne mérite pas le nom de copie.

— Et que devient l'original après l'opération ?

— Il demeure à l'endroit où il a toujours été. Dans ton corps, par exemple.

Je me tus, paralysé d'épouvante. Les Skines n'avaient pas l'intention de se contenter de simples enregistrements de nos consciences. Ils voulaient les *dupliquer à l'identique* pour créer de vrais doubles capables d'agir comme nous. Après le traitement, il existerait *deux* consciences d'Atlan – l'une ici dans le tube, l'autre au sein de l'une des lentilles murales, qu'ils appelaient « pièges », et prisonnière de toute éternité.

Non, ça ne doit pas arriver ! Sans plus me préoccuper de Soon-Soon, je me tournai vers Griffe-de-Glace.

— Peux-tu faire quelque chose de ce tuyau ?

Il saisit aussitôt.

— Affirmatif ! Il se compose pour plus de la moitié de matière organique !

— As-tu entendu ce qu'il a dit ?

— En partie seulement, et je suis loin de tout comprendre.

— Il veut créer des doubles de notre conscience. L'accepterons-nous ?

— Non ! hurla-t-il, terrifié.

— Alors, lâche-toi !

Soon-Soon s'était quelque peu reculé sur ses courtes jambes.

— Non, non… se plaignit la voix sortie du translateur. Qu'allez-vous faire ? Vous n'avez pas le droit d'interrompre le processus !

Je ne pris pas garde à lui et me concentrai sur ce que faisait le Chrektor. Le tube était si étroit qu'on était incapable de lever les bras et Griffe-de-Glace devait poser ses paumes sur la paroi pour pouvoir exploiter ses facultés. Il pivota et se contorsionna. Mais la cloison transparente l'enserrait, lui collant les bras contre le corps en position normale, c'est-à-dire les mains en pronation.

— Je n'y arrive pas, geignit-il. J'ai de plus en plus chaud…

— Ressaisis-toi ! Tout dépend de toi maintenant. Sinon, il y aura bientôt deux Griffe-de-Glace, l'un dans la colonne, l'autre là-bas dans le mur.

Il rugit méchamment. C'était le signe qu'il en appelait à ses dernières ressources. Il s'accroupit aussi loin que son étroite contention le permettait et tourna les bras au risque de les désarticuler.

— Arrêtez ! cria Soon-Soon, sa tranche sommitale luisant d'un bleu intense dénotant son extrême irritation. Vous ne pouvez pas… Il n'est pas tolérable…

— Maintenant ! triompha le Chrektor. Ça y est !

Il poussa un soupir de douleur en obligeant ses mains à une dernière rotation. Ses forces se mirent à l'œuvre. Instantanément, le matériau transparent se voila d'une teinte verdâtre. L'espace de quelques instants, mon ami disparut de ma vue jusqu'au moment où j'entendis un craquement suivi d'un éclatement. La surface glauque du tube se fissura et se déchira. Des sons indistincts se déversèrent du translateur de Soon-Soon. Il n'était plus capable d'aligner une phrase compréhensible. Un grand morceau se détacha soudain du tuyau ; une botte apparut et décocha de puissants coups de pied sur les bords ébréchés. Soucieux, je regardai vers le haut. L'immense fût, privé de son embase, se mit à vaciller.

— Vite ! La chose va se renverser !

Griffe-de-Glace s'éjecta de l'orifice. Je le vis suspendre son mouvement quand il aperçut Soon-Soon toujours à proximité de ma tubulure, bien qu'à quelques mètres, et piaillant d'une voix de fausset haut perchée.

Je compris ce qui se passait dans son cerveau transparent.

— Fiche-lui la paix ! criai-je. Viens plutôt ici et aide-moi à me sortir de là !

L'incident avait attiré l'attention de tous les Skines présents dans la salle. Ce fut un concert de bourdonnements émis par une centaine de voix. La colonne dont le Chrektor s'était affranchi penchait de plus en plus. Je me reculai au maximum quand je vis les mains de mon ami s'approcher de la cloison de ma geôle. Des craquements fusèrent quand il libéra son énergie, retirant de la matière semi-organique jusqu'à la dernière parcelle de chaleur. L'effet se reproduisit : l'enceinte se troubla d'une couleur olivâtre, puis la botte de Griffe-de-Glace fracassa le matériau figé. Un trou se forma et s'élargit sous les coups redoublés de mon ami. Je m'extirpai de mon tube déjà chancelant. Soon-Soon se tenait devant moi, éructant des bourdonnements aigus ; il avait totalement perdu contenance. Plus rien d'intelligible ne sortait de son translateur.

Je dégainai mon radiant. Je ne savais pas où nous nous trouvions exactement et ignorai la situation du bâtiment vis-à-vis du spatioport. Ce n'était pas important dans l'immédiat. L'essentiel résidait dans le fait que nous puissions échapper aux Skines tant que l'étonnement et l'effroi les entravaient. Les cylindres vacillants requéraient toute leur attention. Il n'y avait pas de meilleure occasion. Je tirai une salve au-dessus de la mêlée. Cela ne les arrêta pas car ils n'avaient effectivement pas peur de la mort.

— Là-bas ! entendis-je le Chrektor. La sortie !

Dans un recoin du mur latéral qui m'avait jusque-là été

caché, il y avait une sorte de portail. Ce devait être une issue. Nous courûmes. Je jetai un coup d'œil en arrière et vis avec soulagement que les Skines ne se préoccupaient pas du tout de nous. Ils se souciaient uniquement des deux tubes. Les deux constructions transparentes finirent par tomber. Conscients de ne pouvoir les retenir, les étrangers s'écartèrent pour ne pas être écrasés. Un vacarme assourdissant emplit la gigantesque salle quand les colonnes s'abattirent en se brisant en des centaines de milliers de fragments sifflant dans l'air telle une averse étincelante de cristaux.

Le portail s'ouvrit de lui-même quand nous arrivâmes à quelques mètres de lui. L'éblouissante lumière du jour se déversa à l'intérieur de la salle. Après avoir traversé le seuil, nous nous trouvâmes au bord d'un vaste parc. Nous reprîmes notre course jusqu'au moment où le souffle nous manqua. Nous nous réfugiâmes derrière un imposant massif broussailleux. Griffe-de-Glace m'adressa une grimace de satisfaction tout en se gorgeant d'air en larges inspirations sifflantes.

— Voilà une bonne chose de faite !

— À qui le dis-tu !

Idiot ! railla mon cerveau-second. *Dans une tonta au plus tard, ils t'auront rattrapé !*

*
* *

J'essayai de m'orienter d'après la position du soleil. Le spatioport s'étendait au sud de la ville. Entre-temps, l'astre flamboyant avait presque atteint le zénith. Comme Xascat se situait dans l'hémisphère nord, c'était cette direction que nous devions prendre. Pour nous faciliter la recherche, je songeai tout d'abord à contacter le *Polvpron* pour nous guider sur son signal de repérage. J'abandonnai finalement cette idée. Les Skines n'attendaient probablement que cela pour localiser notre émetteur.

Les premières lentilles volantes apparurent dans un ciel

parfaitement dégagé. La chasse avait commencé. Je me gardai bien d'utiliser l'écran déflecteur. Comme le Chrektor ne portait qu'un équipement de travail, il n'eût de toute façon pas pu se rendre invisible. J'ajustai mon hodomètre sur une origine de coordonnées distante de dix kilomètres vers le sud. Désormais, ce point nous servirait d'indicateur. Même si nous devions nous écarter pour contourner un terrain découvert ou un bâtiment, le système nous ramènerait immanquablement sur la bonne voie.

La première partie du trajet s'avéra facile. Le penchant des Skines pour les vastes étendues herbeuses parsemées de bosquets mi-sauvages nous arrangeait bien. Les glisseurs tournoyaient de toutes parts, mais leurs pilotes n'avaient jamais l'occasion de nous voir. De temps à autre, je prenais le risque de faire grimper Griffe-de-Glace dans la cime d'un arbre touffu pour reconnaître les alentours, car son corps transparent était plus difficilement détectable que le mien.

Aux premières tentatives, il ne signala que d'autres parcs, d'autres zones vertes ainsi que les faîtes pointus de maisons que nous pouvions éviter sans danger. De sa septième ascension, il revint avec un sourire cristallin de triomphe.

— Je l'ai vu !

— Quoi ?

— Le spatioport !

— Où ça ? demandai-je en le saisissant par les épaules, emporté par mon enthousiasme. À quelle distance ?

Il afficha une mine réprobatrice et tenta de se soustraire à mon emprise.

— Si tu continues à me secouer comme ça, se plaignit-il sur un ton de reproche, je vais tomber en morceaux. Regarde ma silhouette incomparable, mon corps de verre… Souhaites-tu briser quelque chose d'aussi parfait ?

Je levai le poing d'un air faussement menaçant.

— Si tu ne me dis pas tout de suite ce que je veux savoir, il ne restera rien de ton absolue beauté.

— Bon…

Il prit une profonde respiration, dans le but évident de créer le suspense. Je le saisis à nouveau par l'épaule. Il éructa un cri de protestation et recula d'un pas.

— Exactement dans la direction que tu as choisie, ajouta-t-il. À cinq kilomètres de distance, tout au plus !

— As-tu pu voir le *Polvpron* ?

— Pas avec netteté ; il n'y a guère que le tiers supérieur qui s'élève au-dessus de l'horizon.

Mon soulagement fut tel que j'en ressentis de la lassitude. Je me laissai glisser au sol et m'adossai au tronc de l'arbre d'où le Chrektor venait de descendre. *Tu vois*, pensai-je, *nous sommes tirés d'affaire malgré tout.*

Tu ferais mieux d'attendre, idiot ! me fut-il sèchement répondu. *La tonta n'est pas encore écoulée et jusqu'au vaisseau, il vous faudra bien le double sinon le triple de temps.*

*
**

La pièce dans laquelle le « vrai savant » et Soon-Soon se retrouvaient en réunion se situait à proximité immédiate de la salle que la chute des deux cylindres de verre avait dévastée. Le moral des deux créatures était au plus bas. Leurs tranches sommitales se teintaient d'une nuance brun sale, mélange du rouge habituel avec le vert profond du chagrin.

— Les dommages sont considérables, releva le « transcendant ». Il faudra des maxiskops aux machines pour restaurer l'état initial. Ne préférerais-tu pas renoncer à l'expérience ?

Durant un miniskop, une lueur d'irritation bleue traversa le disque de Soon-Soon.

— Notre projet est millénaire et jamais encore nous n'avons dû capituler devant une intelligence étrangère.

Non, je n'aimerais pas abandonner. Tout au contraire, ma curiosité est piquée au vif à la limite du supportable. Je dois absolument posséder une copie de la conscience de cet Arkonide.

Le savant émit un bourdonnement qui se voulait un soupir.

— *Il nous faudra donc attendre que tous deux aient rejoint leur vaisseau. Nous les récupérerons de là-bas.*

Soon-Soon émit un bruit exprimant son mécontentement.

— *Souhaiterais-tu autre chose ?* s'enquit son interlocuteur.

— *Oui. Dans le comportement de celui qui se nomme Atlan, je crois reconnaître un trait qui nous est totalement étranger. Je le qualifierais d'arrogance, c'est-à-dire la capacité qu'a le faible de ressentir du plaisir devant les préjudices qu'il peut causer au fort. C'est un linéament très intéressant, mais je dois avouer qu'il m'irrite. Je voudrais les rattraper tous les deux avant qu'ils n'atteignent leur engin.*

Pendant un court moment, la section discoïdale du « transcendant » fut parcourue d'étincelles violettes. Il était visiblement ragaillardi.

— *Allons Soon-Soon,* réprimanda-t-il avec bonne humeur, *subordonnerais-tu ton action à d'obscures motivations émotionnelles ?*

— *J'en ai honte, mais dans l'immédiat je ne puis réagir autrement.*

— *Bon ! Et tu tiens à les capturer sans même savoir où ils se trouvent ?*

— *Quoi qu'il en soit, ils sont en route vers leur navire. Il me suffit de poster quelques gardes en bordure de l'aire d'atterrissage pour les contrôler. Pourtant, cela ne me suffit pas. Il faut compter avec l'éventualité de complications s'ils apparaissent brusquement à la lisière du terrain et s'ils sont visibles de leur vaisseau. Non, j'espère une satisfaction réparatrice plus ample. J'ai l'intention de me jouer d'eux et de les attraper au moment précis où ils se rendront compte qu'ils ont été bernés.*

— *Autrement dit, un acte irrationnel suprême !*

— *Je t'en prie, pardonne-moi ! Tu sais que je ne suis pas le plus réfractaire de tes élèves. À l'avenir, je saurai mieux refréner mes émotions.*

— *D'accord ! Comment comptes-tu procéder ?*

— *Je songeais au projecteur virtuel à longue portée…*

Nous ralentîmes peu à peu notre marche. Les Skines pensaient que nous foncerions en ligne droite vers la piste d'envol, et plus nous en approchions, plus les nuées de glisseurs lenticulaires qui ronronnaient au-dessus de nous se densifiaient. De plus en plus souvent, nous devions nous abriter d'un essaim qui nous survolait ; les possibilités d'envoyer Griffe-de-Glace dans les cimes se raréfiaient. C'était justement ce qui facilitait notre progression. L'hodomètre nécessitait également un réglage plus fréquent, l'ajustement d'origine s'étant révélé trop sommaire. À partir du moment où nous distinguâmes la silhouette du Polvpron à l'horizon, cette opération devint plus aisée et plus précise à l'approche de notre but.

Griffe-de-Glace jugea que la précision de ma dernière mise au point était telle que nous risquions une dérive de plus ou moins deux kilomètres. Cela signifiait que le point adopté comme origine du repérage se situait quelque part à l'intérieur d'un cercle de deux mille mètres de diamètre ayant le vaisseau pour centre. C'était une dispersion *a priori* peu significative. Mais pour celui qui était pourchassé par un adversaire impitoyable et qui avait conscience que la gravité de Tsopan était telle qu'un homme à pied mettait une bonne tonta pour parcourir une distance de cinq kilomètres, il n'y avait qu'une chose à espérer : avoir une autre possibilité d'ajuster plus précisément son hodomètre.

Nous entrâmes finalement dans une épaisse forêt constituée essentiellement de gigantesques arbres à larges couronnes. J'hésitai tout d'abord à fouler ce bois. Si j'avais été un Skine, j'aurais conjecturé que mon gibier privilégierait une telle sylve offrant tant de possibilités de se mettre à couvert. Et c'était justement là que j'aurais posté des gardes pour couper la route aux fugitifs.

En fait, nous n'avions pas d'autre choix que de traverser la forêt. La raison essentielle était qu'elle se situait en droite ligne dans la direction du terrain d'atterrissage car le nombre de glisseurs à notre recherche augmentait sans cesse et donc, pour nous, subsistait toujours le danger d'être finalement débusqués. D'autre part, c'étaient justement ces géants aux feuillages denses qui nous offraient l'occasion d'un dernier repérage du *Polypron* et d'un réglage définitif de mon hodomètre. Nous pénétrâmes donc dans la sylve.

Je m'arrêtai au bout d'une centaine de mètres.

— Il nous faut un nouveau point d'ajustement, constatai-je.

Le Chrektor soupira. Dans des circonstances normales, il se serait plaint de mon exigence. Mais il connaissait l'état critique de notre situation et ne se fit pas prier pour monter au prochain arbre. Je l'aidai à atteindre la première branche. Ensuite, tout fut facile et je le vis disparaître dans les frondaisons.

Il redescendit à peine une décitonta plus tard.

— Direction… là-bas, dit-il en tendant le bras vers un endroit situé entre le sud et le sud-ouest. J'évalue la distance à trois kilomètres.

— Tu es fou. Ce n'est pas possible !

J'examinai soigneusement l'indication de mon appareil : les dernières coordonnées positionnaient le point aux alentours du sud-est. Nous aurions certes pu nous tromper de quelques degrés, mais que le cap s'orientât brusquement au sud-sud-ouest au lieu de sud-sud-est me parut incroyable.

— Je n'ai pas commis d'erreur. Tout est bien gravé dans ma mémoire, même la marque que j'ai relevée sur le tronc de l'arbre le plus proche. Il est là-bas... le moignon de la branche cassée, tout en haut.

Il exécutait toujours scrupuleusement les missions de ce genre et le point qu'il m'indiquait se situait exactement à cent quatre-vingt-douze degrés, c'est-à-dire presque un demi-degré par rapport au sud-sud-ouest. Je ne savais qu'en faire et me retrouvai désemparé.

— Peut-être souhaites-tu t'en rendre compte par toi-même ? récrimina Griffe-de-Glace d'un ton acerbe.

— Excellente idée ! Non que je ne te fasse pas confiance, mais je pense que les Skines sont capables de tout. D'accord ?

Son agressivité baissa d'un cran. Je grimpai et atteignis rapidement la branche sur laquelle le Chrektor s'était assis. Je m'y installai à califourchon et me glissai vers son extrémité, attentif à ce que les équipages des glisseurs ne puissent pas me voir. Je compris alors à quel point la tâche avait jusque-là été difficile pour Griffe-de-Glace. De cette hauteur ventée, il devait d'abord repérer la silhouette du *Polvpron* et ensuite chercher une marque proche qui se situait dans la même direction. L'opération s'avérait ardue et je ne m'étonnais plus qu'à cette courte distance, notre localisation comportât encore une dérive significative.

Je regardai par-dessus les cimes des arbres et les faîtes des maisons, jusqu'à discerner le terrain d'atterrissage ainsi que la sphère de notre vaisseau. Puis je baissai les yeux et essayai d'identifier le moignon de la branche sur lequel le Chrektor s'était orienté. Quand je le découvris, je fus traversé comme par un choc électrique. Le signe distinctif marquait une direction beaucoup plus à gauche que celle dans laquelle se trouvait le *Polvpron*. Je ne compris pas comment mon ami avait pu choisir ce repère. J'en relevai un autre qui me semblait meilleur et, baissant les yeux vers la sombre sylve verte, interceptai un petit arbre rabougri. L'endroit où son maigre tronc jaillissait de la terre s'alignait précisément avec la silhouette de la sphère. Elle s'était encore déplacée vers l'ouest et je ne pus pas me l'expliquer. Il n'était pas utile de perdre davantage de temps.

Tout eut l'air parfait jusqu'au moment où, avant d'amorcer la descente, j'effectuai une dernière vérification de mon positionnement. Je fixai le tronc tordu, laissai mon regard remonter vers le haut et visai le *Polvpron* par-delà les cimes. En voyant que, durant ce court laps de temps, mon jalon s'était largement déporté vers la gauche, de sorte que le vaisseau se situait encore plus à l'ouest que je ne le pensais un court instant auparavant, l'effroi me fit presque perdre l'équilibre et tomber à-bas de mon perchoir.

Je pus néanmoins me rattraper au dernier moment. Ce qui se passait ici n'était pas normal. Ce ne fut qu'alors, sans doute trop tard, que je me rappelai les moyens dont disposaient les Skines grâce à la supériorité de leur technique et réalisai que nous avions été manipulés. Cela signifiait qu'un danger imminent nous guettait. Je me laissai glisser le long du tronc à une allure telle que je ressentis un échauffement sur ma peau, en dépit de la résistance du matériau constituant ma combinaison.

Griffe-de-Glace m'accueillit avec une mine ironique qui se figea en une grimace quand il vit mon expression contrariée.

— Qu'est-ce… Que se passe-t-il ?

— Ils nous ont trompés. Ils nous promènent à l'aide d'une illusion d'optique. Le terrain ne se situe pas à l'endroit où nous le voyons. Qui sait depuis combien de temps nous tournons en rond !

— Qu'allons-nous faire ? demanda-t-il, totalement désemparé.

— Nous attendons. Les Skines vont bien finir par se lasser de ce petit jeu et rétablir la réalité. D'ici là, nous resterons cachés.

Les étrangers maîtrisent visiblement la technique de projection d'images tridimensionnelles à grande échelle qui recouvrent entièrement le vrai paysage, expliqua mon cerveau-second. *Avec ce tour de force, ils ont réussi à créer l'image d'un terrain d'atterrissage et d'un vaisseau qui se superpose à la réalité. La différence entre la chimère et le tangible reste d'abord minime, de sorte que les ajustements successifs de l'hodomètre ne vous rendent pas méfiants. Ce n'est qu'en arrivant près du but que la dérive devient nette.*

Autant l'hypothèse était juste, autant – comme nous allions le voir – les conclusions que j'en tirai s'avéreraient fausses. Je pensai qu'il nous suffisait d'attendre à couvert que la patience des Skines atteigne ses limites. J'avais négligé le fait qu'avec leur illusion d'optique, ils avaient parfaitement contrôlé nos mouvements. Ils savaient que vous vouliez retourner au navire. En projetant le terrain et le *Polvpron* à un endroit précis, ils nous obligeaient à nous déplacer dans cette direction. Ils connaissaient parfaitement le trajet que nous allions effectuer et il leur suffisait de poster des gardes le long de cette ligne pour nous faire retomber immanquablement entre leurs mains.

Griffe-de-Glace et moi étions bien fatigués. Je pouvais à peine me souvenir de la dernière fois où j'avais dormi ; à cela se rajoutaient la faim et la soif. Nous nous assîmes à terre et nous adossâmes au tronc de l'arbre. Je finis probablement par m'assoupir, car lorsque j'entendis le bourdonnement clair et agité, désormais familier, d'une voix skine, je ne fis qu'un bond. Cela ne me servit plus à rien. Quelque chose me heurta à la tête avec la violence d'une ruade animale. Dans ma chute, je vis encore le sol qui se précipitait vers moi, mais ne ressentis plus l'impact.

*
* *

Je me retrouvai dans le tube transparent ; cinq mètres plus loin, un autre emprisonnait Griffe-de-Glace. Il était conscient et me lança un regard mi-contrit, mi-compatissant. Dans cette situation de déjà-vu, quelque chose avait pourtant changé : les Skines ne s'activaient plus dans tous les sens, mais se massaient autour d'un groupe d'appareils installés au milieu de la salle. Les tranches sommitales de nos ravisseurs étincelaient d'un bleu d'azur. Quelque chose d'imprévisible avait dû se produire. Ma curiosité fut piquée au vif.

Le fait que notre deuxième tentative d'évasion ait avorté au même titre que la première me décourageait, du moins partiellement. Comme l'attention des Skines était absorbée par l'assemblage de machines, je jugeai le moment opportun arrivé.

Je jetai un coup d'œil incisif au Chrektor.

— Tirons-nous d'ici ! sifflai-je.

Il acquiesça avec une certaine retenue. Mon idée ne paraissait pas vraiment l'enchanter. Pourtant, il recommença à se tortiller, comme il l'avait déjà fait, pour essayer de plaquer ses paumes sur la paroi du tuyau. Il était sur le point de réussir quand l'inattendu se produisit : les tubes bougeaient. Je sentais la cloison qui glissait le long de mon corps et constatai qu'elle s'abaissait pour s'escamoter dans le sol. Griffe-de-Glace s'immobilisa aussitôt en remarquant le mouvement des cylindres ; il incarnait la consternation en personne, même lorsque les sommets de nos geôles se furent depuis longtemps enfoncés dans le dallage.

Nous étions libres, mais mon ami cristallin restait dans la position qu'il avait précédemment adoptée.

— Hé, réveille-toi ! criai-je au bord du fou rire.

Il s'arracha à sa rigidité et promena ses grands yeux autour de lui.

— Pour… pourquoi ?

Un Skine se tenait devant nous comme s'il avait brusquement surgi du sol. Je crus reconnaître Soon-Soon, sans pourtant savoir d'où il était si soudainement sorti. Sans doute avait-il utilisé l'un des transmetteurs bipolaires.

— On vous avait certifié que vous seriez libres à l'issue du traitement, nous dit-il.

C'était bien Soon-Soon, si je me basais sur l'intonation

du translateur. Le Skine se tut comme s'il attendait une réponse.

— Oui… ?

— Ce qui a été dit est vrai. Vous êtes libres. Pourtant, j'aimerais te prier de demeurer encore quelque temps parmi nous.

L'espace de quelques instants, je me tins coi.

— Cela signifierait-il que le *traitement* est fini ?

— C'est la stricte vérité, en effet !

Je tentai de déterminer l'éventuelle persistance de troubles ou de symptômes reliquataires. Pourtant, je me sentais parfaitement bien. La réalisation de la « copie de ma conscience » n'avait laissé ni trace ni effet secondaire. Mon étonnement une fois passé, je subodorai que la déclaration de Soon-Soon était étroitement liée à l'agitation des Skines.

— Nous sommes libres ? m'assurai-je pour être certain d'avoir bien entendu. Vous avez dupliqué nos consciences et nous pouvons partir ?

— Oui, vous le pouvez. Seulement…

— Tu souhaites que je reste encore quelque temps. Pourquoi ?

— J'aimerais te montrer quelque chose.

— Et Griffe-de-Glace ?

— Dehors, un appareil se tient à la disposition de ton ami de cristal. Il l'emportera jusqu'à votre vaisseau.

— Tu veux partir ? dis-je au Chrektor d'un air interrogateur.

— Le plus tôt sera le mieux ! s'enthousiasma-t-il avec un geste d'assentiment.

— Bon ! Tu informeras Fartuloon que quelque chose d'important s'est produit ici et que je te suivrai un peu plus tard.

— Es-tu certain de pouvoir faire confiance à ces individus ?

— Tout à fait ! Vous n'avez pas besoin de vous faire de souci pour moi.

Mon compagnon se dirigea vers la sortie. Deux Skines le prirent en charge et l'escortèrent jusqu'au glisseur.

— Viens avec moi, m'invita Soon-Soon d'un geste, que je puisse te montrer quelque chose de singulier.

— Tu excites ma curiosité.

Nous nous approchâmes d'un groupe de Skines, fort de plusieurs centaines d'individus qui se pressaient autour d'un rassemblement de machines. En nous voyant arriver, ils s'écartèrent et formèrent un couloir qui nous mena jusqu'à une console d'apparence compliquée. Soon-Soon pressa quelques boutons.

— Je vais d'abord te faire voir la conscience de l'homme de verre. (Il dut sentir mon incrédulité car il ajouta aussitôt :) Je sais, j'ai prétendu que les consciences n'étaient pas visibles sur le mode optique. Cette affirmation est toujours valable. Mais à l'intérieur du « piège », le psycho-duplicat génère quelques modifications d'ordre énergétique que nous pouvons consulter. Si tu préfères, c'est une sorte de simulation assistée par calculateur.

Une lame ovale brillante sortit d'une fente. Sombre à l'exception d'un enchevêtrement de traces claires, elle ressemblait à une plaque radiologique. Soon-Soon s'en empara et me la tendit. Je vis une figure qui me fit penser au corps irrégulier d'une arachne dotée de centaines de pattes. Le centre formait un noyau luisant d'où jaillissait une multitude de filaments tentaculaires.

— Ceci, dit le Skine d'un ton insistant, est la reproduction énergétique de l'altération que la conscience de ton ami induit dans la cellule mémoire. (Il enfonça une nouvelle série de boutons.) Et maintenant, extrayons la tienne.

La fente évacua une deuxième lame. Soon-Soon s'en saisit et la souleva. La réplique psi était fondamentalement différente de celle que nous venions d'examiner quelques instants auparavant, et je compris la raison de l'émoi des Skines. L'enregistrement montrait *deux arachnes* au lieu de celle, unique, que la conscience de Griffe-de-Glace avait générée.

— Tu le constates par toi-même ! émit sur un ton grave le translateur de Soon-Soon. Tu es un être particulièrement atypique, Arkonide Atlan ! En dupliquant ta conscience, nous en avons obtenu deux, sans la moindre intervention de notre part…

*
**

Au moment même où il exposait ce constat, l'explication s'imposa à moi : *Mon cerveau-second ! Il a visiblement été saisi comme une conscience indépendante, ce qui justifie du coup le dédoublement de la mienne et la perplexité des Skines. Reste à savoir si les deux enregistrements représentent un mélange du secteur logique et du « moi » d'Atlan ou si chacun garde sa « souveraineté » !*

Durant les quelques dizaines de millénaires de leur pratique, un tel incident ne leur était apparemment jamais arrivé. Je pouvais comprendre leur désorientation. D'un autre côté, je ne me sentais pas obligé de leur révéler la vérité et décidai de garder pour moi le secret de mon cerveau-second.

— Je ne puis vous éclairer, mentis-je. Peut-être vos machines sont-elles défectueuses ?

— Aucun de nos appareils ne présente le moindre défaut, réagit Soon-Soon avec un air réprobateur. Chez nous, tout fonctionne parfaitement, surtout les instruments aussi importants que ceux-ci.

Ensuite, il essaya de me sonder ; il finit par nous relater comment il nous avait trompés grâce à son illusion d'optique ainsi qu'à la mise en place de factionnaires tout le long de notre itinéraire prévisible. Ceux-ci nous étaient tombés dessus au moment où nous nous y attendions le moins. Il nous rapporta qu'entre-temps, il avait appris à nous considérer comme des « individus dangereux ». C'est pourquoi il n'avait pas voulu courir de risque supplémentaire et nous avait soumis au traitement pendant que nous étions évanouis.

— Le processus n'est pas influencé par l'état de veille, de sommeil ou s'étourdissement du sujet traité. Il suffit qu'il soit vivant pour que la copie se fasse correctement. Je repose la question : durant votre fuite, avez-vous subi des épreuves inhabituelles qui expliqueraient la double image générée par ta conscience ?

— Non ! (J'ajoutai non sans un méchant plaisir :) C'est toi qui as eu l'idée de réaliser une copie de la mienne. Je ne suis pas responsable des effets imprévus !

Il n'entendit pas l'ironie – ou ne voulut pas l'entendre –, mais reprit un ton sérieux et insidieux.

— Cet événement remet en cause les résultats de plusieurs millénaires de recherches. Une théorie s'est mise à chanceler, une théorie qui jusque-là constituait une axiomatique. Comment peux-tu rester indifférent à un tel incident ?

— Pour une excellente raison, répondis-je en riant. Parce que je ne m'intéresse pas aux consciences des autres, et que je les collectionne encore moins. Qu'allez-vous faire, notamment du double surnuméraire ?

— Nous n'en savons rien. Les deux copies existent dans la même cellule-mémoire. Si elles n'étaient pas identiques, elles se brouilleraient ou même s'annuleraient. Pourtant, elles semblent… s'entendre.

— Que deviennent les duplicats après leur stockage ?

— Nous les désarchivons à l'occasion pour un examen approfondi. Après l'opération, nous les retransférons dans le « piège ».

— Et c'est ce que vous allez faire avec les miens ?

— Je ne le crois pas, se désespéra le translateur.

— Pourquoi pas ?

— Parce que nous devons mettre une sorte de *conscience*

neutre à la disposition d'une copie déstockée – c'est-à-dire l'un d'entre nous dont le psychisme a suffisamment été… (Il hésita, parut chercher le terme exact et reprit :) préparé pour faire fonction de receveur.

C'est donc un processus dont les principes ressemblent à ceux utilisés par les Vecorats, murmura mon cerveau-second. *Ici comme là-bas, il s'agit d'un déplacement puis d'un échange de consciences, certes basé sur un savoir qui transcende largement celui de la paraphysique arkonide.*

— Tant que l'opération ne concerne qu'une seule conscience étrangère, tout va bien. Nous l'avons fait des dizaines de milliers de fois sans qu'il y ait le moindre danger. Par contre, lors d'une transmigration brutale de deux copies vers un réceptacle neutre, il est possible que le cessionnaire soit endommagé en subissant des séquelles tant au niveau de son psychisme propre que de son cerveau. Ceci explique mon indécision.

Soon-Soon se tenait de telle façon que sa tranche sommitale était dirigée vers la paroi gris-brun sertie de coupoles luminescentes. L'une d'entre elles dissimulait la « conscience binaire ». Le Skine paraissait fixer le mur comme s'il s'attendait à ce que, devant ce tableau, son problème se résolve tout seul.

Quelque chose d'étrange se produisit soudain : un bruit bizarre jaillit de la paroi. Ce fut comme un sifflement sourd, né à la limite inférieure de la gamme sonore, qui s'élevait rapidement pour devenir de plus en plus strident. Quand il atteignit un volume tel que mes oreilles commencèrent à souffrir, il s'arrêta net. Je n'avais pas la moindre idée de ce qui avait pu se passer. Nos hôtes semblaient dans le même état d'esprit car la couleur de leur section discoïdale, d'abord bleue, vira au turquoise et enfin au vert, signe évident de leur extrême préoccupation.

Personne ne paraissait savoir comment réagir. Les bourdonnements embarrassés de voix skines me parvenaient de tous côtés. Comme Soon-Soon était seul à porter un translateur, je ne pouvais comprendre ce que disaient les autres. Je regardai autour de moi et remarquai un étranger isolé qui, se détachant du groupe en pleine discussion animée, se dirigea sans hâte vers la sortie. Je le vis ouvrir le portail et s'avancer à l'air libre. J'observai accessoirement qu'à l'extérieur, le soleil brillait. Il faisait donc encore – ou de nouveau – jour.

Deuxième supposition ! me souffla ma voix intérieure. *Mais nous sommes toujours le 33 prago d'ansoor !*

Soon-Soon semblait avoir difficilement accouché d'une décision. Il manipula une fois de plus le même groupe de boutons. La fente cracha une troisième lame. Le Skine s'en empara et l'examina. Le bourdonnement strident qu'il poussa aussitôt après ne pouvait être qu'un cri de terreur. J'essayai d'attraper l'empreinte ; ce fut difficile car les Skines se la passaient de main en main et ne la soulevaient pas plus haut que leur taille ne l'exigeait. Je pus finalement l'arracher à une griffe préhensile et vis ce qui épouvantait Soon-Soon : l'une des deux « arachnes » avait disparu ; ce qui signifiait qu'il ne restait qu'une seule des copies de ma conscience dans la cellule-mémoire.

La tension ne diminua pas. Soon-Soon finit par m'entraîner à l'écart, me fit sortir de la grande salle puis m'emmena dans une pièce annexe où il me pria de prendre place sur une couchette skine. Je voulais connaître ses intentions ; brusquement, il parut ne plus comprendre mes questions et sombra dans une profonde prostration.

Peu après, le panneau d'accès s'ouvrit et un autre Skine pénétra dans le local. Il portait un translateur.

— Je suppose que tu ne me reconnais pas ? me dit-il. À tes yeux, nous nous ressemblons tous. Je suis celui qu'ils appellent le « vrai savant ». En fait, je n'ai rien à voir avec le projet de Soon-Soon. Mes recherches sont d'une autre nature. Mais parfois, eu égard à ma grande sagesse, je suis appelé en consultation.

Donc l'événement est d'importance ! Le fait qu'il surgisse à ce moment précis prouvait que ses compétences étaient requises de toute urgence.

— J'ignore comment t'expliquer ce qui s'est passé ici, car moi-même ai du mal à le comprendre. Il est pourtant établi que l'une des deux copies s'est échappée du « piège ». C'est un processus aberrant qui n'a pu être rendu possible que par la présence de deux duplications dans une seule et même cellule. Nous savons qu'une copie ne peut pas exister sans une liaison matérielle ou, à tout le moins, un ajustement structurel par le biais d'un projecteur de conscience. La réplique fugitive a dû trouver un corps dans lequel elle a transmigré. Cela signifie que quelque part sur cette planète vit une créature qui t'est équivalente, non pas physiquement, mais spirituellement. Ta conscience doit posséder une force inhabituelle. Il est indubitable qu'elle a conquis le *moi* du corps d'accueil et qu'elle maîtrise totalement son hôte.

Mes yeux se brouillèrent. *Ma conscience dans le corps d'un Skine ! Car c'est uniquement dans le cerveau d'une créature de cette espèce que la copie perdue a pu fuir. Un Atlan skine ! Que va-t-il faire ? Quelles sont ses intentions ?* Soudain, je me rappelai l'individu que j'avais observé alors qu'il s'éclipsait du rassemblement dans la grande salle. Je me levai d'un bond.

— Je l'ai vu !

— Qui ?

— Le Skine dans lequel mon psycho-duplicat s'est caché.

Je rapportai la scène.

— Quand était-ce ?

— Il n'y a pas plus de quatre décitontas.

— Autrement dit, environ vingt skops, constata le « vrai

savant » d'un air abattu. Il aura disparu depuis longtemps. Peut-être même vers les *mondes supérieurs*…

Soon-Soon examina un à un les Skines de la salle.

— Un de mes techniciens manque effectivement à l'appel. Il s'est volatilisé depuis peu.

— Qu'on le recherche partout ! Il faut que nous soyons sûrs de notre fait. Si la copie s'est réellement transférée dans son corps, il sera très difficile de le capturer. Notre ami Atlan est une créature aux ressources insoupçonnées.

Le « transcendant » tourna vers moi sa tranche sommitale aux couleurs rouge clair, prouvant qu'il avait conservé l'équilibre de son âme.

— Tu vas devoir nous aider, s'exclama-t-il.

— Vous aider… ?

— À appréhender ta conscience.

— Que non ! répliquai-je en poussant un rire rauque. C'est votre problème. C'est vous qui organisez ces singuliers jeux de duplication, alors à vous de le rattraper.

— À ta place, je ne ferais pas preuve d'autant de légèreté.

— Pourquoi ?

— La conscience d'un Arkonide se dissimule dans le corps d'un Skine. *Ta conscience !* Crois-tu vraiment qu'elle s'y sente bien ? À la première occasion, elle essaiera sans doute – et elle semble en avoir la capacité – de se procurer un hôte plus approprié…

Par exemple sur le Polvpron, ajoutai-je involontairement en pensée. Cela pouvait s'avérer inquiétant. Le problème n'était pas aussi simple que je l'avais imaginé. *Il est donc de mon intérêt qu'elle soit retrouvée et qu'elle réintègre sa cellule-mémoire avant qu'elle ne se… hum ! niche dans l'un de mes amis…*

— Nous avons besoin de toi, reprit le « transcendant », car toi seul sais – et, par suite, la copie de ton psychisme – de quelle manière tu mènes tes raisonnements et tes actions. Nous ne pouvons malheureusement pas dire à quel niveau se maintiendra l'influence de la conscience skine asservie, de ses souvenirs et de sa mentalité sur la personnalité globale.

Ce qui signifie, martela mon cerveau-second, *que cela ne peut pas être ton « absolue réplique », comme le « vrai savant » l'a prétendu tout d'abord. Si tel était le cas, elle devrait en toute logique penser et agir comme toi. Qu'aurais-tu fait, toi ? Le « deuxième Atlan » t'a bien vu ; n'essaierais-tu pas de prendre contact avec ton* moi, *simplement parce que tu peux avant tout te faire confiance à toi-même ? Te contenterais-tu de t'esquiver ? Non, Prince de Cristal, durant cette procédure de duplication, quelque chose s'est mal passé. Très mal, même !*

À moins que ce ne soit l'emprise de la conscience skine, songeai-je. *Une sorte de compénétration, peut-être ! Une superposition ne serait-ce que partielle doit induire des modifications, voire un état de désorientation. J'aurais sans doute moi aussi obéi à un premier instinct de fuite.*

Plus j'y réfléchissais, plus il devenait clair que ce n'était plus seulement le problème des Skines, mais aussi le mien.

— Je vais y réfléchir, affirmai-je en sachant pertinemment que je ne pouvais, ni ne voulais, me soustraire à cette poursuite singulière.

La chasse à ma propre conscience qui, le cas échéant, n'a pas grand-chose en commun avec moi ou mon moi *et qui, en fin de compte, n'est peut-être que la copie de mon secteur logique…*

— Je souhaiterais tout d'abord rejoindre mes amis, repris-je. Je veux les prévenir et en discuter avec eux. De plus, j'ai faim et soif ; j'ai également besoin de dormir. Entre-temps, essayez de retrouver la trace du technicien disparu, puis nous verrons.

— Bon ! Un glisseur te ramènera à ton vaisseau. Nous nous manifesterons le moment voulu.

J'acquiesçai et fus content, peu après, de quitter l'engin skine qui me déposa près du *Polvpron*. Griffe-de-Glace avait déjà informé nos compagnons, du moins pour la part des événements qu'il avait suivis. Mon rapport complémentaire provoqua un mélange d'incompréhension, de terreur, de répulsion et de colère. Il nous aurait été possible de décoller car le champ d'immobilisation avait été désactivé. Les Skines tenaient leur parole : nous étions libres. Pourtant, nous ne quittâmes pas Tsopan pour la bonne et simple raison que cela *me* concernait. Après un copieux repas, je m'allongeai et m'endormis avec une rapidité déconcertante.

CHAPITRE III

(Extrait de : « *Chiffres, Centuries, Cotes et Certificats –
du rapport établi par le Corps Historique de l'O.M.U.* »,
Chamiel Senethi ; in : *Rééditions abrégées de diverses
archives*, ici : *Mort et Héritage de Tsopan* (A-EV-137-74),
Groupe Éditorial Sonthrax-Bonning, Lepso, an 1310 de la
Nouvelle Datation Galactique.)

*... constituaient un peuple d'une intelligence supérieure
qui atteignit l'apogée de son évolution à la fin du XXe siècle
de la datation terrienne. En tant que savants, chercheurs et
philosophes, les Skines ne s'étaient pas engagés sur la même
voie que la plupart des peuples stellaires qui, une fois
lancés, cherchaient à conquérir l'intégralité de l'Univers.
Car expansion et conquête signifient combat, de sorte que
les Skines, par nature pacifiques et incapables de mentir, évi-
taient l'affrontement avec les autres peuples de la Galaxie.*

*C'est dans un total isolationnisme qu'ils survécurent,
sans être importunés, tant à l'Empire des Varganiens qu'à
la domination des Lémuriens dont le Grand Tamanium
englobait la quasi-totalité de l'Île Solitaire. Même la guerre
lémuro-halutienne ne les toucha pas, car leurs incursions
dans le cosmos, pour en sonder les secrets, restèrent
constamment des entreprises individuelles. Dans les rangs
des Skines, il y eut naturellement beaucoup d'opposants qui
prétendaient que la seule manière de se hisser au niveau
d'une puissance cosmique résidait dans les contacts avec*

d'autres intelligences. Néanmoins, en dépit des craintes de ces détracteurs, l'isolationnisme ne constituait nullement une forme de « consanguinité mentale ». C'était justement cette réclusion volontaire qui rendait si féconde l'aspiration à la connaissance.

Les Skines développèrent même une méthode qui leur permettait d'étudier des créatures étrangères de manière exhaustive, sans avoir besoin de maintenir un contact permanent avec eux. Pour cela, ils établissaient des copies des consciences des êtres qui leur paraissaient suffisamment intéressants. Durant leur activité de collecte de plusieurs dizaines de millénaires, les habitants de Tsopan purent emmagasiner d'innombrables duplicats dans leurs cellules-mémoires. Bien que les banques de données prirent avec le temps des proportions gigantesques, les Skines ne purent jamais se résoudre à n'effacer ne fût-ce qu'une seule copie.

La collection de Xascat était le plus précieux trésor de ce peuple ; ses « pièges » contenaient la totalité du spectre de la vie foisonnante de tout un univers-île ainsi que beaucoup de variétés de formes extérieures aux frontières galactiques. Il existait des répliques psi de représentants des peuples dominants au même titre que de ceux disparus depuis longtemps, ou des autres qui incarnaient des civilisations émergentes. De leurs analyses, les Skines retirèrent de précieuses connaissances, les rapprochant de leur objectif ultime : la découverte du secret de la vie.

Puis, au moment d'atteindre leur but, à la fin du XXe siècle terrien, une catastrophe les frappa et ce fut l'ambition scientifique sans bornes des Skines eux-mêmes qui les précipita vers l'abîme. Lors d'expériences hyperphysiques avec de l'antimatière, ils manipulèrent des forces qui finirent par les dépasser. Cette fois-ci, des voix alarmantes et exhortatoires s'étaient également élevées (une partie des duplicats conservés à Xascat fut même évacuée), mais le désir de savoir l'emporta ; les expérimentations furent maintenues et échappèrent finalement à tout contrôle.

Une explosion terrible ne détruisit certes que Xascat, le lieu des essais, mais elle induisit un autre effet que personne n'avait prévu : des particules d'antimatière à stabilisation hyperphysique furent projetées dans l'atmosphère et se répartirent sur toute la surface de Tsopan. Peut-être étaient-ce les forces hyperénergétiques libérées lors de la catastrophe ou bien les réactions des « portes vers les mondes supérieurs » qui généraient ce flux permanent d'antimatière ; toujours est-il qu'une lente mais inexorable réaction en chaîne s'amorça car cette non-substance créait constamment de nouveaux foyers de déflagration. (Remarque : Des notes provenant de l'héritage skine évoquent certes « l'antimatière », mais il n'est pas certain que ce soit la traduction correcte si l'on s'en réfère aux effets et aux phénomènes décrits ; il est néanmoins établi que des facteurs hyperphysiques ont joué un rôle prépondérant.)

Quoi qu'il en soit, une grande partie de l'antimatière, constamment générée et presque totalement isolée par des champs hyperénergétiques, parcourait l'atmosphère sous forme de gigantesques structures filamentaires et de cocons, empêchant toute circulation aérienne et en particulier les opérations d'évacuation vers l'espace de la population menacée. Pour compliquer la situation, la mise en œuvre des transmetteurs fictifs skines ainsi que l'accès aux mondes supérieurs s'avéra désormais impossible. Des actes désespérés furent tentés, mais tous se soldèrent par de puissantes explosions. La civilisation des Skines s'effondra ; il y eut multiplication des actes d'agression et de pillage. Seuls les silos fortifiés installés avant la catastrophe assurèrent la survie pendant un certain temps en fournissant oxygène, nourriture et provisions d'eau.

Au moment du cataclysme, plusieurs vaisseaux skines avaient quitté Tsopan sans perspective de retour. Ceux qui essayèrent malgré tout en subirent les mortelles conséquences. Les spationautes durent assister, impuissants, à l'anéantissement de leur race puis virent périr leur pla-

nète-patrie. Seuls les derniers représentants du grand peuple de jadis qui, à bord de leurs navires attendaient aux frontières du système stellaire, virent Tsopan déchirée par une formidable éruption. À travers les relevés des systèmes de détections et sur les écrans de visualisation, ils observèrent la façon dont un gigantesque coin d'antimatière transperça la croûte planétaire et transforma le corps céleste en débris.

Les occupants des vaisseaux n'étaient pas en mesure de déposer durablement le germe de la civilisation skine sur d'autres mondes et finirent par mourir également. Seuls quelques vestiges et notes acoustiques furent retrouvés un jour et purent être exploités. C'est par eux que nous connaissons l'existence des psycho-duplicats que le savant Bard Mo avait libérés peu avant le déclin définitif : à l'aide d'un projecteur de consciences qui induisit une modification structurelle dans les copies et les catapulta à travers l'hyperespace, ils furent disséminés dans toute la Galaxie dans l'espoir qu'ils nouent le contact avec des créatures intelligentes. Par leur mutation, les répliques psi acquirent une sorte d'« aura tactile » d'une portée de plusieurs années-lumière. Si le hasard les égarait à proximité d'un être pensant, ils étaient attirés et transmigraient dans l'esprit de ce dernier. Parmi les psycho-duplicats libérés figuraient notamment celles de Pholketz, Wryvn, Z.P.T., Ok'Opprepper, Vaulfrost, Xzettrat, Epe et – Atlan…

À bord du **Polvpron**, *le 34 prago d'ansoor, 10497* **da Ark**

Huit tontas après mon retour, Soon-Soon se manifesta par l'intermédiaire de l'intercom.

— Le porteur de ton psycho-duplicat vient d'atteindre l'un des *mondes supérieurs* dénommé *Sketan*. Un Skine que personne n'attendait y est arrivé il y a un maxiskop. Il a affirmé agir sous couvert d'un important mandat de

recherche, a aussitôt quitté la station et se trouve maintenant quelque part à la surface de Sketan. Une vérification a
permis de déterminer qu'il avait *menti* ; il n'y a aucune
mission de ce type en cours. Et comme c'est un *être
bizarre*, à ton exemple…

— Je n'irai pas seul ; Fartuloon m'accompagnera !
répondis-je énergiquement. Et je veux savoir ce qu'il en est
des *mondes supérieurs*. Que m'en dis-tu ?

— Les chances de succès de ton entreprise seront sans
doute doublées avec ton mentor. C'est d'accord ! J'envoie
un engin pour vous récupérer. (Il hésita.) Vous devrez
renoncer à votre équipement primitif qui serait sans doute
endommagé lors du passage, ou qui risquerait de ne pas
fonctionner correctement sur Sketan car nous n'avons pas
le temps de procéder à son adaptation. Enfilez les combinaisons spécialement apprêtées que le glisseur vous appor-
tera. Dans la salle de transition vers les mondes supérieurs,
vous recevrez tout le complément nécessaire : des translateurs pour que vous puissiez vous comprendre, des transmetteurs pour établir des liaisons à longue distance, et ainsi
de suite.

Il interrompit la communication avant que je n'aie pu
répliquer. Fartuloon cracha un juron amer. Soon-Soon
n'avait pas jugé bon de répondre à ma question et je me
demandai spontanément si, dans son esprit, l'expression
« mondes supérieurs » n'était pas une explication suffisante.

*Selon toute apparence, nous devrons accepter l'idée
d'un saut dans l'indéfinissable*, pensai-je. *Cela déplaît tout
autant à mon maître qu'à moi. Nous n'avons malheureusement pas la possibilité d'influencer les manières des
Skines. La seule échappatoire serait le décollage immédiat
du* Polypron.

Je dus m'avouer que je me serais senti vil et lâche. Je
n'avais jamais fait partie de ceux qui prenaient tout simplement la fuite ; j'avais toujours affronté les problèmes.
L'expression de l'Arracheur d'Entrailles me confirma qu'il

était dans les mêmes dispositions d'esprit que moi, tandis que mon cerveau-second envoyait des commentaires maussades que je me contentai d'ignorer.

*
* *

— Mon nom est Skagos, dit le Skine qui nous accueillit après que deux autres créatures de son espèce nous eurent introduits, Fartuloon et moi, dans une grande salle en forme de coupole, éclairée d'une lumière rougeâtre.

Tout autour se traînaient d'autres Skines vaquant à d'incompréhensibles occupations.

— Je suis le scientifique responsable de la halle de transition, reprit-il. Ce que vous voyez là-bas, ce sont les projecteurs de matière, les « portes » vers les *mondes supérieurs*.

Du plafond pendaient plusieurs douzaines de choses tubulaires, terminées par des ouvertures en entonnoir dans et sous lesquelles j'apercevais un scintillement bleuâtre. Je supposai que les « portes » étaient les transmetteurs et les « mondes supérieurs » les autres planètes de ce système. Jamais encore je n'avais vu de transmetteurs construits de cette manière. *Mais nous, les Arkonides, ne maîtrisons pas le principe des transmetteurs fictifs ou bipolaires des Skines.*

— Qui nous garantit qu'il y a un retour de ces mondes supérieurs ? demandai-je à haute voix.

— Moi, personnellement ! (Je ne pus que le croire car sa race ne mentait pas.) Dès que tu auras arrêté et isolé le porteur de ta conscience, tu pourras le ramener ici. Les savants de la station t'aideront. Ils sont prévenus.

Cela semblait effectivement sans danger, mais je n'étais plus sûr de l'infaillibilité prétendue de la technologie skine. Et de quelle nature étaient ces dénommés mondes supérieurs ?

— On peut y vivre, répondit laconiquement Skagos. Nous n'avons que quelques bases de recherches sur Sketan. Mais vous trouverez de l'aide partout, si besoin est. Les détails vous seront communiqués là-bas. Le scientifique

Lateran vous instruira ; c'est lui qui y dirige nos stations. Entre-temps, nous avons appris que le porteur de ta conscience y a déjà travaillé.

En définitive, je n'étais pas plus instruit qu'auparavant. J'examinai pensivement les dispositifs à entonnoir fixés au plafond du dôme et qui descendaient jusqu'à une hauteur d'environ deux mètres du sol ; ils semblaient prêts à aspirer tout ce qui se situait en dessous d'eux. De temps à autre, un flamboiement parcourait le scintillement bleuâtre de l'un des entonnoirs ; à part cela, je ne remarquais aucune altération. J'étais pourtant certain qu'une activité complexe avait lieu par-delà mon seuil de perception, un échange d'informations, des courants énergétiques, ou encore d'autres phénomènes indéfinissables.

— Suivez-moi ! dit Skagos. (Nous lui emboîtâmes le pas jusqu'à l'aplomb des tubes en entonnoir.) Jamais encore un duplicat de conscience enregistré n'a pu s'échapper du piège par ses propres moyens. Nous sommes dans l'incompréhension totale de ce qui a pu se passer. Nous devons trouver une réponse, et vous seuls pouvez nous y aider. Après cela, vous pourrez quitter Tsopan.

.— Trop aimable ! cracha Fartuloon d'un ton sec en malmenant la combinaison grise fournie par les Skines.

D'apparence, ces tenues imitaient nos spatiandres de vol ; en revanche, la tentative d'analyse de leur matériau avait saturé nos appareils. À son grand mécontentement, l'Arracheur d'Entrailles avait même dû abandonner son plastron pectoral bien-aimé, ainsi que *Skarg* à bord du *Polypron*.

— De quelle façon reviendrons-nous quand nous aurons capturé le porteur ? demandai-je. Et dans l'absolu, comment pouvons-nous l'immobiliser puis empêcher que la réplique s'évade une nouvelle fois ?

— À l'aide de projecteurs spéciaux qui vous permettent de l'envelopper dans un filet hyperénergétique contrariant toute tentative de transmigration. Leur émission est variable tant en intensité qu'en rayon d'action, de sorte qu'elle peut paralyser, mais aussi tuer et détruire. J'espère pourtant que ce ne sera pas nécessaire. Un Skine étourdi par un tel projecteur ne peut pas absorber de copie de conscience.

Sur un geste de sa part, deux individus apportèrent l'équipement promis et nous en expliquèrent le fonctionnement. Il s'agissait de ceinturons noirs de la largeur d'une main, munis d'une multitude de poches et de compartiments ; comme leurs dimensions correspondaient à la morphologie des Skines, nous dûmes les porter en bandoulière. Les translateurs cubiques étaient activés ; les communicateurs, des barrettes de la longueur et de l'épaisseur d'un doigt, se réglaient et s'ajustaient par la parole. Les projecteurs évoqués par Skagos étaient enfoncés dans des sortes d'étuis ; ils avaient la forme de bâtonnets longs de l'envergure d'une main et dotés de poignées adaptées naturellement aux pinces tridactyles des Skines. Un levier permettait de modifier les fonctionnalités, une touche correspondait à la détente et une molette crantée ajustait la portée. Les compartiments et les poches des ceinturons contenaient des barres de nourriture concentrée et des ampoules d'eau minérale.

— Restez immobiles, nous demanda Skagos après nous avoir donné les explications préalables. Le processus de translation va être engagé. (Sa griffe préhensile reposait sur un levier.) Je vous souhaite de réussir ; après cela, l'Univers vous appartiendra.

— Vas-y, à la fin ! grogna Fartuloon.

Skagos poussa la commande vers le bas. Le scintillement s'intensifia au-dessus de nous, puis je crus ressentir une légère secousse électrique. La salle aux entonnoirs, le Skine, les longues rangées de consoles et même mon mentor à côté de moi, tout s'effaça comme si un épais nuage de brouillard s'était soudain abattu sur nous. Ensuite, quelque chose m'entraîna vers le haut en une rapide ondulation. L'instant d'après, je me dématérialisai.

Pour Fartuloon et moi, le phénomène ne dura qu'un instant. Quand le flux d'énergie dématérialisatrice s'empara de nous, nous stationnions sous l'un des multiples entonnoirs de Xascat. Aussitôt après, nous nous retrouvâmes sous un autre entonnoir, unique celui-ci, dont le scintillement faiblissait progressivement. Au-dessus de la coupole transparente pesait un ciel de plomb.

Un Skine porteur d'un translateur s'approcha de nous.

— Je me nomme Lateran. Veuillez quitter le domaine de captation de la porte.

— Ce monde supérieur s'appelle bien Sketan ? m'enquis-je après les présentations. Appartient-il au même système stellaire que Tsopan ?

Rongés de curiosité, nous atteignîmes le bord du dôme transparent qui s'élevait sur une légère éminence et découvrîmes un étrange paysage. En dépit de la clarté uniforme et du ciel gris de plomb, dépourvu de nuages, je ne pus apercevoir le soleil jaune clair de Tsopan. Puis je cherchai à distinguer des immeubles et de la végétation, mais sans succès. Je ne pus discerner que de vagues concrétions fantomatiques qui semblaient dotées d'une structure cristalline. À environ un kilomètre de distance, je remarquai une large bande constituée d'un amalgame de particules brillantes colorées qui se mélangeaient sans cesse en donnant l'illusion d'un courant qui s'écoule. *Y a-t-il sur ce monde quelque chose qui corresponde à une planète normale ?*

Le Skine nous avait suivis.

— Sketan n'est pas une planète de notre système, expliqua-t-il. Jadis, c'était un monde gravitant autour d'un vrai soleil et abritant une vraie vie organique ; maintenant c'est un globe qui *existe dans l'hyperespace.*

— *Dans* l'hyperespace ? C'est pour cela que l'on parle de mondes *supérieurs* ?

Je le fixais, incrédule, pendant que mon cerveau-second attirait mon attention sur le rapprochement entre les formulations *jadis* et *vraie vie organique* pour en déduire que *maintenant*, sur Sketan, il fallait compter avec *une forme de vie différente*.

— Dans l'hyperespace, il n'y a pas de tangibilité dans le sens qui nous est familier. Tout se dématérialise lors du passage dans le continuum supérieur, et le retour à l'état initial n'intervient qu'à la fin du processus transitionnel. Comment peut-il être possible qu'une planète entière existe en dehors de l'univers standard ? Et de plus, de manière pérenne ?

— Pourquoi le contester ? Il y a tellement de miracles dans le Cosmos, … et l'une des missions de mon peuple est de les identifier puis de les expliquer. Les cataclysmes naturels, par exemple la naissance d'une supernova, provoquent de temps en temps des translations dimensionnelles ou des failles dans le continuum spatiotemporel au même titre que les hypertempêtes ou d'autres phénomènes assimilés et par lesquelles tout un monde, voire plus encore, peut être projeté dans l'hyperespace.

Un lieu commun, ergota mon cerveau-second, *qui n'est pas forcément applicable à Sketan. Je veux croire que les Skines ne mentent pas ; or, ce Lateran sait très bien comment éluder une déclaration explicite.*

— Certes ! Mais comment… ? balbutiai-je, désorienté, en pensant aux conditions exotiques régnant dans la Barrière de Sogmanton ainsi qu'aux « spectres » que nous avions rencontrés sur Kraumonn.

Ma mémoire eidétique me rappela spontanément un entretien du passé ; soudain résonna dans mon esprit, exactement telle que je l'avais entendue il y avait quelques périodes arkonides, la voix de Tirako, comme s'il avait survécu au monde des Kralasènes et parlait tout près de moi.

« … ces malheureux oscillent entre les dimensions. À la longue, ils ne peuvent séjourner ni ici, ni là-bas. Ils passent de l'univers standard à l'hyperespace, et réciproquement. Une question : comment un tel phénomène oscillatoire est-il non seulement possible, mais aussi scientifiquement explicable ? Puis-je citer l'axiome de base de l'hyperphysique ? *Par rapport au continuum spatiotemporel quadridimensionnel, la structure du continuum hyperspatial constitue une singularité ; c'est-à-dire que les concepts d'espace, de temps, de matière et les lois physiques qui leur sont associées ne peuvent s'appliquer que si leurs équivalents et dérivés hyperphysiques interfèrent avec l'univers standard.*

Fartuloon avait souri.

— C'est juste, mais déjà la scission instable causée par une semi-transition montre bien l'existence de formes intermédiaires. L'univers standard est un continuum partiel inclus dans ce que nous appelons improprement l'hyperespace, et dans lequel s'appliquent les conventions quadridimensionnelles. Seuls certains phénomènes marquent le passage vers des domaines ne lui appartenant pas. La dématérialisation d'un objet constitue à ce titre une transformation du continuum partiel vers un état supérieur à 5 ou N dimensions. Les « spectres » oscillent entre ces états d'ordres différents ; mais si tu me demandes une formulation exacte, désolé, je passe. Je vais devoir me replonger dans la mathématique de l'hyperthorique car, si mes souvenirs sont bons, elle aborde ces thèmes.

— L'hyperthorique ? s'était exclamé Tirako en fronçant les sourcils. Ce sont ces algorithmes, formalisations et modèles descriptifs appartenant à une branche de la recherche qualifiée de « science spéculative englobante », et dont les résultats n'offrent aucune application pratique ! Des théories en rapport avec des continuums parallèles qui constitueraient le Cosmos dans sa globalité, des structures universelles localement limitées, et ainsi de suite… »

*
* *

… *nous servîmes de projecteurs de champs de contention dans l'englobement énergétique desquels le processus de dématérialisation fut jugulé pour capturer l'un des « spectres »*, repensai-je en me rappelant aussi la description de la structure de l'hyperespace que Kher m'avait faite après m'avoir entraîné et qui « … *ressemblait à une émulsion rougeâtre parcourue d'étranges pelotes et de conglomérats visqueux* ».

Les effets de transition, de dématérialisation et de superposition constituaient un aspect des choses ; par contre, une *stabilisation matérielle* dans l'hyperespace représentait une « rupture » de l'hypertransmission quasiment à « mi-chemin ». De cela, il n'était nullement question dans l'histoire scientifique d'Arkonis que je connaissais.

Lateran reprit son exposé.

— Dans l'enveloppe d'une bulle hyperénergétique préservant jusqu'à un certain point la matérialité qui nous est familière et dans des circonstances appropriées se forme un tissu spatiotemporel fermé, en miniature, qui enraye la dissipation de la matière dans l'hypercontinuum.

Je dus avouer que cette explication me paraissait plausible, et même Fartuloon acquiesça. Pourtant, mon cerveau-second leva une objection : *La question est de savoir si cette bulle hyperénergétique est d'origine naturelle ou artificielle.*

Artificielle ? pensai-je, sceptique. *La technologie arkonide ne réussit même pas à créer un cocon d'énergie pour un objet tel qu'un vaisseau spatial*, a fortiori *pour toute une planète… Dans l'eau minérale, des bulles se forment à l'ouverture de la bouteille et c'est un processus tout à fait naturel. Au sens figuré, le cataclysme évoqué par Lateran a*

pu ouvrir le « flacon » de l'univers standard, permettant à
la « bulle Sketan » d'accéder à l'hyperespace.

— Comment vous a-t-il été possible de trouver cette
planète ? demandai-je à voix haute. Vous parlez de mondes
supérieurs au pluriel : Sketan ne serait-il pas le seul auquel
vous accédiez ?

— Les moyens techniques nécessaires ont été développés depuis longtemps. (C'était une manière bien apprêtée
d'insister sur *l'arriération* des Arkonides.) Certes, les
mondes stables sont extrêmement rares dans l'hyperespace ; nous en avons pourtant découvert un certain
nombre. La plupart sont inhospitaliers ou même totalement
impropres à la vie, eu égard aux conditions marginales de
leur translation ainsi qu'à leur processus de stabilisation.
D'autres ont pu être « renaturées » artificiellement par nos
soins.

Cela me parut également évident même si l'explication
demeurait générale et ne s'appliquait pas strictement à
Sketan. Je désignai l'entonnoir fixé au plafond de la coupole.

— Ils peuvent être atteints avec un seul transmetteur de
matière ?

La tranche sommitale du Skine scintillait de nuances
orange baignant des phrénocristaux bleus isolés, témoins
d'une agitation grandissante ou tout simplement signes
de l'impatience, voire de l'irritation provoquées par mon
insistance.

— Ce n'est pas un simple transmetteur mais une liaison
permanente, une sorte de... porche énergétique dont le principe peut être comparé à celui de votre propulsion supraluminique, un genre d'accélérateur interdimensionnel. Le
translateur l'exprimera sans doute par le terme « transition à
induction externe ».

— Je comprends. Pourquoi mon psycho-duplicat a-t-il
justement choisi Sketan pour se réfugier ? Qu'y a-t-il de
particulier ici ? Il ne fait pas de doute que cette information

lui a été communiquée par la conscience assujettie du Skine, mais…

— Sketan est… *différent*. Ici, nous occupons cette station principale ainsi que plusieurs petites bases disséminées sur toute la surface du globe. La gravité est inférieure à celle de Tsopan, l'air respirable et les conditions climatiques parfaitement supportables. L'un des éléments constitutifs de la bulle protectrice, rayonnant dans le spectre électromagnétique, et englobant l'enveloppe atmosphérique, procure lumière et chaleur. Le ciel s'assombrit même à intervalles réguliers pour créer une alternance de nuits et de jours ; un phénomène artificiel créé par les habitants de Sketan avant que la planète ne se perde dans l'hyperespace…

Rien que des lieux communs ! affirma mon cerveausecond. *On saisit indubitablement, entre les lignes, que la translation ainsi que la stabilisation de ce monde dans l'hyperespace furent provoquées par les êtres qui en étaient originaires. La bulle est bien artificielle !*

Lateran hésita.

— Ces habitants n'existent plus en l'espèce…

Je dressai l'oreille et repensai à l'expression « jadis une planète abritant de vrais organismes vivants ». Fartuloon avait lui aussi relevé la contradiction.

— Ils n'existent plus en *l'espèce* ? demandai-je insidieusement. Qu'est-ce que ça signifie ?

Cette fois-ci, le Skine mit presque trois décitontas avant de répondre.

— Nos recherches portent précisément sur ces phénomènes. Vous en ferez vous-mêmes l'expérience. Des figures fantomatiques vous apparaîtront ; elles ne seront pas dangereuses tant qu'elles resteront dépourvues de matérialité.

— Elles seraient occasionnellement tangibles ? Devonsnous nous attendre à des attaques de leur part ?

— Nous savons, continua Lateran avec placidité, qu'elles n'adoptent une constitution solide que pendant de courts moments et qu'elles-mêmes ne peuvent pas influencer ectement leur matérialisation. Ce sont des êtres qui existent par-delà l'espace et le temps. Peut-être que Sketan était jadis leur monde natal et qu'ils ont perdu leurs corps matériels lorsque la planète fut absorbée par l'hyperespace.

— Avez-vous essayé d'établir le contact avec eux ?

— Évidemment, mais cela n'a rien donné. Nous avons attribué le nom de « Brons » à ces créatures ; en revanche, personne ne sait comment elles s'appellent elles-mêmes.

Je soupirai, car ce que je parvenais à lire dans la tranche sommitale scintillante du Skine me plaisait de moins en moins. J'affichai ma contrariété en croisant les bras sur la poitrine.

— Il serait temps que tu nous parles clairement, Lateran, et que nous n'ayons pas besoin de t'arracher un à un le moindre élément d'information. À défaut, nous retournerons sans délai sur Tsopan.

La section discoïdale du savant avait viré au bleu et un bourdonnement non traduit par le translateur jaillit de sa membrane de phonation. Après une courte hésitation, Lateran finit par évoquer de manière plus prolixe d'abord l'apparence des Brons, puis l'existence de villes en ruines et les notes qu'on y avait trouvées et partiellement déchiffrées.

— ... certains des éléments constituants de Sketan se sont vu modifiés après la catastrophe. La planète elle-même demeura matérielle, mais la vie organique devint instable. Les plantes retournèrent rapidement à leur état originel ; par contre, les Brons et le monde animal n'y réussirent pas.

— Savez-vous ce qui s'est passé ? Je veux dire, avezvous découvert les causes des événements qui ont jeté Sketan dans l'hyperespace ? S'agissait-il d'une catastrophe naturelle ?

— Ce n'était pas un cataclysme. L'état actuel de décryptage des notes nous permet de reconstruire le passé ; pour le reste, nous ne pouvons qu'extrapoler.

— Mais encore ? m'impatientai-je.

— Le premier accident eut lieu lors de la tentative de

déplacement de la planète au sein de son système stellaire. De gigantesques groupes propulsifs avaient été développés dans le but de rapprocher Sketan de son soleil. L'expérience échoua. Le globe adopta inexorablement un cap de dérive l'éloignant de son étoile jusque vers les profondeurs de l'espace. Les aménagements disponibles permirent néanmoins l'édification de la bulle protectrice autoluminescente.

Je hochai la tête. *Ceci explique son existence, ainsi que la possibilité de vivre sur Sketan en l'absence de soleil. Pourtant le mystère de l'état actuel des Brons demeure. Que faut-il escompter sur les autres mondes supérieurs des Skines ?*

Muets d'impatience, nous attendîmes la suite des explications de Lateran.

— Les scientifiques des Brons ne baissèrent pas les bras. Comme leur soleil était devenu une petite étoile lointaine, il leur fallait trouver une autre source d'énergie efficace. Ils eurent l'idée d'une connexion directe sur l'hyperespace. De nouvelles structures expérimentales furent construites, dont la plupart sous la surface. Elles devaient les autoriser – du moins l'espéraient-ils – à accéder aux inépuisables ressources énergétiques du continuum d'ordre supérieur et de ses univers parallèles pour les exploiter…

Avec l'aide des impulsions de mon cerveau-second, le principe s'imposa à moi : *Dans la mesure où il est possible d'établir une liaison avec une texture spatiotemporelle de substrat énergétique supérieur, la différence entropique doit automatiquement provoquer un flux d'énergie susceptible d'être capté par des antennes appropriées. Convenablement exploitée, cette force peut être soit dirigée vers le consommateur final, soit faire l'objet d'entreposages intermédiaires.*

— Un jour, le succès fut au rendez-vous ; il est d'ailleurs dommage que les enregistrements soient lacunaires. Ce qui est pourtant certain, c'est qu'à partir de ce moment-là les moyens mis en œuvre s'accrurent et que les scientifiques purent mener leurs recherches à bien sans être freinés. On ignora les mises en garde et bientôt arriva le jour de l'expérience décisive où tous les canaux de pompage énergétique furent activés et couplés avec la bulle protectrice. Les palpeurs hyperphysiques déployèrent leurs champs d'aspiration, perforant la texture du continuum spatiotemporel. Mais l'effet se renversa brutalement : au lieu de prélever de l'énergie, toute la planète fut entraînée dans l'hyperespace. Durant ce processus, les habitants se dématérialisèrent, tous sans exception. La suite reste du domaine de la spéculation : sans doute, ne trouvant plus de sol ferme sous leurs pieds, certains se seront enfoncés dans la lithosphère et d'autres auront plané, sans substance, au-dessus de la surface en essayant naturellement d'appréhender l'indicible. De temps à autre, ils recouvraient une forme tangible, même pour de courtes durées. Les Brons n'avaient aucune influence sur ce processus ; leur monde s'était trop profondément modifié. Y opéraient d'étranges phénomènes que les lois naturelles, jusque-là en vigueur, ne pouvaient expliquer. Animaux et plantes avaient disparu et ne revinrent jamais. Ce n'est qu'au bout d'une multitude de siècles qu'une nouvelle forme très différente de végétation reprit possession des lieux. Les installations de pompage d'énergie fonctionnaient finalement comme prévu ; non seulement la bulle protectrice dressée à titre préventif sauvegarda l'atmosphère, mais elle empêcha également la dissolution dans le continuum d'ordre supérieur.

Un rouge intense recouvrait la tranche sommitale de Lateran.

— L'analyse des générateurs et des projecteurs nous a permis d'acquérir une masse de nouvelles connaissances dont certaines sont d'ores et déjà mises en œuvre sur les autres mondes supérieurs. À plusieurs reprises, nous avons même réussi à reproduire l'effet translationnel et à optimiser les bulles protectrices. Nous avons même pu installer un pontage énergétique vers Tsopan sous forme de guides d'ondes tubulaires dont le principe ressemble à celui des seuils inducteurs.

J'écoutai avec fascination et dus, une nouvelle fois, relever qu'un abîme séparait la technologie des Skines de celle des Arkonides. *Des mondes matériellement stables nichés à demeure dans l'hyperespace ; le transfert ciblé de planètes vers le continuum d'ordre supérieur, servant en même temps à produire de l'énergie avec un rendement dépassant de loin celui de nos réacteurs à fusion les plus performants ; des transmetteurs qui ne sont pas tributaires d'appareils de réception et qui peuvent viser des objectifs situés dans l'hyperespace…*

À mon grand étonnement, Fartuloon, qui était resté muet jusque-là, se mit à maugréer d'un air revêche.

— Tout cela est bien intéressant, mais si nous nous attardons davantage dans la station, notre fugitif va prendre trop d'avance. Peut-il survivre durablement là dehors sans aide ? Peut-on s'y procurer de la nourriture ? Vers où a-t-il pu se diriger ?

— Il y a suffisamment de nourriture. À certains endroits, on trouve des arbres porteurs de fruits comestibles ; il y a également de l'eau, surtout dans les forêts au-delà du fleuve de galets. Il n'y a que sur les plateaux et les collines, comme ici où nous avons élevé la station, que se produisent d'étranges phénomènes d'origine non naturelle. Depuis, un certain ajustement s'est créé, mais il semblerait que pendant longtemps ait existé un… dichronisme, une sorte d'effet de dilatation, provoquant un ralentissement notable de l'écoulement temporel par rapport à l'univers standard et…

— Où se trouve la plus proche base secondaire de tes congénères ? coupa mon mentor.

Pourquoi manifeste-t-il autant d'impatience ? me demandai-je, déconcerté. *Il affecte de ne pas s'intéresser à la technique des Skines.*

Je le regardai, mais aucun trait de son singulier visage ne

révélait qu'il avait enregistré ma question muette. J'eus également l'impression qu'il n'était pas près d'y répondre. Je soupirai intérieurement. Même si je le connaissais depuis presque toujours, il arrivait parfois que l'Arracheur d'Entrailles recelât pour moi un insondable mystère qui me plongeait alors dans la plus profonde perplexité. Dans ces moments-là son apparence extérieure d'homme un peu balourd m'apparaissait comme un *masque* recouvrant une réalité très différente. *Que dis-je ? Totalement différente !*

— Cette station est très loin d'ici ; à pied, vous n'y arriverez jamais. C'est pourquoi je ne puis m'imaginer ce que la psycho-réplique cherche par ici. Car elle a déjà traversé le courant lithique.

Lateran nous accompagna vers la sortie, où un air respirable et chaud pénétra effectivement dans nos poumons. Le sol était recouvert des micrograins d'un gravier qui étincelait de toutes les couleurs.

Le responsable de la station nous fit ses adieux.

— Je vous souhaite la pleine réussite de votre expédition. À tout moment, vous pourrez entrer en contact avec nous si cela s'avère nécessaire.

Lateran referma la porte, et nous nous retrouvâmes face à l'immensité d'un monde inconnu.

Après la traversée de la forêt cristalline, nous atteignîmes la rive du fleuve bigarré que nous avions aperçu de la station. Fascinés, nous contemplâmes le lent glissement de cette masse qui, à première vue, faisait penser à une mosaïque. Ce n'était pas de l'eau qui coulait près de nous mais un courant charriant des galets brillants polychromes de la taille d'un poing. Du lointain nous parvenait un *drouououfff* assourdi que nous ne parvînmes pas à expliquer.

— Un flot de gros cailloux, releva Fartuloon. Quelle force peut pousser tout ça ?

— Ne me le demande pas, répondis-je en haussant les épaules. Sans doute ne sommes-nous pas au bout de nos surprises et je n'ai aucune envie de m'engloutir dans cet éboulis en mouvement horizontal.

— Ton *moi* dupliqué a réussi, donc il n'y pas de problème !

Mon mentor posa prudemment le pied droit sur la masse au courant lourd et s'enfonça d'un petit centimètre. Il s'agrippa à mes mains, engagea également le pied gauche, se retrouva sur les galets multicolores, s'enlisa jusqu'aux chevilles et se déplaça avec lenteur en direction de « l'aval ».

— Je crois que ça va aller, annonça-t-il, prêt à sauter sur la berge. Et tu es plus léger que moi…

— Le mitan est peut-être plus profond.

— L'épaisseur de la couche n'a aucune importance. Nous devrions tenter le coup.

Je tirai Fartuloon vers le bord et jetai autour de moi un regard inquisiteur. Il y avait quelques formations ressemblant à des arbres, mais je n'étais pas sûr qu'elles puissent servir mes desseins. Un essai ne pouvait pas nuire.

— Qu'as-tu l'intention de faire ?

— Un radeau, ou du moins un tronc que nous emporterions comme bouée de sauvetage.

— C'est insensé, répliqua-t-il en secouant la tête. Je pouvais me tenir debout sur les cailloux mouvants et me suis à peine enfoncé. Il nous faut éviter de rester trop longtemps au même endroit et nous appliquer à traverser le plus rapidement possible. Un pied après l'autre avant qu'il ne s'enlise.

À moitié convaincu, je me dirigeai néanmoins vers l'un des arbres de cristal et tentai d'arracher une « branche ». J'y parvins sans peine mais elle se brisa en mille éclats. On ne pouvait rien en faire. Il ne me restait plus qu'à accepter la proposition de mon maître si nous voulions franchir le fleuve. Nous devions le faire car Lateran avait affirmé que mon double avait disparu de l'autre côté où prospérait également une vraie végétation. N'importe quel fugitif gagnerait nécessairement l'autre rive pour échapper au désert cristallin que nous avions traversé.

Cette fois-ci, j'ouvris la marche et Fartuloon me suivit de près. Je sentis mon pied s'enfoncer et j'avançai avant que les galets ne puissent l'envelopper. Mon paternel ami avait encore raison. Nous nous enlisâmes plus profondément vers le milieu du courant. Mon mentor fit un geste de la main.

— À droite, il y a quelque chose comme une île.

Effectivement, une éminence plate de roche nue, portant quelques arbres rabougris, s'élevait au-dessus du flot de pierres. *Si ce sont de vrais arbres avec des racines*, me dis-je, *d'où tirent-ils nourriture et humidité* ? Nous continuâmes pour ne pas nous enfoncer davantage et atteignîmes, après plusieurs centaines de mètres, l'île qui divisait le fleuve.

— On y est !

Fartuloon examina les végétaux dont les feuilles violettes ressemblaient à des pointes de flèches. Je tâtai l'écorce et les branches ; il n'y avait pas de doute, c'était bien du bois. C'étaient les premières traces de plantes vivantes que nous découvrions sur Sketan. La berge opposée était encore distante de quelques centaines de mètres. Mon regard glissa sur l'étrange paysage et je me demandai si j'avais déjà vu quelque chose de comparable.

Un vrai monde dans l'hyperespace ! C'est incroyable !

Dans la légère dépression au sommet du monticule rocheux, un peu d'humus s'était amassé, sans doute charrié par le vent – si du moins vent il y avait. Je remarquai une trace dans la terre végétale humide. C'était l'empreinte tridactyle d'un pied de Skine, et elle était récente. Fartuloon ne s'en étonna pas spécialement quand je lui fis part de ma trouvaille.

— Il a dû rencontrer les mêmes difficultés que nous pour franchir le fleuve. Nous en repérerons certainement d'autres quand nous aborderons la rive.

Je l'espérais également, et je pressai le départ. Nous ne savions pas à quel moment tomberait la nuit artificielle et je n'avais par la moindre envie d'être surpris par la brusque obscurité en pleine traversée. Ce fut une vraie course d'endurance, mais nous accédâmes sans encombre à la berge opposée. Le sol y était sablonneux et humide, même si nous n'apercevions pas le moindre point d'eau. Les arbres qui croissaient à quelque distance de là étaient vigoureux, élevés et pourtant clairsemés. Je vis même une sorte d'herbe cristalline poussant entre les racines qui devaient s'enfoncer très profondément pour pouvoir s'abreuver.

Fartuloon parcourut la rive à la recherche des traces du Skine. Déception, il n'en découvrit aucune.

— Il faut bien qu'il ait abordé quelque part, lança-t-il. Il serait pour le moins insensé de pénétrer dans la forêt sans but précis et de nous fier au hasard ou à notre bonne étoile. S'il y a des empreintes, elles ne peuvent se trouver que sur le bord. Je repars dans une direction, et toi tu t'occupes de l'autre. Rendez-vous plus tard à cet endroit précis.

Malgré mes efforts, je ne pus rien déceler. La roche nue affleurait à certains endroits du rivage et il y avait peu de chances qu'un Skine y laisse des traces de pieds. Plus longtemps nous poursuivions notre vaine recherche, plus loin notre fugitif s'enfonçait dans l'intérieur des terres. Je décidai de revenir sur mes pas. Fartuloon n'était pas encore revenu. Je m'assis sur une racine vigoureuse pour réfléchir à la meilleure manière de procéder. La probabilité de retrouver quelqu'un dont on ne savait rien, sur un monde inconnu et étrange, paraissait infime. Il eût néanmoins été insensé d'y renoncer. Une seule question se posait : *que pouvons-nous faire pour accroître nos chances de succès ?*

J'entendis un bruit derrière moi. Je crus tout d'abord au retour de l'Arracheur d'Entrailles et me retournai calmement. Ce n'était pas Fartuloon. C'était un *Bron*, exactement comme Lateran nous les avait décrits.

Il mesurait au minimum deux mètres et demi ; il était presque aussi large et n'arborait aucun vêtement. Sa peau était très foncée et ressemblait à une carapace de cuir. Je ne pus pas distinguer de cheveux. Le corps portait deux bras terminés par de délicats organes préhensiles aux articulations fines et se dressait sur deux jambes à l'apparence de colonnes informes. La gigantesque tête ronde avait un diamètre de cinquante centimètres et se tassait sans transition sur son tronc massif. Je vis également quatre yeux à facettes – deux en position avant « normale », deux autres situés latéralement –, mais ni oreilles ni nez. La bouche triangulaire béait. Sur le crâne, les petites excroissances en forme d'antennes ainsi que les ommatidies évoquaient un insecte. L'être que j'avais devant moi était un descendant lointain de ce genre.

Je restai tranquillement assis, tâtonnant à la recherche du manche du projecteur que les Skines m'avaient confié et, sans le retirer de mon ceinturon, je le réglai en position *paralysie*. Le Bron, qui ne portait pas d'arme, avait l'air tout aussi confondu que moi. Il s'était immobilisé et me fixait, pour autant qu'on puisse l'exprimer ainsi. Cette créature ne semblait pas nourrir d'intentions belliqueuses.

Peut-être est-il possible d'entrer malgré tout en contact avec eux ? Je devrais lui demander s'il peut nous aider à retrouver le Skine fugitif.

J'activai le translateur.

— Je viens en paix et j'aimerais te parler. Peux-tu me comprendre ?

La bouche triangulaire s'ouvrit et se referma plusieurs fois, mais aucun son n'en sortit. Je répétai ma question et pendant que mes mots jaillissaient de l'appareil, en bourdonnements caractéristiques de la langue skine, les contours du Bron se troublèrent. C'était bien ce que Lateran avait évoqué : l'être se dématérialisait sans le vouloir et n'avait pas la moindre emprise sur le processus qui se déroulait sans aucun moyen technique. La créature disparut devant moi et seules les imposantes empreintes de ses pieds restèrent gravées dans le sol. Je me souvins une nouvelle fois des événements sur Kraumonn, quand nous avions dû affronter les « spectres » des Arkonides et des Maahks.

J'inspectai soigneusement les traces laissées par l'étrange insectoïde qui n'avait pu conserver son état matériel. Elles étaient énormes et témoignaient du poids singulier du Bron. Fartuloon revenait et, de loin déjà, secouait la tête.

— Il n'y a absolument rien. Il a accédé à la rive par les rochers. Continuons nos recherches dans la forêt.

Je lui fis part de ma rencontre avec l'étranger et lui montrai les marques qu'il avait laissées. Nous les suivîmes jusque dans la forêt où elles s'évanouirent brusquement. Ce devait être l'endroit où il s'était matérialisé. Au vu de la distance parcourue, il avait réussi à maintenir sa structure solide durant environ une décitonta.

— Nous croiserons encore ces fantômes plus souvent que nous ne le désirons, jeta Fartuloon après un moment de réflexion. S'ils attaquent, il nous faudra nous défendre. Le Skine demeure pourtant notre premier souci. Je propose que nous conservions le cap que nous venons d'adopter. Dès que le terrain s'éclaircira, nous reprendrons nos recherches parallèlement à la rive.

— Et si l'obscurité tombe avant ?

Je levai les yeux et regardai le ciel de plomb à travers les couronnes des arbres. Il n'y avait aucun signe annonçant un crépuscule naissant.

— Nous bivouaquerons !

Nous reprîmes notre marche. Nous parcourûmes des sentiers battus couverts d'anciennes traces de Brons. Entre les arbres et les broussailles, dont certains portaient des fruits, « croissaient » toujours les formes végétales cristallines qu'une manipulation un peu intempestive réduisait en miettes, jonchant alors le sol d'éclats de verre. Cette vision me fit penser à Griffe-de-Glace quand il mettait son terrible pouvoir en œuvre et qu'il ne restait de ses victimes rien d'autre que des fragments translucides.

Fartuloon goûta l'un des fruits et le trouva très savoureux. Je n'avais pas encore faim.

— Sans doute préfères-tu attendre de voir si je survis, s'exclama-t-il, sarcastique.

Quand la forêt s'éclaircit, nous avions parcouru environ cinq kilomètres. Devant nous s'étendait une vaste plaine, chichement parsemée d'une végétation basse entrecoupée, çà et là, de collines et de vallées plates. Fartuloon aperçut également les ombres fugitives qui émergeaient devant nous sans adopter de forme solide. Sans dire un mot, il s'empara de son projecteur et désigna quelques blocs rocheux qui formaient quasiment un cercle fortifié. Nous nous installâmes sur la terre sèche. Je contrôlai le translateur car je n'avais pas encore abandonné l'espoir de pouvoir entrer en contact avec les Brons, idée que mon mentor ne partageait pas.

— Tu as entendu comme moi que les Skines ont essayé depuis longtemps et n'y sont jamais parvenus.

Les silhouettes semblaient danser. Certaines d'entre elles planaient au-dessus de la surface, adoptaient une certaine consistance et retombaient, retournant au néant dès que leurs pieds touchaient le sol. Elles ne pouvaient démontrer plus clairement leur désir de se matérialiser sans y réussir.

— Je peux comprendre l'intérêt que portent les Skines au secret des Brons, chuchota le Carabin malgré lui. Arriver à copier l'une de ces consciences constituerait un triomphe à la gloire de l'esprit scientifique skine au même titre que leur passion de l'échantillonnage.

D'un bond, je sautai soudain sur mes pieds ; entre nous, un Bron s'était matérialisé et conservait sa forme. Fartuloon se mit également en sécurité car le géant leva son bras droit comme s'il voulait frapper. Je ne distinguai pourtant pas d'arme.

— Peux-tu me comprendre ? soufflai-je rapidement dans le translateur.

Il eut un moment d'hésitation, preuve qu'il m'avait entendu à défaut de saisir mes paroles. Je remarquai les vibrations des excroissances crâniennes et me demandai si elles assuraient la communication acoustique. Tout à coup, il attaqua. J'aurais certainement eu un instant d'indécision, mais pas mon mentor. Il dirigea froidement son projecteur vers le Bron trépignant et fit feu en mode *désintégrant*. Dès que le faisceau énergétique concentré atteignit la créature, elle se dématérialisa sans laisser la moindre trace.

Fartuloon laissa retomber son arme.

— Ils disparaissent sans être blessés et… (Hésitant, il hocha la tête puis reprit, plus pour lui-même :) Les effets des émissions du projecteur, censés être destructeurs ici, sont différents de ceux de l'univers standard, du moins en ce qui concerne les Brons. Ils sont visiblement arrachés à leur état instable actuel. Soit ils se perdent définitivement dans l'hyperespace, soit ils se rematérialisent dans le continuum normal. (Il esquissa un sourire.) C'est une théorie quelque peu fumeuse, dois-je avouer.

Trois autres Brons surgirent brusquement devant les rochers. Je tentai une nouvelle fois de leur faire comprendre que nos intentions étaient pacifiques, mais en vain. Cette fois-ci, nous n'avions heureusement pas besoin d'engager nos projecteurs en tant qu'armes, car les étrangers se transformèrent rapidement en silhouettes vaguement reconnaissables qui semblaient demeurer près de nous dans une totale irrésolution. Nous ne pouvions que craindre qu'à chaque instant, ils reprennent leur structure solide. Quand des ombres couvrirent le paysage, je levai les yeux et constatai que je ne m'étais pas trompé. Le soir tombait. Certes, c'était un crépuscule difficilement comparable à celui d'un monde normal. Ici, sur Sketan, il s'installait d'un

seul coup autour de toute la planète parce que l'effet lumi-
nescent de la bulle, parfaitement homogène, perdait de son
intensité.

— Ne vaudrait-il pas mieux allumer un feu ? demandai-
je en fronçant les sourcils et irrité d'entendre une nouvelle
fois le mystérieux *drouououfff... drouououfff...*

— Avec une provision de bois suffisante, je suis d'accord.

L'orée du bois était proche et il y avait des branches
sèches à profusion de sorte que nous n'eûmes que cinq
voyages à faire pour rassembler la réserve nécessaire pour
plusieurs tontas. Nous avions malheureusement omis de
demander à Lateran la durée de la nuit sur Sketan. À l'aide
du projecteur, j'enflammai les rameaux et, bientôt, l'intérieur du cercle de pierres fut clairement illuminé. Fartuloon
avait rapporté quelques fruits de la sylve et nous les man-
geâmes. Ils étaient vraiment délicieux mais n'avaient que
peu de pouvoir rassasiant. Je complétai par une tablette de
nourriture concentrée.

L'Arracheur d'Entrailles s'adossa contre les blocs
rocheux que léchait l'éclat du feu.

— Nous devons découvrir comment les Brons se comportent la nuit. Observons-les, pour dormir plus tard avec
sérénité.

— Penses-tu qu'il soit inutile d'établir un tour de
garde ?

— C'est ce que je me propose de déterminer, grom-
mela-t-il.

Nous remarquâmes rapidement que les spectres restaient
à distance respectueuse du feu. Leurs sombres silhouettes
étaient à peine reconnaissables dans l'obscurité. En
revanche, quand ils s'approchaient, leurs vagues contours se
précisaient. À un moment donné, l'un d'entre eux prit
consistance, se précipita aussitôt vers nous et s'immobilisa à
cinq mètres de distance en nous fixant de ses grands yeux à
facettes. Sa bouche bougeait sans cesse comme s'il voulait
communiquer quelque chose à ses congénères dans l'expec-

tative, mais aucun son ne fut perceptible. Finalement, le Bron fit demi-tour et disparut dans la nuit. Fartuloon soupira.

— Ils ne viendront pas plus près tant que le feu brûle. L'un d'entre nous devra veiller pour l'alimenter. J'espère que cela suffira.

— Si nous l'utilisons avec parcimonie, il durera de longues tontas.

Il se recroquevilla sur lui-même et ferma les yeux.

— Je te remercie d'être volontaire pour le premier tour, marmonna-t-il.

Quelques courts instants plus tard, il ronflait déjà. Je restai là, sur une planète étrangère et mystérieuse perdue dans l'hyperespace, devant un feu de bois, coincé entre des rochers et des créatures d'ombre malfaisantes, le projecteur à portée de main, à balayer constamment les alentours du regard ; et tout cela pour trouver un Skine qui s'était enfui avec la copie de ma conscience. *C'est en vérité une situation des plus bizarres.*

Après m'avoir laissé dormir de tout mon content, Fartuloon m'apprit que la nuit avait duré environ huit tontas.

— Puis la clarté est brusquement revenue ; pourtant, à cause de notre foyer, les Brons ne se sont pas approchés de notre forteresse de pierre. Dans la mesure où les périodes nocturnes et diurnes sont sensiblement égales, nous avons ici un jour de seize tontas.

Nous absorbâmes notre petit déjeuner, discutâmes de la direction à prendre et tombâmes d'accord sur le fait que seule une recherche effectuée le long de la lisière de la forêt était susceptible de nous apporter un résultat. Je me reposai la question : pourquoi le Skine s'était-il réfugié ici alors qu'il portait la copie de *ma* conscience ? Sa fuite m'apparaissait de plus en plus illogique et insensée. Fartuloon était parvenu à des conclusions similaires et nous ne trouvâmes toujours pas d'explication pertinente. D'autres silhouettes vagues émergèrent et ne battirent en retraite qu'au moment où nous nous éloignâmes de l'orée du bois. En remarquant ce manège, nous administrâmes la preuve par l'exemple et pûmes déterminer que les Brons essayaient de nous empêcher de pénétrer dans la forêt.

— Ils veulent que nous restions à l'extérieur, grommela mon mentor. J'en déduis que la sylve recèle quelque chose qu'ils nous cachent.

— Que veux-tu qu'ils nous cachent ? Mais bon, faisons preuve de bonne volonté et demeurons à distance de la lisière.

Notre quête des traces du Skine fut enfin récompensée car Fartuloon montra soudain le sol sablonneux devant lui.

— C'est ici qu'il a quitté le bois. La piste s'oriente vers la plaine, en admettant qu'il ait conservé la direction. Préparons-nous à une promenade prolongée.

Quand nous obliquâmes en nous éloignant définitivement de la bordure de la sylve, la plupart des Brons se tinrent en arrière. Seuls quelques-uns nous suivirent, dans un état vaguement consistant et d'une quasi transparence. Ils restaient à distance respectable, mais en se matérialisant, ils lançaient de foudroyantes attaques. Grâce à un faisceau d'énergie bien ajusté, Fartuloon envoya plusieurs d'entre eux dans le royaume inconnu de l'invisible. Ce qui, selon les circonstances, équivalait à leur mort. Nous traversâmes une large vallée plate où coulait une rivière claire. L'eau était froide et sans goût. Nous nous y désaltérâmes pour économiser nos ampoules et constatâmes à cette occasion que le Skine y avait également fait étape. Il se fatiguait lui aussi – ce qui nous gonfla de l'espoir de pouvoir, malgré tout, le rattraper. Nous longeâmes le cours d'eau vers l'amont. De part et d'autre, la forêt redevint plus dense. Pourtant, les Brons ne nous empêchèrent pas d'aller y cueillir quelques fruits.

Nous retombâmes sur les traces de notre fugitif car le limon était sablonneux et humide. Seules quelques roches y affleuraient. L'assurance avec laquelle le Skine avançait nous prouvait qu'il connaissait parfaitement son but. Avait-il déjà séjourné sur Sketan ? Ou avait-il soigneusement étudié des rapports d'exploration ?

Trois tontas plus tard, Fartuloon qui marchait en tête s'immobilisa brusquement. Nous avions atteint le bout de la vallée et nous nous trouvions sur une longue éminence qui descendait sur une plaine, dans la direction de notre marche. En rejoignant mon mentor, j'aperçus une ville au loin. Je la distinguai parfaitement dans l'atmosphère claire. Je ne vis personne dans les rues. Rien ne bougeait. La cité était comme morte.

— Il n'y a pas âme qui vive là-bas. C'est une ville fantôme ! On y va ?

— Évidemment ! Les traces prouvent que le Skine connaît la bourgade et qu'il voulait s'y rendre. Si nous devons le débusquer, ce sera là-bas !

Il nous fallut arriver à proximité pour constater les dégâts occasionnés aux maisons. La plupart étaient à moitié effondrées ou carrément en ruines. Tout ce qui subsistait des fenêtres étaient des trous noirs et rectangulaires. Leurs mensurations imposantes correspondaient bien à la taille des Brons. En foulant les pavés fendus de la cité en ruine, nous perdîmes la trace du Skine. Désormais, nous allions devoir nous fier à la bonne fortune. D'autres Brons apparurent et nous présentèrent un horrible spectacle tandis que leurs vagues ombres planaient à travers leur ville de jadis ou qu'ils se matérialisaient brusquement pendant un court instant. Je remarquai qu'ils ne nous accordaient plus la moindre attention mais qu'ils profitaient d'un moment fugitif de consistance pour pénétrer dans les habitations. Leur contact avec la réalité était probablement plus intense que Fartuloon et moi ne l'avions supposé jusque-là ; ils étaient manifestement en train de reconstruire leur cité, au prix d'un infini et pénible travail à temps partiel, au vrai sens du mot.

— Nous devrions explorer le centre, suggéra Fartuloon. Certes, je ne sais pas ce que le Skine cherche au milieu de ces ruines, mais je ne pense pas qu'il batifole dans les rues périphériques. Peut-être les Brons ont-ils abandonné des objets qui l'intéressent. Dans l'affirmative, ils y seront, vigilants et nombreux.

En fait, les Brons ne m'intéressaient pas spécialement tant qu'ils ne nous surveillaient pas. J'acquiesçai cependant à la proposition de mon mentor car le double de ma conscience n'était pas venu ici sans raison. L'« animation » grandit quand nous arrivâmes dans l'artère principale qui menait tout droit vers le centre de la ville en ruines. Des Brons stables apparaissaient de plus en plus fréquemment et s'empressaient vers les maisons. Seuls quelques-uns nous observaient. Nous dûmes malgré tout repousser deux attaques à l'aide de nos projecteurs. À chaque fois, nos adversaires se volatilisaient sans laisser de traces. J'aurais bien aimé savoir ce qui leur arrivait vraiment et s'ils pourraient revenir un jour, mais c'était sans doute une question à laquelle personne n'était capable de répondre.

La rue débouchait sur une gigantesque place dégagée qu'encadraient des bâtiments bien conservés. Les édifices, hauts de cinquante à cent mètres, avec leurs coupoles sobres et leurs formes en obus tapissés de « nids d'abeilles », me firent une telle impression de monotonie – pour ne pas dire de vulgarité – que je me demandai bien malgré moi si la ville avait jadis été résidentielle ou s'il ne s'agissait pas d'une « installation industrielle » au sens large. Sous nos pieds, le sol plan et ferme rappelait le béton. Au milieu de la place s'élevait un monolithe quadratique au sommet duquel menaient les marches d'un escalier. Nous ne réussîmes pas à voir si quelque chose se trouvait sur le bloc, mais distinguâmes les Brons ombreux qui grouillaient autour de lui.

— Ah ! s'exclame Fartuloon. Il y a là-haut quelque

chose qui semble très important pour eux. Allons voir ça de près !

Je jetai un coup d'œil soucieux vers le ciel.

— Dans quel délai fera-t-il sombre ?

— Je n'en sais rien, mais dès que le crépuscule tombera, nous connaîtrons précisément la durée du jour et celle de la nuit. Quatre bonnes tontas se sont écoulées depuis le retour de la lumière. Malheureusement, nous ne pouvons pas allumer de feu ici, sauf si nous dénichons du bois. Allons, ne perdons pas de temps !

Je ne me sentais pas à mon aise quand nous traversâmes la place en direction du bloc de pierre. Les Brons tournaient autour de nous comme des mouches géantes, cependant, ils ne pouvaient rien contre nous dans leur obscur état. Le projecteur de l'Arracheur d'Entrailles était prêt à faire feu dans l'hypothèse où l'une des créatures se matérialiserait et nous attaquerait. Nous nous retrouvâmes devant les degrés de la rampe d'accès.

— Je te couvre. Passe devant ! jeta mon mentor.

Cela ressemblait plus à une ascension qu'à une marche, mais je me retrouvai rapidement au faîte du monolithe haut d'environ cinq mètres. Le pinacle était plat, uniquement percé en son milieu par un puits duquel jaillissait de la lumière et qui s'enfonçait verticalement dans les profondeurs. Des Brons arrivaient par le haut en planant et s'y engloutissaient sans m'accorder la moindre attention. C'était comme s'ils ne me voyaient pas.

Fartuloon grimpa à son tour et hocha la tête d'un air satisfait.

— C'est l'indice qu'ils sont incapables de voir dans l'obscurité. J'aimerais bien savoir si la lumière artificielle possède un pouvoir répulsif similaire au feu. Si oui, ils éviteraient ce puits. (Il regarda vers le bas.) Nous devons découvrir ce qui se trouve en bas. Nous ne sommes malheureusement pas des ombres sachant voleter en apesanteur. De plus, je ne distingue ni marches ni échelle.

En me penchant, j'aperçus le fond à dix mètres en contrebas. C'était trop haut pour sauter, d'autant plus qu'il nous aurait été impossible de remonter. Il devait donc exister une autre solution. Mais laquelle ?

CHAPITRE IV

(Extrait de : « *Chiffres, Centuries, Cotes et Certificats – du rapport établi par le Corps Historique de l'O.M.U.* », Chamiel Senethi ; Groupe Éditorial Sonthrax-Bonning, Lepso, an 1310 de la Nouvelle Datation Galactique.)

... il faut souvent beaucoup de temps jusqu'à ce que l'assemblage des pièces de mosaïque forme l'image intégrale. Quand l'Humanité fut confrontée à l'Univers Rouge des Droufs et à l'écoulement sensiblement plus lent de leur temps, ce fut l'Arkonide Atlan qui, dans ses fameux Rapports sur Atlantis, *put fournir les premières indications concrètes concernant ces phénomènes. À ce moment, lui-même ne savait pas – conséquence de la manipulation mémorielle qu'avait opérée son mentor par le biais d'un Omirgos – que les événements relatifs au système de Larsaf ne constituaient en rien la première rencontre avec ces descendants d'êtres insectiformes.*

Même si, à l'époque – où nous venions juste de nous engager dans l'espace grâce à la technologie héritée des Arkonides – nous avions eu accès aux aventures de jeunesse du Prince de Cristal, nous eussions été incapables d'évaluer les retentissements liés aux Skines, à leurs mondes supérieurs et surtout à Sketan. Il fallut attendre la confrontation avec les Bi-Conditionnés et les Bestians pour avoir accès à la technologie dite paratronique dont celle des transmetteurs interdimensionnels basés sur le convertisseur de même nom, capable de créer des brèches délimitées vers le continuum d'ordre supérieur, utilisable tant comme écran protecteur que comme mode d'hyperpropulsion, et apte à rendre possible la stationnarité hyperspatiale au sein de bulles paratroniques, comme les para-arsenaux des Gardiens Fréquentiels l'ont démontré de manière plus qu'impressionnante.

Pourtant, et il faut le mettre en exergue, il existe toujours une très nette différence entre les arsenaux dans lesquels étaient cantonnés les Dolans et le déplacement involontaire de la planète des Droufs vers l'hyperespace. C'est par un processus pour ainsi dire naturel que celle-ci quitta l'Univers Rouge où le temps s'écoulait soixante-douze mille fois plus lentement, ce qui explique pourquoi les Skines eurent plus tard la possibilité d'y accéder par le biais de leurs seuils.

Il n'y avait pourtant aucun lien causal entre ces événements et le développement ultérieur de zones de chevauchement entre notre univers et celui des Droufs, même s'il subsiste une corrélation quand on considère le principe et l'ampleur du gigantesque domaine interférentiel qui s'étend jusqu'à la Barrière de Sogmanton. Ici, Atlan peut aussi servir de témoin temporel, mais c'est une autre histoire…

— J'ai une idée, affirma brusquement Fartuloon après un moment de réflexion.

Il retira une tablette de concentré d'un étui de son ceinturon et la laissa choir dans le puits. La gravité planétaire agit dans un premier temps comme prévu. La pastille tomba puis fut brusquement freinée. À partir de cet instant-là, elle descendit lentement et atterrit en douceur dix mètres plus bas après avoir été légèrement déportée.

— Antigravitation ! constatai-je sans être vraiment étonné.

— Exact ! Nous pouvons emprunter cette voie sans crainte. L'effet du champ de force s'inverse indubitablement dès que sa zone inférieure nous prend en charge ; le même principe nous permettra de remonter. Allons, qu'attendons-nous… ?

— Et les Brons ? Ils ne manqueront pas de nous tomber dessus si nous pénétrons ici. Ce puits semble revêtir une importance primordiale pour eux.

— Ils nous attaqueront de toute façon, alors à quoi bon s'inquiéter ? Je présume en outre que notre Skine se trouve également en bas. Cela expliquerait sa résolution, faute de fonder sa motivation.

Fartuloon avait naturellement raison. Avant qu'il ait pu prendre les devants, j'avançai d'un pas et me sentis enveloppé par le champ de force. Je sombrai doucement vers les profondeurs. En levant les yeux, je vis les pieds de mon mentor immédiatement au-dessus de moi. Trois ou quatre Brons nous suivaient. Ils descendirent un peu plus rapidement et passèrent au travers de nos corps comme si nous n'existions pas. En fait, c'étaient eux qui n'existaient pas, du moins pas matériellement. Nous atterrîmes en douceur dans une vaste salle au plafond de laquelle débouchait le puits. Plusieurs Brons planèrent vers l'intérieur de l'un des quatre corridors périphériques et se perdirent quelque part dans le boyau. L'un d'entre eux renonça à la voie conventionnelle en disparaissant simplement dans le mur.

— Pourquoi ne se déplacent-ils pas constamment de cette manière ? demandai-je.

Fartuloon émit une supposition.

— Ils en seraient capables à n'importe quel moment, mais comme ils ne peuvent pas déterminer l'instant de leur matérialisation occasionnelle, celle-ci pourrait se produire au sein de la paroi et je crains que, pour eux, cette expérience ne soit pas des plus agréables. C'est pourquoi ils utilisent le puits et les corridors pour atteindre leur destination. Seuls quelques téméraires prennent le risque de se faire emprisonner dans la matière solide.

Nous demeurâmes quelque temps dans la salle à observer les Brons qui nous ignoraient totalement. J'eus l'impression qu'ils ne se « concrétisaient » plus aussi souvent que précédemment. Je ressentis également une légère vibration sous mes pieds. Quelque part en dessous de nous, dans les profondeurs rocheuses de la planète, tournaient sûrement de puissantes machines.

Je fis part de ma constatation à l'Arracheur d'Entrailles.

— L'installation technique remonte sans doute à l'époque où Sketan se trouvait encore dans l'univers normal. Je suis d'autant plus curieux de savoir pourquoi les Brons instables et le Skine s'y intéressent.

Il acquiesça après avoir tendu l'oreille un bon moment.

— Quel couloir allons-nous prendre ? lança-t-il.

— La question est de savoir si le puits est l'unique entrée de ce complexe. Si oui, le Skine n'a pu accéder que par là, si du moins il est présent. Si nous restons ensemble, il pourrait quitter les lieux à notre insu et nous chercherions en vain. Que devons-nous faire ?

— Il nous faudrait alors nous séparer et je ne pense pas que ce soit indiqué.

L'idée de demeurer seul ici ou d'errer à travers d'interminables couloirs m'était également désagréable. Je ramassai la tablette de concentré utilisée par mon mentor. Tout en la brisant et en la transformant en poussière, je me rendis vers le milieu de la salle. Je répandis soigneusement la poudre de telle sorte que le Skine devrait laisser des traces s'il pénétrait dans le domaine du champ antigrav pour tenter de quitter l'installation.

Je retournai vers Fartuloon qui m'accueillit avec une grimace bienveillante.

— Tu es un excellent élève ! (De temps à autre, il ne pouvait s'empêcher de me rappeler que, durant la plus grande partie de mon existence, il avait été mon père adoptif et mon maître.) Il n'est donc plus nécessaire de nous séparer et nous saurons, à notre retour, si le Skine a pris le large, toujours dans l'hypothèse qu'il est bien là. J'espère qu'il ne remarquera rien.

— Il y a peu de chance. La poudre est bien disséminée.

— Alors je répète ma question : quel corridor allons-nous prendre ?

— Celui de droite, le moins fréquenté par les Brons.

— Ce n'est pas le bon.

— Peut-être, mais je gage que notre fugitif apprécie d'être le moins possible dérangé par eux.

— Exact ! concéda-t-il. Alors, ne traînons pas…

Le sol, le plafond et les parois lisses se composaient d'une sorte de plastobéton autoluminescent. L'énergie était sans doute profuse car utilisée sans parcimonie. À un instant donné, nous croisâmes deux Brons, heureusement sous forme de silhouettes à demi matérielles et presque totalement transparentes. Leur courte hésitation prouva qu'ils nous avaient remarqués, mais ils continuèrent leur parcours en planant à travers nous. Une image terrible fulgura dans mon esprit : que se passerait-il s'ils prenaient consistance à *l'intérieur de moi* ? Je réprimai rapidement l'horrible vision. *Il vaut mieux ne pas penser à ce genre de choses.*

Une autre fois, nous vîmes un Bron qui se matérialisa au moment de s'approcher de nous. À peine posa-t-il les pieds au sol qu'il nous attaqua. Je m'expliquai le fait que ces êtres ne portaient pas d'arme par leur incapacité d'avoir sur eux quelque chose de matériel, tant qu'ils subsistaient sous forme d'êtres désincarnés. Fartuloon leva rapidement son projecteur mais n'eut plus le temps de l'utiliser. Le Bron fut sur lui à la vitesse de l'éclair, le faisant littéralement culbuter à terre. Emportée par son élan, la créature continua sur sa lancée puis se reprit aussitôt, pivota et s'élança pour me passer également sur le corps. Fartuloon, toujours à terre, tira et l'assaillant disparut avant de pouvoir m'atteindre. J'aidai mon mentor à se remettre debout.

Il souffla.

— On eût dit un Naat enragé ! Si ces bestioles t'attrapent vraiment, tu es fichu. Il faut toujours faire feu à temps.

Le corridor déboucha sur une deuxième salle, beaucoup plus petite, qui devait être une sorte de lieu d'aiguillage d'où partaient des couloirs rayonnant dans toutes les directions et des puits antigrav s'enfonçant dans les entrailles de la terre. Fartuloon s'arrêta devant l'un d'entre eux.

— Le complexe énergétique se situe en dessous de nous ; par conséquent, si nous voulons l'examiner, nous devons descendre nous aussi.

Si tu es honnête, chuchota le cerveau-second, *tu dois reconnaître qu'à cet instant précis le Skine t'est pratiquement indifférent. Les secrets techniques du peuple étranger, dont la planète a été transplantée dans l'hyperespace et dont les habitants se sont désincarnés tout en continuant de s'occuper de choses matérielles, te fascinent de plus en plus.*

Cette fois-ci, Fartuloon fut plus rapide que moi et se laissa tomber dans le vide, le projecteur des Skines prêt à servir dans sa main droite. Quand mes pieds touchèrent à nouveau le sol, les vibrations s'étaient encore renforcées. Je perçus également le bruit monotone de machines et autres générateurs. La chaleur s'était accentuée. L'éclairage provenait toujours des murs. Nous nous retrouvâmes dans une salle où seuls deux couloirs menaient dans la direction opposée.

En regardant dans l'un d'eux, je sursautai malgré moi. À son extrémité, je vis une silhouette – indistincte à cause de la trop grande distance – qui rappelait une saucisse au bout tranché.

— Le Skine ! chuchotai-je en envoyant un coup de coude à l'Arracheur d'Entrailles. Il est là !

Nous nous mîmes légèrement de côté pour ne pas être vus.

— Peut-être viendra-t-il par ici. Il nous apercevra si nous mettons un pied dans le couloir.

Nous restâmes tranquilles dans l'espoir qu'il se dirigerait vers nous, mais il ne nous fit pas ce plaisir. Sans émettre le moindre son, il disparut dans l'un des innombrables boyaux latéraux ; nous ne savions même pas s'il nous avait remarqués.

— Devons-nous le suivre ?

Le bruit des machines émanait de l'autre corridor.

— J'aimerais être sûr qu'il ne nous a pas repérés. Nous pourrions lui filer le train en toute discrétion. Les générateurs peuvent attendre.

— Le Skine aussi ! lâcha Fartuloon.

— Nous aurons toujours le loisir de nous occuper de l'installation des Brons quand notre fugitif sera capturé et enfermé dans le champ énergétique.

Mon mentor hocha la tête en signe d'acquiescement et nous nous mîmes en route. Nous prîmes conscience de la difficulté qu'il y avait à identifier lequel des conduits le Skine avait emprunté ; il y en avait trop. Ils étaient nus et vides. Nous en parcourûmes un certain nombre sans rencontrer ni Brons, ni notre fuyard. Découragés, nous nous résolûmes à abandonner notre recherche.

— Bien, voilà ! releva triomphalement le Carabin.

— Bon, d'accord ! reconnus-je en retournant dans la salle d'origine. Prenons l'autre couloir et examinons cette installation.

Le boyau était de nouveau plus fréquenté par les Brons qui, même sous forme d'ombres, semblaient inquiets de notre présence car ils nous entouraient comme une nuée. Ils essayaient visiblement de nous décourager de pénétrer plus avant. Peut-être espéraient-ils également se matérialiser au bon moment pour pouvoir se jeter sur nous. Nous avançâmes sans nous préoccuper d'eux. D'après moi, nous nous trouvions à une profondeur d'environ cinquante mètres en dessous de la place centrale de la ville en ruine. Le dernier puits avait été très long et de la salle n'en partait aucun autre. Nous ne savions pas si nous avions touché le point le plus bas. Il était possible que les locaux abritant les machines se situent à un niveau encore inférieur et qu'ils atteignent des dimensions vraiment insoupçonnées.

Les bruits et les vibrations l'attestent, chuchota mon cerveau-second.

Le couloir ne présentait pas de bifurcations latérales et se terminait par un mur métallique équipé uniquement de poignées. Les Brons ne craignaient pas la minceur relative de la paroi car ils la traversaient sans hésitation en un perpétuel va-et-vient.

— Il ne nous reste qu'à l'ouvrir !

Fartuloon eut un instant d'incertitude.

— Vas-y ! Je garde le projecteur prêt à toute éventualité.

Je n'eus aucune peine à comprendre le mécanisme car il suffisait de basculer un levier. Le vantail épais d'environ vingt centimètres s'enfonça dans le sol et nous libéra l'accès à un corridor perpendiculaire qui, telle une galerie, entourait une halle circulaire de plusieurs centaines de mètres de diamètre. Une barrière transparente, surmontant une balustrade de la hauteur d'un homme, séparait ce chemin de ronde de la vaste rotonde. Mon mentor me poussa en avant jusqu'au moment où nous trouvâmes une niche où même les Brons ne pourraient nous repérer s'ils ne passaient pas directement près de nous.

Je lançai un regard prudent dans la salle dont le sol se situait à une dizaine de mètres en contrebas. Je ne vis tout d'abord que de longues rangées de machines parallélépipédiques, de générateurs de nature inconnue, d'imposantes consoles de commande avec, en plein milieu, une demi-sphère reposant sur son socle et constituée d'un matériau laiteux éclairé de l'intérieur. Des Brons circulaient entre les divers éléments, sans aucune précipitation, mais avec un calme et une sérénité inhabituels. Ils surveillaient visiblement le bon fonctionnement des appareillages individuels sans manifester la moindre impatience. Je n'en repérai aucun qui fût en état d'instabilité.

Sur un côté de la gigantesque halle dont le plafond, légèrement cintré, se situait à vingt mètres au-dessus de nous, les constructeurs inconnus avaient édifié une sorte d'estrade. Cela ne ressemblait pas à une tribune pour spectateurs, mais plutôt à un grand podium entouré d'une rampe et sur lequel se dressaient des tables et des sièges à la mesure des trois mètres de taille des Brons. Des douzaines d'entre eux y étaient installés, servis par d'autres, très affairés à boire et à manger dans une calme jouissance comme s'ils ne pouvaient plus perdre leur corps solide et retourner à l'état de purs esprits.

Je commençai doucement à saisir la réalité des choses.

— L'installation… leur permet de garder leur consistance !

Fartuloon hocha affirmativement la tête.

— Maintenant, nous savons pourquoi ils viennent ici. Ils ont réussi à transformer à leur avantage un système sans doute originellement conçu à d'autres fins. Ici, ils peuvent se matérialiser. Probablement ont-ils institué une procédure permettant à chacun d'en bénéficier à tour de rôle. C'est un centre de traitement de la « spectralité » !

— Mais comment font-ils ?

— Des champs de force, des irradiations, des courants énergétiques – que sais-je ? Le fonctionnement pourrait être analogue à celui des sphères de contention que nous avons utilisées sur Kraumonn. Quoi qu'il en soit, ce n'est pas ici que nous devons tomber entre leurs mains. Cela peut-il expliquer la présence du Skine ?

— S'il n'en était pas informé, il devait pour le moins s'en douter.

Une idée folle fusa à travers mon esprit : *Est-il possible que mon psycho-duplicat espère s'incorporer dans une substance propre en dehors de son hôte ? Pour constituer une sorte de clone d'Atlan ?*

Et de quelle manière ? m'assena froidement mon secteur logique. *Contrairement aux Brons, ce n'est pas son corps qui échappe à la matérialité durable, mais sa conscience qui cherche à s'incarner.*

Qui sait ce qui se passe vraiment au tréfonds de lui-même ? Quoi qu'il en soit, je ne détecte aucune similitude avec moi…

Nous observâmes encore pendant un bon moment ce qui se passait sur la tribune. Les Brons jouissaient de la réalité tangible de leur corps et de la certitude de ne pas être involontairement précipités dans l'instabilité. Je distinguais également un certain nombre de portes qui donnaient accès à des pièces situées au-delà. De temps en temps, l'une des créatures y pénétrait, suivie d'une deuxième.

L'Arracheur d'Entrailles afficha une grimace mais ne s'exprima pas. Je sursautai en entendant des pas. Avant que j'aie pu me retourner, une main d'acier m'arracha le projecteur. Fartuloon fut désarmé par un autre Bron qui s'était subrepticement approché. On me laissa mon ceinturon portant le translateur ; nos assaillants semblaient savoir que le boîtier était un appareil de traduction et pas une arme.

Mon mentor était tellement pantois qu'il ne put prononcer un mot quand on le remit durement sur pied. Puis il jura à voix basse. Je remarquai que, durant tout ce temps, mon translateur était resté activé ; peut-être suffisamment longtemps pour décrypter la langue des Brons ? Les étranges créatures nous firent descendre avec fermeté un escalier au bas duquel nous attendaient d'autres Brons dardant sur nous leurs yeux à facettes.

Quand nous nous retrouvâmes devant eux, une voix brisée et inarticulée sortit soudain de mon translateur. Je sus aussitôt ce que c'était : la tentative de l'appareil automatique skine de transformer un message non acoustique en un autre parfaitement audible. J'en conclus que les Brons communiquaient entre eux par télépathie ou par ultrasons imperceptibles pour nos oreilles.

— Que recherchez… sur notre monde… venez d'où ? exprima la voix.

Comme personne d'entre nous ne répondait, elle ajouta :

— Vouliez ravir… reine qui est encore à naître ?

Je compris que si nous voulions nous en sortir, il était temps pour nous de reprendre nos esprits. *Donc ils ont une reine dont ils attendent la naissance. Et ils pensent que nous souhaitions l'enlever. Si nous ne dissipons pas tout de suite le doute, tout peut arriver.*

— Nous cherchons un Skine. (J'espérais qu'ils savaient ce que c'était.) Nous n'en voulons pas à votre reine que nous ne connaissons même pas. Nous sommes venus en paix.

La compréhension fonctionnait de mieux en mieux, de sorte que la réponse arriva rapidement et sans trop de distorsion.

— Pourquoi… dans la ville ?

— Le Skine que nous poursuivons nous a menés jusqu'ici. Il doit toujours se trouver dans les environs. Remettez-le-nous et nous partirons pour ne jamais revenir. C'est lui que nous voulons, et rien d'autre.

— … pas simple… nous… découverts.

— Nous l'oublierons, promis-je.

Il y eut un court silence. Fartuloon prit la parole sans se soucier du translateur activé qui transposait son discours dans la langue des Brons.

— En attendant, le Skine prend de l'avance et nous ne le rattraperons jamais. Il vaudrait mieux qu'ils nous rendent nos projecteurs et nous laissent filer. Dommage qu'on ne puisse discuter raisonnablement avec eux.

Je lui fis un signe pour l'inciter à la prudence, mais mon mentor était un tacticien avisé qui savait parfaitement ce qu'il faisait.

— Vous ne pourrez jamais oublier notre fatalité, dit l'un des Brons, car vous arrivez d'un autre monde.

Il y en avait tellement qui s'agglutinaient autour de nous

que nous ne pouvions déterminer lequel avait parlé. Une certaine curiosité parcourut l'assistance installée sur le podium.

— Nous allons essayer de nous emparer de lui. D'ici là, vous resterez avec nous.

Je savais que toute protestation était inutile, mais je tentai pourtant d'en tirer un avantage.

— Bon, nous nous soumettons. Nous serait-il possible de nous entretenir avec vos scientifiques et vos techniciens ? Peut-être pouvons-nous vous apporter notre aide. Nous venons non seulement d'un autre monde, mais également d'un autre plan spatiotemporel.

— … est connu… en aurez l'occasion.

Au moins une victoire partielle, me glissa mon cerveau-second.

Nous nous laissâmes conduire dans une pièce adjacente à la galerie, à mi-chemin entre l'estrade et la sortie, sans opposer de résistance. Nos projecteurs furent rangés dans une armoire à étagères située dans le couloir. Je vérifiai si les Brons postaient des gardes devant la porte ouverte, mais ce ne fut pas le cas.

— Ils ne sont pas inamicaux, glissai-je à Fartuloon, et cela bien que nous ayons fait se volatiliser certains de leurs congénères. J'espère que nous pourrons nous entendre avec eux.

— Moi aussi. Avant tout, je suis curieux de voir s'ils nous amèneront le Skine. En dehors de la zone de matérialisation, ils ne peuvent agir que de manière limitée, mais je pense qu'ils sont tout à fait à même d'attirer notre fugitif par ici. C'est leur seule chance de l'immobiliser.

— Oui, tout à fait comme nous.

— C'est déjà un avantage que de pouvoir communiquer avec eux.

Puisque nous ne pouvions rien faire dans l'immédiat, nous nous allongeâmes sur les couches des Brons, naturellement trop grandes pour nous, et essayâmes de dormir. Je n'y parvins pas tout de suite alors que Fartuloon, lui, ne tarda pas à ronfler.

Quatre bonnes tontas plus tard, deux Brons nous réveillèrent pour nous informer que le Skine n'avait pu être capturé car ils n'avaient pas réussi à l'attirer jusque dans la salle des machines. Il demeurait pourtant toujours dans la station subplanétaire et faisait l'objet d'une étroite surveillance. Je me demandai si je devais poser ma question concernant la reine à naître, mais y renonçai en fin de compte. Tant mieux pour nous s'ils avaient oublié leurs soupçons.

— Quand pouvons-nous partir ?

— Cela dépend de la décision du Conseil des Soixante-Six. Dans la mesure où il pourra être établi que vous ne causerez aucun dommage, vous devrez inciter les Skines qui ont débarqué sur notre monde à prendre la décision la plus raisonnable : disparaître ! Ils n'ont rien à faire ici et n'ont pas l'intention de nous aider. Nous ne les aimons pas.

Notre translateur traduisait de mieux en mieux. Les sons indistincts des insectoïdes se transformaient en un langage soutenu qui ne correspondait absolument pas à ces créatures massives. Les deux Brons se retirèrent après nous avoir salués d'une manière presque polie. Nous nous retrouvâmes de nouveau seuls.

— Qu'en penses-tu ? demanda Fartuloon en laissant son regard peser sur moi. J'espère qu'ils ne nous retiendront pas trop longtemps, sinon nous devrons essayer de nous libérer par nous-mêmes.

Deux autres tontas plus tard, un Bron apparut et nous jaugea d'un œil critique. Il était de taille imposante – trois mètres au moins – et portait une cape rouge vif qui laissait supposer qu'il occupait un poste exceptionnel. Peut-être appartenait-il à ce « Conseil des Soixante-Six » qui avait déjà été évoqué. C'était donc lui qui allait nous informer de la décision. Nous nous levâmes machinalement pour ne pas nous sentir vraiment trop petits.

Il parla enfin.

— Les Anciens de notre peuple ont longtemps délibéré sur le sort que nous devions vous réserver et notre décision n'a pas été facile. Nous sommes persuadés que vous êtes intelligents. Nous ne pouvons pas vous permettre de nous quitter aussi rapidement. En conséquence, vous devrez rester.

Fartuloon ouvrit la bouche pour protester, puis se ravisa en hochant la tête dans ma direction.

— Pourquoi devons-nous rester ? Nos intentions sont pacifiques.

— Pour nous aider ! Nous avons besoin de vos conseils et avant tout de vos corps solides, en dehors de la station. Vous serez hébergés ici et initiés par nos scientifiques aux secrets de l'installation. Plus vite nous atteindrons notre but, plus vite nous pourrons vous rendre votre liberté. Dans notre état désincarné, il nous est impossible de toucher ou de manipuler des objets. Nous ne sommes même pas capables d'ouvrir une porte. Mais dès que nous nous matérialisons, nous pouvons exécuter des manœuvres soigneusement planifiées et répétées à l'avance pour ne pas perdre de temps. De cette manière, nous avons mis des années à modifier cette station et chacun attendait l'occasion de concrétiser le plan établi. Les tâches qui d'habitude nécessitaient quelques jours exigent maintenant une éternité. Nous avons réussi à réaliser le dessein de nos savants. Dans la salle circulaire que vous connaissez déjà, nous avons créé un hyperchamp à effet matérialisateur. Dans sa sphère d'influence, nous conservons notre tangibilité corporelle à volonté et un jour – du moins l'espérons-nous –, nous sera accordée la grâce de la maintenir durablement au-dehors. Nous disposons déjà de la faculté de travailler sans relâche au sein de la station, de développer et de miniaturiser de nouveaux appareillages techniques qui nous permettront de nous matérialiser à discrétion, même à la surface, dans la mesure naturellement où nous serons porteurs de tels artifices.

— Nous vous souhaitons le plein succès dans votre entreprise et sur la voie de l'amélioration de votre incroyable destin. Hélas, vous devrez malheureusement renoncer à notre concours.

— Vous ne pouvez pas refuser ; c'est dans votre propre intérêt !

— Oh si, nous le pouvons ! s'écria l'Arracheur d'Entrailles, furieux. Nous n'accepterons pas la contrainte. En ce qui me concerne, je ne lèverai pas le petit doigt pour vous.

— Je m'y refuse également, entérinai-je la décision de mon mentor après que j'eus percé à jour sa tactique.

Le Bron recula jusqu'à la porte.

— Je comprends fort bien votre irritation, mais cela ne change rien à notre décision. Elle est ferme et définitive.

Il s'en alla, et quelques instants plus tard, deux autres insectoïdes pénétrèrent dans la pièce.

— Suivez-nous !

À ce moment là, il eût été insensé de tenter une évasion. Dans le complexe technique, il y avait trop de créatures qui nous observaient. *C'est seulement lorsque nous aurons quitté le domaine d'influence du champ de matérialisation et atteint l'endroit où les Brons sont incapables de conserver durablement leur tangibilité que nous serons en relative sécurité*, pensai-je. *Nous devons attendre que leur vigilance se soit émoussée.*

Nos gardiens nous conduisirent le long de la galerie. Je mémorisai soigneusement le lieu où nous avions pénétré dans la salle des machines. Il se situait exactement en face du podium de régénération. Nous avançâmes d'environ vingt mètres. Derrière une porte, quelques marches nous menèrent dans une pièce dont l'arrangement ressemblait à celui de la première. Les Brons se retirèrent sans un mot. Je m'assis et coupai le translateur.

— Magnifique !

— Nous prendrons la fuite à la première occasion, assura Fartuloon en m'imitant. As-tu repéré l'endroit où nos deux projecteurs ont été déposés ?

— Oui, à moins de trente mètres d'ici, dans une armoire non verrouillée. Quand filons-nous ?

— Un peu de patience, nous ne sommes plus à quelques tontas près.

Nous absorbâmes quelques concentrés de nourriture, et des ampoules étanchèrent notre soif. Puis nous nous allongeâmes sur les couches pour préserver nos forces.

À peine avais-je fermé les yeux qu'un Bron s'encadra dans l'entrée. Il portait dans ses mains un appareil informe et le posa au sol avec précaution. Il parlait déjà quand je réactivai le translateur.

— … mission de vous demander, de la part des scientifiques, d'analyser les fonctionnalités de cette chose. Considérez cela comme une sorte de test. Je reviendrai au bout de l'intervalle de temps que vous appelez deux tontas.

Il repartit sans attendre de réponse. Fartuloon se leva et examina le dispositif qui lui arrivait presque aux hanches.

— Sais-tu ce que ça peut être ?

— Je n'en ai pas la moindre idée, répliquai-je en secouant la tête.

Je ne pus qu'admirer l'adresse de ses gros doigts qui glissaient avec réserve et prudence sur le boîtier, sur les mille facettes du cristal saphirin légèrement convexe de la partie supérieure ainsi que sur les commutateurs, manettes et touches du panneau de commande. L'artefact me faisait penser à un phare massif, alors que j'étais sans doute aux antipodes de la vérité. Les Brons semblaient effectivement désireux de nous embrigader dans leur équipe scientifique.

— Il s'agit d'un projecteur, annonça Fartuloon avec circonspection, mais significativement différent de ceux que nous connaissons. Il y a quelques commandes qui m'ont l'air aberrantes. La partie antérieure ou supérieure, si l'on veut, qui porte le cristal n'est rien d'autre que l'unité projective. Son angle d'ouverture est d'au moins cent quatre-vingt degrés et une focalisation est sans doute possible. Une telle configuration permet d'affirmer que cet appareil émet un certain rayonnement. Pour satisfaire au test, il nous faut désosser cet engin. Et je ne sais pas si je disposerai de suffisamment de temps pour le remonter. Que devons-nous faire ?

Je m'approchai de lui, considérai l'objet massif mais ne pus rien déduire de ce que je voyais.

— Possède-t-il une source d'énergie propre ?

— Dans la partie inférieure, acquiesça-t-il. C'est évident. Mais comme je disais, il me faudrait mettre cette chose en morceaux.

— Y a-t-il une autre solution pour déterminer sa fonction ? Peut-être suffit-il de simplement l'allumer !

À mon grand étonnement, une large grimace illumina son visage.

— C'est une excellente idée. D'autant plus que nous n'avons pas le choix puisque les Brons ne nous ont laissé aucun outil. Cela me fait dire que nous devons être à même de décrypter son principe de fonctionnement sans effort superflu. (Il fit pivoter l'engin de telle manière que le cristal du projecteur soit dirigé sur le mur en face de la porte.) La question est de savoir si je trouverai la bonne commande pour l'activer.

— J'ose espérer que ce truc n'explosera pas, soufflai en me retirant vers le lit.

— Je ne pense pas que c'est le dessein de l'inventeur.

Ce fut avec des sentiments partagés que je vis ses doigts hésitants courir sur l'instrumentation de la tablette de contrôle. Mon cerveau-second m'informa qu'une demi-tonta s'était écoulée depuis que le Bron avait apporté l'appareil. Il nous en restait encore une et demie pour découvrir le secret. Je me demandai à quoi cela nous servirait. Je n'étais pas du tout convaincu qu'après cela, ils nous rendraient notre liberté.

Fartuloon parut avoir enfin repéré la combinaison adéquate. Il hocha plusieurs fois la tête d'un air confiant puis abaissa un levier tout en enfonçant deux boutons. Au même instant, comme surgi du néant, un Bron d'à peine un mètre et demi se matérialisa. Sans doute s'agissait-il d'un exemplaire très jeune qui planait par hasard, et dans un état spectral, sous le plafond de notre geôle. Quoi qu'il en fût, la créature fut aussitôt saisie par la gravité et tomba lourdement au sol où elle conserva sa structure solide.

— C'est la preuve ! s'écria Fartuloon. La portée du champ de matérialisation stable du complexe n'atteint que le milieu de la pièce.

— Et cet appareil permet de rendre leur consistance aux Brons désincarnés.

— C'est juste ! Avec cette technique, ils veulent obtenir et conserver leur tangibilité, même à l'extérieur de la station. Seulement, cet engin est encombrant et lourd ; peut-être pas pour les Brons, mais pour nous. Je te donne en mille ce qu'ils attendent de nous…

Je n'eus aucune peine à répondre.

— Ils espèrent nous voir construire ce dispositif sous forme réduite.

— Exact ! confirma mon mentor avec un hochement de tête. Je te pose la question : devons-nous leur révéler que nous avons découvert sa fonctionnalité ou non ? Ils connaissent le principe de matérialisation d'objets dans l'hyperespace. En revanche, ils ne savent pas comment miniaturiser et alléger l'appareil idoine. Ils souhaitent que nous les aidions à le faire.

Si les Brons apprenaient que nous étions capables de réaliser leur vœu, le glas de notre liberté aurait sonné. C'était une déduction logique. *Mais que feront-ils de nous si nous passons pour des incompétents ? Serons-nous relâchés ou exécutés ?* Je ressentais de la compassion pour les Brons. Je les plaignais dans leur terrible destin. *Cela ne justifie pas qu'ils nous maintiennent en détention ou, pire encore, nous tuent. Or, c'est justement ce qu'ils semblent avoir décidé !*

— Éteins l'engin ! exigeai-je de Fartuloon. Le jeune Bron récupère de sa stupeur. S'il nous attaque...

Mon mentor réagit plus rapidement que je ne l'avais escompté : le léger reflet irradié par le cristal s'éteignit. Au même instant, l'être qui tentait de se lever d'un air menaçant devint invisible et disparut sans laisser de trace.

L'Arracheur d'Entrailles se pencha en arrière.

— La fonction de cet appareil est évidente. Je ne peux naturellement que supputer ses principes de base, mais il semble présenter des similitudes avec nos pièges anti-psi transformés en champs de contention qui, eux aussi, sont capables d'empêcher la dématérialisation. Il est également établi – et Sketan en constitue la preuve – que les Brons passent de l'univers standard dans l'hyperespace et peuvent s'y maintenir à l'abri d'une bulle hyperénergétique. Je suis certain qu'ils connaissent également les processus transitionnels ainsi que la technologie des transmetteurs. Les Brons exilés dans le continuum d'ordre supérieur se matérialisent soit de manière totalement aléatoire et fugitive, soit par le biais de moyens techniques et, dans ce cas, aussi longtemps que les appareils construits dans ce but fonctionnent. Une stabilisation durable ne paraît pas possible dans l'immédiat. À cet égard, je présume qu'ils attendent également une solution de notre part. Je suis profondément désolé mais je ne peux pas la leur donner.

Je ne pus que me rallier à son avis. À propos de la structure du continuum quintidimensionnel, généralement appelé hyperespace, nous n'avions que peu sinon aucune expérience. Certes, la technologie arkonide utilisait la propulsion supraluminique qui, par le jeu des transitions, permettait de parcourir des distances incommensurables, mais les lois de ce supra-espace étranger nous étaient largement inconnues. La première raison en était la quasi instantanéité de la transition, empêchant toute acquisition d'une connaissance phénoménologique de « l'hyperespace en soi » et de sa nature. Pour nous n'existait aucune stabilité dans ce continuum alors que les Brons ne pouvaient l'obtenir, même en le désirant, dans la structure spatiotemporelle à quatre dimensions. *Le fond du problème réside donc dans le renversement des rapports.*

— Nous devrions leur dire la vérité, proposai-je. Que pouvons-nous faire d'autre ? As-tu une meilleure suggestion ?

— Malheureusement, non. Mais le résultat ne différera guère. Leur avenir dépend de la solution au problème de leur stabilité. Encore faut-il se demander si cela leur est bien utile sur un monde qui se trouve dans l'hyperespace, fût-ce dans le cocon d'une bulle hyperénergétique protectrice. Il semblerait que dans l'immédiat chacun doive traîner un projecteur individuel, à l'extérieur, qui soit plus maniable que celui-là.

Quelle que fût la décision que nous allions prendre, les mots de Fartuloon me firent clairement comprendre que les Brons ne pouvaient pas nous rendre notre liberté, et ce dans leur propre intérêt car nous venions de l'univers standard qu'eux voulaient réintégrer. Tout ce qui pouvait les aider, c'était d'abord leur espoir, et nous ensuite !

— Que se passerait-il si nous leur donnions un tuyau, si du moins tu en as un ?

Mon mentor me lança un regard de travers.

— Un tuyau ? Aurais-tu la naïveté de croire qu'ils vont s'en contenter ? En fin de compte, nous leur sommes précieux même si nous n'avons pas la capacité de les aider techniquement. Nous pourrions toujours servir de sujets d'expérimentation. Peut-être, en leur fournissant un modèle réduit, pourrions-nous caresser l'infime espoir de recouvrer notre liberté. Cela prendrait des années. En avons-nous vraiment le temps ?

Sa question était superflue. Nous devions trouver une

autre solution en dépit de notre obligeance de principe à l'égard de nos « hôtes ». Mes réflexions furent coupées net quand le Bron à l'habit rouge pénétra dans la pièce. J'allumai le translateur. Sa voix, transformée par l'appareil, prit un ton neutre au contraire des traductions skines ; mais je fus convaincu qu'elle charriait une certaine déception.

— Probablement avez-vous vos propres méthodes pour examiner et analyser les choses. Le Conseil est néanmoins intéressé par vos conclusions. (Il désigna l'appareil.) Qu'est-ce que c'est ? Il suffit de nous dire comment réaliser un dispositif similaire qui, à performances égales, ne pèserait que la moitié de son poids. Telle est votre mission.

Mon mentor me jeta un regard dont je ne connaissais que trop bien la signification ; il voulait mener la négociation.

— Cela prendra beaucoup de temps. (Il montra également le projecteur.) Nous avons élucidé sa fonction et nous savons qu'il provoque la matérialisation d'objets inanimés ou même d'organismes vivants. Nous avons compris son principe. Pourtant, il faudra des années de recherches pour concevoir un projecteur sensiblement plus léger et à capacités équivalentes. Allez-vous nous maintenir en détention aussi longtemps ?

— Nos spécialistes se sont d'ores et déjà attaqués à la résolution de ce problème, répliqua le Bron. Ils seront néanmoins reconnaissants pour toute suggestion positive ou proposition d'amélioration. C'est la seule raison pour laquelle nous vous retenons captifs. Nous sommes persuadés que vous pouvez nous aider et qu'il vous suffit de le vouloir. Et vous nous *aiderez* si vous ne tenez pas à passer le restant de votre vie ici.

— Et voici enfin le chantage !

— Nous appelons cela instinct de conservation, corrigea froidement notre interlocuteur. Les étranges créatures que vous appelez des Skines refusent de collaborer avec nous. Certes, ils se prétendent savants, érudits et scientifiques, mais ils sont uniquement affectés d'une insondable curiosité et souffrent d'un ennui chronique. Ils vivent dans l'univers matériel. Ils sont de texture solide, peuvent se déplacer et se reproduire à volonté, sont capables de saisir et de comprendre toute chose. Pourtant, ils sont et restent insatisfaits parce que tout ce qu'ils désirent leur est donné. C'est justement cela qui contient en germe la décadence de beaucoup de civilisations à haut niveau technique. Nous n'avons rien contre les Skines, hormis que nous voulons qu'ils disparaissent de notre planète. Pour cela aussi, nous aurons besoin de vous.

— Votre monde vous appartient, intervins-je avant que Fartuloon n'ait pu répondre. Ici, votre décision est souveraine. Mais nous ne sommes pas prêts à vous aider sous la contrainte.

Le regard des yeux à facettes – dont je ne pouvais distinguer que deux – demeura vide de sens pour moi, au contraire de la réponse orale qui fut on ne peut plus claire.

— Nous devons en avoir l'assurance. Vous ne tiendriez pas la parole donnée. Vous êtes intelligents et votre instinct de conservation est puissant. Selon les déductions logiques du Conseil, votre première aspiration consiste à quitter cette planète le plus rapidement possible. Votre égoïsme vous rend indifférents à notre destin. Nous comprenons votre souci de capturer le Skine en fuite. Mais ce problème est négligeable eu égard au nôtre.

En tout cas, leur position est nette ! Un peu de coopération de part et d'autre nous aurait permis de nous réduire au dénominateur commun. *Dans l'état actuel des choses, c'est impossible. Ils se méfient de nous, nous nous défions d'eux ; et c'est à bon escient pour chacun.* Je cueillis une incitation de mise en garde dans les yeux de mon mentor et me tus.

— Nous essaierons de régler votre problème, ajouta-t-il. Vous pourrez toujours prendre conseil auprès des Skines qui, de fait, disposent d'une liaison de l'univers normal vers l'hyperespace dont la nature profonde nous est inconnue. Nous sommes convaincus qu'ils sont techniquement à même de vous proposer une solution si vous leur en adressez la requête. Notre propre destinée n'a rien à voir avec la vôtre ni avec celle des Skines. Chacun doit chercher à prendre la sienne en main et de s'en rendre maître.

— Quelle réponse dois-je rapporter au Conseil ?

— Nous tentons de trouver une solution juste qui pourrait être la suivante : nous endossons le rôle d'intermédiaire entre les Skines et vous.

Le Bron quitta la pièce sans un mot. Fartuloon le suivit des yeux.

— Il faut d'abord s'aider soi-même, et il l'a bien compris. C'est par là que nous commençons tout de suite…

Mon mentor souleva le projecteur et le soupesa dans ses mains. Puis il le reposa et se tourna vers moi.

— Il est lourd et peu maniable, sans doute également pour les insectoïdes. Nous devons essayer de récupérer ceux que les Skines nous ont confiés. Nous devrions y arriver.

— Les Brons ont dû poster des gardes entre-temps.

— À voir ! répliqua-t-il, confiant.

Je dus constater qu'il n'y avait effectivement pas de factionnaires dans la galerie périphérique ; les Brons semblaient sûrs de leur affaire, probablement parce qu'ils se trouvaient dans une zone qui leur garantissait la stabilité. Si nous nous baissions derrière la balustrade, celle-ci nous cachait aux yeux des créatures, qu'elles soient dans la partie basse de la halle ou sur le podium. Nous ne devions malgré tout pas faire preuve d'imprévoyance. Nous n'avions aucune idée de l'endroit où se situait la salle de réunion du Conseil. Peut-être se nichait-elle sous l'immense rotonde, à l'abri de voûtes encore protégées par le champ stabilisateur.

Non loin de nous, l'espace de repos était toujours aussi animé.

— Va chercher les deux projecteurs ! me lança Fartuloon en s'immobilisant.

Je continuai, toujours accroupi. Je ne comprenais pas davantage que mon mentor pourquoi les Brons avaient déposé les projecteurs dont ils nous avaient délestés dans un endroit aussi facilement accessible. On avait presque l'impression que ce comportement était censé encourager notre évasion. Un de nos « hôtes » sortit d'une pièce et gagna la galerie. Entre-temps, j'avais atteint l'armoire et me blottis rapidement derrière elle. La créature approchait à vive allure et j'osai à peine respirer. Elle arriva à ma hauteur et j'eus l'impression qu'elle ralentissait ; mais ce n'était qu'un effet de mon imagination. Le Bron disparut dans l'un des puits antigrav qui menaient vers la partie inférieure de la salle. Je me relevai prudemment et cherchai en tâtonnant les deux bâtons que je ne pouvais pas voir en étant accroupi. Je sentis la fraîcheur du métal dont le contact m'apparut infiniment rassurant. Je m'emparai des projecteurs et retournai, plié en deux, vers mon mentor qui m'attendait avec impatience.

Nous nous précipitâmes le long de la galerie en direction de la sortie. Je posai la main sur le levier de commande du panneau blindé tout en apercevant du coin de l'œil plusieurs Brons qui s'approchaient de nous. Ils avaient dû se rendre compte de notre fuite. Avant qu'ils n'aient pu nous atteindre pour nous empêcher de quitter la salle encombrée de machines, le panneau métallique barrant le couloir s'était ouvert. En deux bonds, nous avions échappé à la zone d'influence du champ stabilisateur et nous retrouvâmes dans le corridor que nous avions emprunté en arrivant. À partir de maintenant, les Brons ne pouvaient nous attaquer que durant leurs phases de tangibilité.

Nous ne perdîmes pas de temps et parcourûmes rapidement en sens inverse le chemin par lequel nous avions poursuivi le Skine. *Se cache-t-il toujours à l'intérieur du complexe technique ? Nous serons fixés dans peu de temps.* L'ascenseur anti-g nous transporta dans la partie supérieure de l'installation subplanétaire, puis nous repérâmes sans difficulté l'accès à la salle avancée située sous la place circulaire au centre de la cité. Je fis signe à Fartuloon de rester en arrière pendant que je me rendais jusqu'au couloir principal, à la recherche d'éventuelles traces du Skine. Je me baissai. Effectivement, la poudre de la tablette de concentré était effacée en plusieurs endroits. *Mais cela peut également avoir été causé par des Brons matérialisés par hasard...*

Le doute me poursuivit jusqu'au moment où je découvris l'empreinte d'un pied tridactyle. J'avais la preuve que notre fugitif avait quitté les lieux.

— Il fait sombre en haut, annonçai-je en adressant un signe à mon mentor. La nuit est retombée. Nous ne trouverons aucune trace à l'extérieur. Allons-nous prendre du repos ici ou plutôt en ville ?

Le visage de Fartuloon exprimait un enthousiasme mitigé. Je restai, indécis, sur le seuil du puits. Un pas de plus et je passerais dans la zone antigrav. Mon mentor décida à ma place ; d'une main ferme, il me poussa dans le champ et me suivit. Presque côte à côte, nous remontâmes vers l'orifice, où un flux répulsif nous fit obliquer pour nous poser délicatement sur le bloc de pierre de la place centrale. Même les ombres des Brons n'étaient plus reconnaissables dans l'obscurité. Nous dévalâmes les marches jusqu'à l'esplanade et nous engageâmes dans la rue principale. Les silhouettes des ruines se confondaient presque avec la noirceur du ciel.

— Nous ne perdons rien, déclara Fartuloon. Il n'y a de toute façon aucune trace par ici et nous ne découvririons rien, même en plein jour. Tout ce que nous avons à espérer, c'est que le Skine rejoigne la station à plus ou moins longue échéance. Nous pouvons gagner la périphérie de la ville sans nous égarer. Nous nous y installerons jusqu'au lever du jour. Nous aurions dû profiter de notre captivité pour dormir, je suis épuisé !

Je l'étais également. Je n'avais aucune objection à formuler à l'encontre de la proposition du Carabin, aussi le suivis-je sans discuter. Nous ne rencontrâmes pas un seul Bron désincarné. Il nous fallut une tonta pour atteindre les limites de l'agglomération. Les ruines étaient maintenant derrière nous ; devant nous s'étendait la plaine que jouxtait la bande forestière large de cinq kilomètres jusqu'au fleuve de pierre.

— Dès qu'il fera clair, nous retournerons à la station des Skines, proposa mon mentor pendant que nous cherchions un endroit pour le bivouac. Ici, il y a une légère déclivité ; je suppose qu'il s'agit de la colline que nous avons escaladée en arrivant.

Nous trouvâmes une excavation accueillante et essayâmes de dormir.

Deux tontas plus tard, le ciel s'illumina subitement et je sursautai. J'avais fait un cauchemar. J'avais l'impression que mes os étaient de plomb. Je me redressai péniblement et réveillai Fartuloon qui émettait des bruits indéfinissables. En me relevant, je vis le Bron qui se tenait au bord de la cuvette et qui nous regardait. Sur sa poitrine, fixé par une courroie, pendait un projecteur semblable à celui qu'on nous avait demandé d'analyser. Le cristal projectif était tourné vers son porteur, lui accordant une stabilisation durable.

J'activai le translateur.

— Nous avons de la visite… m'écriai-je.

L'Arracheur d'Entrailles se saisit de son arme, mais sans la pointer.

— Laissez-nous tranquilles ! Vous devez résoudre vous-mêmes vos problèmes.

— Vous aviez promis de nous aider et vous avez failli à votre parole.

— C'est faux. Pour pouvoir vous aider à long terme, il nous faut retourner dans l'espace normal. C'est là-bas que les moyens nécessaires pour vous rendre une matérialité corporelle permanente doivent être développés. Je suis toujours convaincu que les Skines sont en mesure de vous proposer une solution pertinente. En définitive, ce sont eux qui bénéficient d'une liaison constante avec les planètes de l'hyperespace.

— Les Skines doivent quitter notre monde !

Fartuloon haussa les épaules.

— Vous voulez nous retenir alors que nous n'avons aucune compétence pour contrarier votre destin ; en revanche, vous tenez à chasser les Skines qui en auraient les moyens. Est-ce logique et sensé ?

— Revenez-vous avec moi ?

Je ne pouvais plus le supporter. L'obstination des Brons commençait à me taper sérieusement sur les nerfs.

— Non ! hurlai-je, furieux. Nous avons d'autres soucis, pour nous vitaux, et pour lesquels vous ne pouvez ou ne voulez pas nous aider. Nous essaierons de convaincre les Skines de vous prêter assistance. C'est tout ce que vous avez à attendre de nous.

— Vous viendrez avec moi !

Pour mon mentor, également, la coupe était pleine. Il dirigea le barreau du projecteur vers le Bron.

— Disparais avant que je ne perde patience ! Tu sais ce que tu risques. Alors, pars !

La créature ne bougea pas d'un pouce.

— Mon dispositif me protège. Vous ne pouvez rien contre moi. D'autres viendront pour vous capturer. Mieux vaut me suivre de plein gré...

— Ne bouge pas ! avertit Fartuloon quand le Bron se

mit en mouvement. Je ne plaisante pas. Tu te trompes en affirmant que ton projecteur te met à l'abri. Son seul effet est de stabiliser ton corps, c'est tout. En revanche, l'énergie de mon arme peut te tuer, définitivement. Je te le répète, disparais… !

Le Bron ne se laissa pas impressionner et avança. De la périphérie de la ville, j'en vis deux autres qui venaient vers nous dans un état de parfaite stabilité. Ils portaient eux aussi des appareils cubiques. Le moment était venu de leur montrer que nous ne manquions pas de ressources. Contrairement à sa déclaration, mon mentor tira tout d'abord en mode paralysant quand le Bron passa outre son injonction. L'effet fut néanmoins suffisant : la créature perdit la maîtrise de son corps de plus de trois mètres de hauteur ainsi que de ses fonctions locomotrices. Il tomba en avant et le projecteur s'écrasa durement au sol. Peut-être l'impact inactiva-t-il ou endommagea-t-il son dispositif stabilisateur, ou était-ce lié à l'arme des Skines, mais le Bron à moitié étourdi se dématérialisa immédiatement et sa vague ombre planante s'enfuit, impuissante, en laissant l'appareil derrière elle.

Mon mentor regarda en direction de la cité.

— Ils ont tout vu et savent désormais que leur artifice est incapable de les protéger. Nous devrons nous montrer plus prudents à l'avenir. Quoi qu'il en soit, il est préférable de nous remettre en route. Nous mangerons plus tard.

Les deux Brons demeurèrent en arrière, mais nous ressentîmes la présence constante de créatures désincarnées qui ne nous quittaient pas.

*
* *

Nous traversâmes la vallée et la plaine sans être inquiétés, jusqu'à la lisière de la forêt. Le fleuve de galets se lovait derrière. Il faisait toujours très clair, même si plus de quatre tontas s'étaient écoulées. Nous avions repéré les traces du Skine en plusieurs endroits, mais les perdions régulièrement sur le sol sec ou les rochers.

Je m'arrêtai.

— L'orée du bois grouille de Brons. Ils devraient finalement comprendre qu'ils n'obtiendront rien.

— Tu oublies la question qu'ils nous ont posée lors de notre capture, me rappela Fartuloon. Leur reine en gestation !

— Cela n'évoque rien pour moi.

— Ce sont manifestement des descendants d'insectes, et les insectes pondent des œufs. Leur reine *à naître* est selon toute probabilité un œuf.

— Quel est le rapport ?

— Cet œuf, ou leurs œufs en général, doivent se trouver dans la forêt, et naturellement dans un état tangible sinon on ne pourrait pas les *voler*. Souviens-toi qu'ils ont essayé de nous empêcher d'y pénétrer. De toute évidence, les Brons sont matériels au stade embryonnaire ; ce n'est qu'après la naissance ou l'éclosion qu'ils se désincarnent.

Je me tus, car je ne trouvais aucun fondement raisonnable au comportement des étrangers. Comme Fartuloon continuait de cheminer, je me contentai de le suivre, muet, le projecteur des Skines prêt à servir au cas où l'une des ombres virevoltantes devrait surgir et nous attaquer. Nous pénétrâmes dans la forêt, puis subîmes deux assauts de ces créatures. Mon mentor, qui ouvrait la marche, pointa son barreau sur eux et ils disparurent dans le néant.

Je fus soulagé quand nous atteignîmes la rive du fleuve de galets qui roulait avec lenteur. Je distinguai un mouvement fugace sur la berge opposée ; en y regardant de plus près, je reconnus un Skine qui se hâtait à travers la plaine cristalline et se dirigeait en droite ligne vers la coupole de la station. Il fuyait visiblement davantage les Brons que nous.

— En avant !

Fartuloon sauta sur les pierres rondes. Je le suivis, et

133

cette fois-ci nous réussîmes à franchir l'étrange courant sans faire de pause sur l'île. Nous abordâmes l'autre rive et ne perdîmes pas de temps à chercher les traces du Skine. On ne pouvait pas rater la station. Le fugitif avait le même but que nous, et nous étions plus rapides.

Après avoir laissé derrière nous les broussailles constituées de concrétions cristallines, nous arrivâmes en vue de la base et aperçûmes également le Skine. Il s'était traîné jusqu'à l'entrée et s'était effondré. Recroquevillé, il s'efforçait encore de ramper. Ses membres tressautaient comme sous le coup de violentes douleurs. Je courus plus vite que Fartuloon et me baissai. Le translateur était opérationnel.

— Qu'as-tu ? Es-tu blessé ?

Il devait me comprendre, mais il ne répondit pas. Sa face aplatie était parcourue de lueurs bleu foncé. Un Skine sortit du bâtiment et, dès ses premiers mots, je reconnus Lateran.

— Vous êtes revenus ? Est-ce celui que vous cherchez ?

— Il semblerait que oui !

Le Carabin m'aida à transporter le Skine à l'intérieur de la station. Il paraissait avoir subi un choc. *Ce n'est guère étonnant, avec les circonstances qui règnent sur Sketan. Nous l'avons, c'est l'essentiel.* Les autres Skines de la base affluèrent, mais ils retournèrent rapidement à leurs travaux. Mon mentor s'occupa de notre prisonnier.

— Nous devons retourner à Tsopan avec le porteur de ma psycho-réplique, informai-je Lateran. Peux-tu activer le seuil ?

— Es-tu bien certain qu'il soit le porteur, je veux dire, *encore* le porteur ?

Une terreur sourde glaça mes membres au point que je fus incapable de lui répondre pendant un bon moment. Nous avions omis d'isoler le Skine dans le filet de contention énergétique. Dans l'intervalle, ma conscience dupliquée avait eu suffisamment de temps pour choisir un autre hôte. Et dans ce cas, tout était à recommencer… Je m'empressai de modifier le réglage du barreau projecteur et enveloppai le Skine, toujours à moitié inconscient, dans le champ de force. Après, seulement, un assistant de Lateran l'examina avec un senseur cubique. Le diagnostic fut sans appel : seule la conscience du Skine demeurait. Une question subsistait : où et quand la copie de la mienne avait-elle pris le large ? Nous nous retrouvions exactement là où nous avions commencé…

CHAPITRE V

(Extrait de : « *Chiffres, Centuries, Cotes et Certificats –
du rapport établi par le Corps Historique de l'O.M.U.* »,
Chamiel Senethi ; In : *Rééditions abrégées de diverses
archives*, ici : *L'autre Atlan* (A-139/145-74), Groupe Éditorial Sonthrax-Bonning, Lepso, an 1310 de la Nouvelle Datation Galactique.)

*Que l'on se plaise à évoquer l'étendue des connaissances
dans le domaine ultrafréquentiel du spectre hyperénergétique, l'inquiétante capacité du peuple étranger qu'en
considération de leur langue avocale les Arkonides appellent VeCoRat XaKuZeFToNaCiZ, en abrégé Vecorat (des
êtres qui, en tant que « voleurs d'âmes », quittent leur corps
individuel de manière uniquement mentale pour prendre
possession d'un autre support en induisant une permutation
avec la conscience de la victime alors condamnée à l'incapacité d'agir), le transfert ciblé de conscience, la télépro-
jection au sens de la stase oniro-psionique ou la faculté
psychique du transfert métasomique chez les Cappins, il est
néanmoins établi que la possibilité technique du peuple disparu des Skines de réaliser des copies de consciences
capables d'agir de manière autonome, demeura une exception dans l'état actuel de notre savoir.*

*Depuis la rencontre avec les Cappins, le concept de
conscience est indissociable d'une certaine constante
appelée F.H.R., en clair « fréquence hexadimensionnelle de*

recouvrement » ou en d'autres termes « rayonnement para-mental hexadimensionnel modulé » : une constante hyper-énergétique hexadimensionnelle individuelle rencontrée uniquement chez les créatures vivantes à fort développement. Sa compréhension est étroitement liée au concept d'espace Dakkar ou de zone Dakkar, ainsi nommés en l'honneur du Cappin Ascina Dakkar (un malheureux petit homme estropié au crâne chauve) : un domaine considéré comme une frange de libration énergétiquement neutre « entre » la cinquième et la sixième dimension et, par suite, décrit analogiquement comme un supra-espace quintidimensionnel d'interférence, une frontière de libration entre la cinquième et la sixième dimension ou plus simplement comme la « trace hexadimensionnelle » ou « trace hexadim ».

Le psycho-duplicat immatériel d'Atlan, finalement libéré peu avant la destruction de Tsopan, ignorait tout cela quand, au mois de mars de l'année 2843 après J.-C., son « aura détectrice » repéra le Franc-Passeur de dix-sept ans, Curs Broomer, qui travaillait comme technicien sur le Broltanvor-III et qui réparait justement un bloc d'antennes sur la coque extérieure. Le contenu copié de la conscience d'Atlan prit possession du corps du jeune homme sans coup férir, avec la ferme conviction de toujours se situer en l'an 10497 da Ark. Une fois à bord de la nef cylindrique de six cents mètres de long, il affirma être l'Arkonide traqué Ginez Bragha. Le patriarche Broltanvor et les autres Francs-Passeurs estimèrent, à juste titre, que la raison de Curs Broomer avait subi quelques dommages.

Sur le monde de libre échange Suskor, troisième planète de l'étoile jaune Phrokus, Atlan/Broomer, se sentant victime d'une troublante intrigue, s'enfuit du vaisseau des Francs-Passeurs et se fit oublier dans la ville d'Apvron où il se camoufla sous un déguisement. La battue organisée pour retrouver Broomer attira l'attention de l'Epsalien Friinkojes Dorn, spécialiste de l'O.M.U., qui observait consciencieusement le Broltanvor, dont le patriarche *conservateur était connu pour son inimitié à l'égard des Terraniens et des Néo-Arkonides.*

Quand Warton, le père de Curs Broomer, découvrit son fils à Apvron, éclata une violente dispute de laquelle Dorn ne comprit qu'un seul mot : « Atlan ». Estimant que le jeune Franc-Passeur était chargé de transmettre un message important au Lord-Amiral de l'O.M.U., Dorn favorisa sa fuite et le mit à l'abri dans sa base maquillée en relais de chasse pour le soustraire aux recherches des poursuivants.

Ce fut le prélude d'une odyssée qui allait confronter Atlan avec son moi puîné. Déjà pendant le vol vers Quinto-Center, le corps de Curs Broomer se transforma, de sorte que ses traits ressemblèrent de plus en plus à ceux du jeune Prince de Cristal Atlan ; son secteur logique s'éveilla même après son arrivée dans le quartier général de l'O.M.U. Les événements causèrent la perte provisoire de l'activateur cellulaire dont bénéficiait le Lord-Amiral et débouchèrent sur la fin tragique que constituait la mort d'« Atlan II ». Les détails extraits des banques de données appropriées des Annales de l'O.M.U. sont consignés dans les fichiers annexes…

Sketan, le 36 prago, 10497 da Ark

Je me rappelais les paroles du « vrai savant », sur Tsopan. Skagos avait affirmé qu'aucun Skine ne pouvait accueillir une conscience étrangère s'il était paralysé. Si j'y avais pensé à temps, mon psycho-duplicat eût été dans l'impossibilité de changer de porteur. Désormais, il était susceptible de se trouver à l'intérieur de n'importe quel Skine de la station. Je n'avais plus le choix ; même Fartuloon ne put m'en empêcher et tout le monde s'étonna de la rapidité de mon action. Avec le projecteur, je paralysai non seulement les Skines que Lateran avait appelés dans la coupole, mais également l'Arracheur d'Entrailles sidéré. Je pus enfin les examiner un à un à l'aide de la méthode qui m'était, entre-temps, devenue familière. En effet, j'étais intimement convaincu que je débusquerais la copie de mon *moi* au sein de l'un d'entre eux.

Elle n'allait pas me choisir comme cible, car elle se serait ainsi exposée au danger d'être absorbée par ma propre personnalité. La vérification fut négative. Ni mon mentor ni l'un des Skines n'était porteur de ma réplique fugitive.

Lateran récupéra lentement et accepta mon explication avec un calme stoïque.

— Tu as agi de manière pertinente et logique. Nous savons maintenant que le psycho-duplicat erre encore quelque part au-dehors, peut-être même au tréfonds d'un Bron…

Je le regardai, parcouru d'un effroi glacial.

— Tu veux dire qu'il pourrait être retenu par un de ces êtres instables ? Comment ferions-nous pour l'approcher ? Dès que nous créons un champ de contention, la créature disparaît. Où demeure la copie de conscience à ce moment-là ? En lui, malgré la désincarnation ? Peut-elle également exister sans corps ?

Le Skine n'entra pas dans mon jeu de conjectures.

— L'essentiel est qu'on la retrouve.

— Je crains que nous ne soyons à l'orée d'un nouveau périple pédestre.

Fartuloon serrait sa tête entre ses mains. Les premiers coups d'œil qu'il me lança étaient rien moins qu'inamicaux.

— Tu aurais dû me prévenir. J'ai failli me rompre le cou.

— Je n'en avais pas le temps. Si tu avais été le porteur, ma copie immatérielle aurait une nouvelle fois eu le temps de s'enfuir. Maintenant, nous avons la preuve qu'elle ne se cache pas au sein de la station. (Je me tournai vers Lateran :) Pourquoi n'y a-t-il pas de contacts entre les

Skines et les Brons ? Peux-tu me l'expliquer ? Et qu'en est-il de leur reine incréée ?

L'interpellé s'efforça de nous fournir un aperçu d'ensemble. Les Skines étaient au courant de beaucoup de choses mais n'en avaient jamais évalué les conséquences. Les Brons leur étaient indifférents mais s'ils attaquaient dans leur état tangible, on les repoussait avec force chocs énergétiques. Nous apprîmes que ces êtres pondaient effectivement des œufs qui demeuraient stables. N'importe quelle créature matérielle pouvait les dérober sans qu'on puisse l'en empêcher.

Les Skines en avaient prélevé à plusieurs reprises pour les étudier et en découvrir davantage sur les anciens habitants de Sketan. C'était de cette manière qu'ils avaient récemment remarqué qu'un ovocyte particulier bénéficiait d'une surveillance accrue lors de sa couvaison : *l'œuf de la reine.* Cette souveraine ne semblait pas exercer de rôle politique puisque, selon notre expérience, un conseil de scientifiques présidait aux destinées des Brons. Elle avait cependant beaucoup d'importance ; soit elle était purement symbolique ou, en considération de son ascendance insectoïde, elle ordonnançait la multiplication de tout le *peuple Bron.*

— Cela nous donne déjà un indice, releva froidement Fartuloon. Nous chercherons ce fameux ovocyte et le rendrons à ses propriétaires à condition qu'ils nous livrent le porteur de la psycho-réplique.

Lateran accepta le plan, à mon grand étonnement. D'une certaine façon, il avait l'air content de nuire à ces créatures. Je n'avais pas d'autre solution que d'y consentir moi aussi. Cette fois-ci, nous nous chargeâmes d'autres équipements dont un grand sac pour pouvoir, le cas échéant, transporter l'œuf de la reine dont la taille, disait-on, atteignait le « tiers de l'ombre d'un homme », soit environ un demi-mètre. Accompagnés des bénédictions bourdonnantes de Lateran et de ses congénères, nous quittâmes une nouvelle fois la station avec pour premier objectif la forêt située au-delà du courant de galets.

Nous suivîmes le lit du fleuve sur une bonne distance pour ensuite bifurquer en direction des ruines. Ce fut comme si les Brons pressentaient nos intentions : ils tournaient autour de nous tels de sombres essaims et chaque fois que l'un d'entre eux se matérialisait, il nous attaquait avec une fureur désespérée. Ce comportement à lui seul semblait déjà trahir l'endroit où l'ovocyte se trouvait, sauf si les insectoïdes essayaient de nous induire en erreur. Je m'efforçai d'établir le contact par l'intermédiaire du translateur, mais en vain. Les assauts redoublèrent quand nous traversâmes une zone particulière que nous n'avions pas encore foulée.

J'estimai que nous nous situions à quelques kilomètres plus à l'est que lors de notre première expédition – où la ville était orientée au nord – et marchions parallèlement à l'ancienne route. De cette manière, nous devions tomber directement sur l'agglomération. À trois kilomètres environ de la berge du fleuve, le sol devint soudain sablonneux et sec. Il n'y avait presque plus d'arbres ; seules les plantes cristallines proliféraient au point de constituer une forêt de verre. Les concrétions prenaient toutes les formes et couleurs imaginables. Leur genèse demeurait une énigme pour moi car elles ne pouvaient en aucun cas être d'origine organique. Il faisait plus clair dans cette partie de la sylve, car aucune frondaison n'occultait la lumière artificielle. Les ombres mi-stables des Brons étaient nettement visibles dans ce jour uniforme. Ils planaient constamment au-dessus de nous en attendant de se matérialiser. Cela n'arriva heureusement pas.

Fartuloon s'arrêta et indiqua le nord.

— Je pense que nous ne devrions pas tarder à atteindre

la plaine. S'il existe une communication organisée entre les Brons, leur Conseil doit d'ores et déjà être avisé. Et ils ne disposent que d'un seul et unique moyen de nous retenir ou de nous capturer : utiliser leurs projecteurs. Je suis convaincu que ces appareils leur permettent d'ériger un champ de contention duquel nous-mêmes ne pourrions pas nous échapper. Nous devons donc nous préparer à un assaut imminent de créatures stabilisées.

Nous reprîmes notre marche. Ce fut en plein milieu de la forêt de cristal que la confrontation tant redoutée eut lieu.

*
* *

Soudain, ils furent là, surgissant de tous côtés. Je dénombrai environ deux douzaines de Brons dotés chacun d'un projecteur qui lui pendait sur la poitrine. Nous nous repliâmes aussi vite que possible à l'abri d'une dépression. Fartuloon tenait son barreau, prêt à servir.

— Nous cherchons l'un des vôtres, clamai-je. Un Bron bien précis ! Voulez-vous nous aider ?

Ils n'avaient pas l'intention de discuter et lancèrent leur attaque.

— Essayons de les contenir ! jeta l'Arracheur d'Entrailles. Ne les laissons pas approcher à moins de dix mètres, sinon nous sommes faits. Ils ne nous accorderont pas une deuxième chance de leur fausser compagnie.

La portée des projecteurs skines était sensiblement plus importante que celle des armes de nos adversaires. Heureusement que le mode paralysant nous suffisait à les faire disparaître ! En revanche, nous « traitâmes » leurs appareils stabilisateurs tombés à terre sans aucun égard et les détruisîmes en les métamorphosant en amas informes. Nous réussîmes à repousser l'assaut, et seuls trois ou quatre Brons stables se replièrent pour se volatiliser dans le fouillis de la sylve cristalline.

Fartuloon baissa son arme mais demeura à couvert.

— Auraient-ils tout simplement essayé de nous dérouter ? Je n'ai pas la moindre idée de la façon dont ils peuvent être au courant, mais je parierais qu'ils sont parfaitement informés de notre plan. Peut-être dans leur état désincarné, ont-ils pu espionner nos conversations ? À mon sens, il est plus que probable qu'ils étaient présents dans la station quand nous avons discuté de nos projets avec Lateran. Par conséquent, ils savent que nous voulons l'œuf de la reine pour les forcer à coopérer. Dans ces conditions, nous devrions être en mesure d'anticiper leur tactique de manière appropriée et logique. Ensuite, nous trouverons soit l'œuf, soit le Bron qui recèle ton psycho-duplicat.

— Où crois-tu que se cache l'ovocyte ?

Le Carabin essuya la sueur qui perlait à son front.

— Partout, hormis dans la forêt !

— Mais Lateran disait...

— Il n'avait pas le choix, puisqu'il ne sait pas mentir. Les autres œufs ont toujours été trouvés dans la sylve, mais pas celui de la reine qui est stable et qui le reste à n'importe quel endroit de ce monde. Ils peuvent le dissimuler partout. (Il se gratta la barbe et afficha un sourire grimaçant.) Vogue sur les pensées de l'autre, selon le vieil adage : comme l'œuf peut être n'importe où, il devrait se situer à l'endroit le plus exposé, et où on le présume le moins. Selon moi, il se niche envers et contre tout au sein du complexe technique, fût-ce en dehors du domaine couvert par le champ stabilisateur.

— Donc, direction la ville ?

Il acquiesça.

*
**

Nous laissâmes la zone cristalline derrière nous et traversâmes la forêt naturelle jusqu'aux abords de la plaine où nous nous arrêtâmes car la nuit tombait.

— La question est de savoir si nous continuons ou si

nous bivouaquons ici, à l'orée de la sylve, où nous trouverons du bois à profusion pour le feu, dit Fartuloon.

— Notre temps n'est-il pas précieux ?

— Il l'est toujours, mais il serait insensé d'affronter les Brons dans un état de fatigue proche de l'épuisement. Une autre question me taraude : crois-tu que le porteur de ton psycho-duplicat se distingue des autres ? Je veux dire : pouvons-nous l'identifier sans les examiner un à un ?

— Je ne sais pas, répliquai-je avec gravité. Je n'ai aucune idée des desseins de mon autre *moi*. Il n'agit absolument pas comme je le ferais.

Il se remit en mouvement.

— Nous devrions essayer d'atteindre au moins la périphérie de la ville ; nous nous reposerons après.

En dépit de l'obscurité, nous pûmes rejoindre sans encombre la longue chaîne de collines qui bordait la cité.

— Il vaudrait mieux que l'un de nous veille, suggéra mon mentor en s'asseyant sur une pierre. Les sept et quelques tontas qui restent passeront elles aussi. Peut-être repartirons-nous avant l'aube. De toute façon, nous ne pouvons pas rater la route.

Fartuloon prit le premier tour de garde ; j'étais content de pouvoir dormir quelques tontas. Certes, la position mi-accroupie mi-allongée sur le sol dur n'avait rien de reposant, mais cela valait mieux que rien. J'entendis une seule fois le sifflement du projecteur de mon ami, ce qui d'ailleurs ne m'arracha pas totalement du sommeil. Probablement n'avait-il repoussé que l'attaque d'un seul Bron. Dans mon rêve, je me demandai ce qui allait se produire si c'était justement cette créature qui recelait ma conscience dupliquée.

Durant la dernière faction avant le départ, je tournai autour de notre modeste campement, le barreau des Skines prêt à faire feu. Tout fut calme. Deux tontas avant le retour de la clarté, je réveillai mon mentor et nous nous mîmes en route après un petit déjeuner hâtif composé de concentrés. Nous avançâmes rapidement malgré l'obscurité. Nous savions parfaitement quelle était la direction. Il nous suffisait de veiller à ne pas la perdre.

Quand l'aube pointa, nous nous rendîmes compte que, contre toute attente, nous avions néanmoins manqué la ville. Elle se situait plus loin, à droite, et seules les coupoles des bâtiments les plus élevés étaient reconnaissables. Nous avions tiré trop à l'ouest. Je m'arrêtai. Fartuloon fit encore quelques pas jusqu'au sommet d'une colline plate. D'un signe, il m'invita à le suivre.

— Il y a une colonie là-bas, annonça-t-il en indiquant un point de la plaine située au-delà de l'éminence. C'est une petite colonie qui semble habitée. Par des Brons ?

— Par qui d'autre ?

— Évidemment ! Dans ce cas, il faudrait qu'ils aient également érigé un champ stabilisateur là-bas. À moins qu'il n'existe des circonstances naturelles leur autorisant une matérialisation durable et même intentionnelle ? Mais cela rendrait le complexe suburbain inutile. Question : qu'en est-il alors vraiment de la colonie ?

— Allons-y et vérifions par nous-mêmes ! soufflai-je avec un haussement d'épaules.

En vérité, je n'étais pas vraiment sérieux en exprimant cette proposition trop spontanée. Pourtant, à ma grande stupéfaction, mon mentor l'approuva aussitôt.

— Tout à fait ! Nous pourrons toujours retourner en ville si nous ne trouvons rien dans ce hameau. J'ai l'impression qu'il est constitué de petites maisons très primitives, ou plutôt de huttes. Elles n'ont pas l'air d'être très anciennes. Elles ne datent en aucun cas de la période d'avant la transition de la planète dans l'hyperespace. Allez…

Les attaques des Brons redevinrent plus fréquentes sur le trajet qui menait au « village ». Non qu'ils se matérialisaient plus souvent ou plus longtemps, mais leur nombre était nettement plus conséquent. Je supposai que, de toute manière, la plupart d'entre eux demeuraient invisibles.

Seuls ceux qui apparaissaient sous forme d'ombres étaient vraiment dangereux car ils pouvaient à tout moment prendre corps et nous tomber dessus. Dans ce cas, il n'y avait qu'un seul remède : l'arrosage immédiat et ciblé. Ils se désincarnaient et, du moins le présumais-je, étaient rejetés durablement dans l'hyperespace sans mourir. Nous approchâmes de la colonie.

Et singulièrement – Fartuloon le remarqua tout comme moi –, leur durée de stabilité s'allongeait. En revanche, les offensives des Brons se firent moins aléatoires.

Mon mentor s'immobilisa.

— Je tends de plus en plus à croire que les causes sont naturelles. Il se peut que règne, sous la surface, un champ hyperénergétique qui neutralise l'effet dématérialisateur durant un certain temps. À moins que ce ne soit une autre installation, similaire à celle que nous avons découverte dans la ville. Mais alors, pourquoi se situe-t-elle dans une colonie aussi réduite et insignifiante en plein milieu de la plaine ?

— Qui prétend qu'elle soit insignifiante ?

Fartuloon me lança un regard scrutateur, parut lire mes pensées et hocha la tête.

— Oui, tu as raison. Les Brons n'attaquent plus maintenant. J'ai plutôt l'impression qu'ils nous attendent ; il peut aussi s'agir d'un piège. Ils ont constaté qu'ils ne sont pas capables de nous vaincre, du moins pas dans les endroits où ils subissent la menace constante de se voir désincarnés. Si nos suppositions se confirmaient, il en serait tout autrement ici. Cela nous oblige à redoubler de prudence. Allons-y, mais restons vigilants. Ne laisse aucun Bron approcher à moins de dix mètres. Le translateur permet aussi de communiquer à grande distance.

Aux abords de la colonie, un front compact de créatures massives, à première vue sans armes, nous attendait. Ces êtres ne portaient pas non plus de projecteurs. Ils se dressaient seulement là, tel un mur vivant. Mon mentor s'arrêta derechef.

— Nous devons leur parler car je ne nous imagine pas les abattre de sang-froid. Vas-y, je te couvre.

Comment pouvais-je expliquer aux Brons ce que nous cherchions ? Et de quelle manière devaient-ils déterminer si l'un des leurs était porteur d'une conscience exogène ? Je tentai le coup, en dépit de mes maigres chances de succès. Après avoir eu la confirmation qu'ils me comprenaient bien, je leur relatai grossièrement les événements. Je quémandai leur assistance dans la recherche d'un de leur congénère dont le comportement serait manifestement étrange et qui aurait l'air d'être « possédé ». Je les assurai également qu'il ne serait fait aucun mal à leur frère de race et qu'il s'agissait tout simplement d'isoler le psycho-duplicat dans un champ de contention pour le reconduire sur Tsopan. Cela ne correspondait pas rigoureusement à la vérité ; je m'étais permis un pieux mensonge. Nous devions naturellement emmener le Bron dans la mesure où la conscience *seule* n'était pas transférable sans son porteur. Les insectoïdes réagirent négativement et exigèrent avec insistance notre départ.

Je jetai un coup d'œil interrogateur à mon mentor qui hocha la tête.

— Suspension de la négociation ! Nous devons nous concerter.

Je retournai près de lui. Entre-temps, il avait découvert un large fossé qui s'étendait parallèlement à la colonie. Nous y étions en relative sécurité, même si nos adversaires nous attaquaient avec des armes énergétiques. Je m'assis sur un rebord herbeux de telle manière que je pouvais observer la partie adverse dans l'expectative.

— Et maintenant ?

Fartuloon était d'humeur spéculatrice.

— Je te parie mon translateur contre ton pantalon que le Bron que nous cherchons se terre dans la colonie. Et ils le savent. Nous pourrions attendre la nuit et nous faufiler dans le village. Mais après ? Comment trouverons-nous l'individu en question ?

Il aurait dû savoir qu'il n'y avait pas de réponse à cette interrogation.

— D'après moi, me hasardai-je, la seule chose à faire est d'examiner chaque Bron à tour de rôle à l'aide du petit senseur que Lateran nous a confié. Il nous faudra certes emprisonner nos sujets dans un champ énergétique pour éviter que la psycho-réplique ne s'échappe. À mon avis, seul un heureux hasard nous fera repérer notre cible.

— C'est clair, d'autant plus que nous sommes obligés de travailler sans méthode, avoua-t-il sur un ton de découragement. (La pensée de devoir jauger plusieurs milliers de Brons ne l'enchantait guère.) Et s'ils nous surprennent, ce sera le chaos le plus total.

— C'est bien pour ça que nous avons besoin de l'œuf de la reine ! C'était ta propre suggestion, l'aurais-tu oublié ? Avec lui en notre possession, nous pourrons les contraindre à se laisser analyser.

Son regard se posa sur les Brons qui patientaient toujours en silence.

— Comment nous débarrasser d'eux en attendant ? Nous avons observé qu'à environ un kilomètre d'ici, ils se désincarnaient à intervalles réguliers. Cela nous donne une indication approximative de la portée du champ énergétique naturel qui leur confère leur stabilité durable. En nous retirant jusqu'à cette frontière, nous aurons un peu de tranquillité. S'ils te demandent une explication, tu ne réponds pas. Eux non plus n'ont pas réagi à nos questions.

— Je vais réessayer malgré tout. Ils devraient être au moins informés de la nature de l'enjeu.

Je me levai et quittai la tranchée. Je m'immobilisai à trente mètres du front des Brons.

— Nous vous réitérons notre offre de règlement amiable du problème. Nous n'avons besoin que d'un seul d'entre vous, mais nous devons le repérer à l'aide d'un examen totalement inoffensif. Accordez-nous l'autorisation de procéder à cette investigation et nous pourrons partir dès demain, dans la paix et l'amitié.

La réponse cingla, claire et nette.

— Quittez ce domaine sur-le-champ, sinon nous vous tuerons ! C'est une terre sacrée !

Les derniers mots confirmèrent nos suppositions : l'œuf de la reine se trouvait bien dans la colonie et faisait probablement l'objet d'une étroite surveillance. Il ne serait pas facile d'y accéder.

— Vous refusez notre offre ?

— Oui. Partez maintenant !

J'abandonnai et revins auprès de mon mentor qui avait tout entendu. Il était inutile de perdre du temps en vaines paroles. Nous ramassâmes nos affaires en silence et nous éloignâmes du front des Brons qui attendaient, immobiles, que nous franchissions l'invisible frontière. L'Arracheur d'Entrailles m'indiqua un fourré cristallin situé au bord du fossé.

— Nous y resterons jusqu'au retour de l'obscurité. De là, nous jouirons d'un excellent point de vue et sur la colonie, et sur le terrain qui nous sépare d'elle. Si l'un ou l'autre d'entre eux devait se matérialiser, nous l'enverrons dans l'hyperespace. Ils ne peuvent mener une attaque en règle qu'en étant équipés de projecteurs, et je n'ai pas l'impression qu'ils en détiennent beaucoup.

La tranchée offrait un excellent abri. La nuit artificielle n'allait tomber que dans plusieurs tontas et si nous n'étions pas trop souvent importunés, nous pouvions envisager de dormir chacun à notre tour. Ces intervalles de repos nous feraient beaucoup de bien. Dès le début, le temps passa avec une extrême lenteur. Aucun Bron ne s'approcha durant ma faction, et ce fut justement cette monotonie qui m'épuisa peu à peu. S'y rajoutait la désolation du paysage où – hormis les créatures instables et la proche colonie – je remarquai de temps à autre un mouvement furtif. J'étais certain que nous étions surveillés de près.

L'obscurité descendit enfin du firmament. Je réveillai Fartuloon qui, comme d'habitude, ronflait terriblement. Bien que nous ne sachions pas si les Brons disposaient ou non d'une vision nocturne, nous nous y sentions plus en sécurité. Les barreaux des Skines prêts à faire feu, nous quittâmes la dépression et nous dirigeâmes lentement vers la périphérie de la colonie. Quelque temps plus tard, les silhouettes des premières maisons se dessinèrent devant nous, et nous n'avions toujours pas rencontré de Bron. La clôture de bois érigée en enceinte défensive ne nous causa aucune difficulté. Nous la franchîmes aisément et nous retrouvâmes dans la rue principale défoncée du village sans savoir quelle direction nous devions choisir. Plusieurs fenêtres étaient éclairées. Les Brons s'imaginaient manifestement à l'abri derrière leur palissade.

Je n'étonnai du nombre relativement peu important d'habitants. *Serait-ce un privilège réservé à quelques favorisés que de pouvoir vivre constamment dans ce champ stabilisateur naturel ? En existe-t-il d'autres sur ce monde ?*

Nous devions absolument trouver soit le porteur de mon psycho-duplicat, soit l'œuf de la reine. Dès la mission accomplie, il s'agirait de déguerpir aussi vite que possible pour être en mesure de dicter nos conditions à partir d'un endroit sûr.

Fartuloon me traîna derrière lui.

— Rejoignons le centre de la colonie, chuchota-t-il. S'il y a un lieu dans lequel l'ovocyte est en sécurité, c'est bien au cœur de la localité et plus précisément du champ stabilisateur.

Ses supputations étaient plus que pertinentes et je le suivis sans un mot. Je distinguais parfois un mouvement derrière les fenêtres éclairées. C'étaient à n'en pas douter des ombres de Brons. *Vivent-ils comme jadis, quand leur monde existait encore dans l'espace normal et qu'ils ne perdaient jamais leur structure solide ?* Cette réflexion me ramena à l'œuf.

Fartuloon s'immobilisa à cet instant précis, alors qu'il s'apprêtait à tourner au coin d'une habitation. Je faillis le renverser. Il me signala alors quelque chose en face de nous.

— Là-bas ! L'œuf de la reine…

Tout d'abord, je ne vis rien tant la lumière était aveuglante. Elle provenait de puissantes lampes fixées sur des mâts de cinq mètres de haut, disposés en demi-cercle. Dessous, je distinguai une ombre opaque rectangulaire qui ressemblait à une maison à toit plat. Plusieurs Brons se tenaient dans la zone éclairée et portaient certainement des radiants énergétiques en bandoulière. Nous nous accroupîmes derrière la véranda de la petite bâtisse aux fenêtres obscures.

— Et maintenant ? demanda Fartuloon. Nous ne pourrons jamais l'approcher sans nous faire repérer. Toute la place est illuminée.

— Mais pas de l'autre côté. Ils n'ont pas l'air de craindre d'attaque de là-bas. Pourquoi ?

— Comment veux-tu que je le sache ? (Il réfléchit et ne parut pas trouver d'hypothèse satisfaisante.) Essayons, nous n'avons de toute façon pas le choix.

Nous filâmes en oblique, traversant plusieurs parterres de plantes pour atteindre l'angle mort du faisceau lumineux. Nous comprîmes rapidement pourquoi la moindre tentative de subtiliser l'œuf était d'avance vouée à l'échec : nous faisions face à un mur lisse sans le moindre joint. De ce côté-ci, personne ne pouvait pénétrer dans la maison.

— Si nous la contournons, ils nous verront tout de suite, dit mon mentor à voix basse. Je m'étonne qu'ils n'organisent pas de patrouilles. Quoi qu'il en soit, il n'y a pas de Brons instables dans la colonie.

151

— Nous devons les paralyser avant qu'ils puissent donner l'alarme.

— Il n'y a assurément pas d'autre solution ; ensuite, on fonce dans la maison. Si l'ovocyte s'y trouve vraiment, il faudra le dérober avant que les factionnaires ne se réveillent. Nous disposerons d'environ une demi-tonta.

Nos barreaux projecteurs étaient réglés sur la position anesthésiante. La surprise devait jouer du premier coup. *Une question demeure : quand aura lieu la relève ?* intervint mon cerveau-second.

Nous longeâmes prudemment la façade latérale du bâtiment jusqu'au moment où nous arrivâmes dans la zone du faisceau lumineux. Les cinq gardes se tenaient toujours immobiles au même endroit, les armes à portée de leurs bras massifs.

L'Arracheur d'Entrailles leva son radiant et hocha la tête dans ma direction.

— Maintenant !

Les cinq Brons n'eurent même pas le temps de bouger avant de s'affaisser et de rester figés dans l'éblouissant cône lumineux. Si d'aventure un autre de leurs congénères passait, il saurait aussitôt à quoi s'en tenir. Mais c'était l'un des risques que nous devions courir si nous voulions avoir une chance de réussir.

Nous nous précipitâmes vers le seuil. La porte n'était pas verrouillée, probablement pour que le tuteur de l'œuf puisse à tout moment entrer dans la chambre de couvaison. Nous fonçâmes dans l'antichambre sombre et fermâmes l'huis. L'obscurité se transforma rapidement en une sorte de lumière crépusculaire rougeâtre. C'était probablement un automatisme qui réagissait à la température corporelle ou à une modification de masse. En tout cas, nous pouvions y voir de nouveau. Un battant ouvert donnait sur un étroit corridor où un agréable courant d'air chaud nous accueillit. *C'est une atmosphère de couvoir !* pensai-je soudain. *Nous y sommes !*

À droite du couloir, je repérai de petites alvéoles réticulaires derrière une vitre transparente, elles aussi baignées dans cette clarté rougeâtre. Pourtant, je ne découvris nulle part quoi que ce soit qui ressemble à ce que nous cherchions sur les longues tablettes-reposoirs. La chaleur augmenta, au point d'en devenir presque insupportable, lorsque nous atteignîmes la dernière cellule non verrouillée. L'œuf de la reine était là, brun, d'apparence peu engageante, long d'un demi-mètre et engoncé dans une coquille pareille à du cuir. En l'examinant de plus près, je remarquai que l'épaisse membrane était parfois parcourue de convulsions. *Il ne va pas tarder à éclore !*

— Ramasse-le ! me pressa Fartuloon. Nous devons nous tirer d'ici !

Je pris le sac que je portais sur mon épaule, l'ouvris, m'avançai et soulevai l'ovocyte hors de son nid artificiel. Il n'était heureusement pas lourd et semblait suffisamment solide pour supporter les aléas du transport. Avec mille précautions, je le fis glisser dans la sacoche que mon mentor referma et me posa sur le dos. Sans échanger le moindre mot, nous retournâmes vers la sortie. Les gardes inconscients gisaient toujours devant le couvoir. Il n'y avait aucun autre Bron en vue. Nous disparûmes rapidement derrière la maison et arrivâmes sans encombre à la palissade de bois que Fartuloon m'aida à franchir avant de sauter par-dessus. Nous prîmes de la distance aussi vite que possible. Personne ne nous suivait *a priori*, mais l'obscurité nous empêchait d'en avoir la certitude. Nous rejoignîmes finalement la tranchée située en dehors de la zone stabilisatrice. Les ténèbres étaient quasi totales, et seules quelques lumières brillant dans la colonie en révélaient la direction. Là-bas, le rapt de l'ovocyte sacré allait être découvert de manière imminente…

L'intensité des lampes s'accrut soudain et je pus distinguer les ombres de Brons qui couraient dans tous les sens. Sans doute était-il futile d'activer le translateur à une telle distance, mais ce fut néanmoins ce que je fis. Il était possible qu'un groupe de recherche équipé de stabilisateurs s'aventurât vers nous ; l'appareil rendrait alors leur langage muet sous forme de signaux acoustiques trahissant leur approche. D'autres projecteurs flamboyèrent et balayèrent de leurs puissants faisceaux les environs de la colonie. Seuls Fartuloon et moi pouvions être les voleurs, de sorte que les insectoïdes savaient exactement dans quelle direction ils devaient orienter leurs investigations. Je constatai que plusieurs lumières se mouvaient et quittaient le village, sans doute des Brons qui avaient repéré nos traces car ils venaient en ligne droite vers notre refuge. Je levai silencieusement le barreau énergétique et m'assurai qu'il était bien réglé en position anesthésiante. Je n'avais envie ni de tuer l'un de nos adversaires ni de l'exiler pour toujours dans l'hyperespace, d'autant plus que l'un d'eux pouvait être le porteur de mon duplicat psychique...

J'essayai de ne pas penser à cette éventualité et d'imaginer sa conséquence. Les Brons s'arrêtèrent à une centaine de mètres de la dépression. Ils avaient probablement atteint la limite de la zone de stabilisation, et ceux qui possédaient des projecteurs individuels les activèrent. On eût dit une troupe de spectres qui se préparait à donner l'assaut à notre abri si ce n'était qu'il s'agissait cette fois-ci d'êtres de chair et de sang.

Fartuloon rampa jusqu'au bord du fossé. Il compta les sources photoniques avec application.

— Il y en a cinq, annonça-t-il, mais d'autres suivent. Des renforts ! Ils savent que nous sommes ici. Veux-tu leur parler ?

— Seulement s'ils en prennent l'initiative.

— D'accord. Patientons...

Une demi-tonta plus tard, nous dénombrâmes vingt lumières mais il y avait sans doute le double, ou plus encore, de Brons tapis dans l'obscurité à attendre le lever du jour.

— Nous devrions lever le camp, suggéra mon mentor

après que je lui eus fait part de mes suppositions. Ils ne peuvent pas nous suivre et comme nous emportons leur œuf, ils essaieront coûte que coûte de prendre contact avec nous. Mieux vaut, pour notre sécurité, que cela se fasse le plus loin possible de leur colonie.

— Et qu'en est-il de celui qui recèle la copie de ma conscience ?

— Ils l'échangeront sans nul doute contre l'ovocyte. Encore faut-il qu'ils le trouvent.

— Il se trahira bien tôt ou tard !

Notre discussion fut interrompue par la voix d'un de nos adversaires qui jaillit soudain du translateur.

— Nous avons découvert votre cachette et savons que vous avez volé l'œuf de la reine. Rendez-le-nous si vous ne voulez pas mourir !

C'était net et précis.

— Nous le troquerons contre le Bron que nous recherchons ! criai-je. Acceptez l'examen que je vous ai proposé hier ! Mon compagnon restera ici avec l'ovocyte le temps que je vous accompagne à la colonie.

Il y eut un moment de silence, durant lequel nos adversaires délibérèrent.

— Tu es fou de vouloir repartir au village ! me glissa Fartuloon. Ils te tueront pendant que je moisirai ici à couver l'œuf.

— Ils se garderont de toucher un seul de mes cheveux. Je leur signalerai que tu détruiras l'ovocyte si je ne suis pas de retour au bout d'un certain délai. Tu verras à quel point ils sauront être dociles.

— Je l'espère. S'ils acceptent ta proposition, veille à pratiquer les analyses sur le terrain dégagé, là devant, de sorte que je puisse t'avoir à l'œil.

Il se redressa et regarda en direction du village.

— Il y a encore plus de lumières !

Le Bron se manifeste sur ces entrefaites.

— Nous autorisons l'un d'entre vous à chercher la

conscience étrangère dans la colonie à condition que vous nous rendiez l'œuf sur-le-champ. Privée de la chaleur habituelle, la jeune souveraine risque de subir des traumatismes irréversibles. Elle pourrait même en mourir.

— Elle restera ici. Plus vite j'aurai retrouvé votre congénère, plus vite elle rentrera en votre possession. La vie de votre reine ne dépend que de vous !

Ce n'était pas de gaieté de cœur que je posai cette condition, mais je n'avais pas le choix. La réaction des Brons prouva l'efficacité de mon inflexible tactique.

— L'aube ne va pas tarder à pointer. Que l'un de vous nous accompagne !

Je vérifiai le senseur. C'était un petit boîtier sur la façade duquel un écran affichait le résultat de l'analyse. Si je trouvais le porteur de ma psycho-réplique, je le saurais aussitôt. Je grimpai lentement hors de la dépression et me dirigeai vers les Brons qui m'attendaient, puis je franchis la frontière invisible de la zone de stabilisation et rejoignis le groupe qui m'encadra. Alors que nous marchions vers la colonie, le ciel s'illumina.

Je m'arrêtai peu avant la palissade.

— Ici ! dis-je en montrant le senseur. Que tous les habitants s'approchent individuellement pour que je puisse diriger l'appareil vers chacun d'eux. Cela ne dure que quelques instants et ne comporte aucun danger. Dès que j'aurai trouvé celui que nous cherchons, nous l'emmènerons auprès des Skines qui, seuls, sont capables de le délivrer de la conscience étrangère. Ensuite, nous le libérerons et il pourra revenir ici.

— Et l'œuf ?

— Il vous sera rendu dès que j'aurai franchi la frontière de la zone de stabilisation en compagnie du Bron.

Je pouvais voir Fartuloon, à mille mètres de là, debout

au bord de la cuvette, le projecteur dans la main droite et me faisant signe de l'autre. Je le rassurai d'un geste en retour. Trois Brons demeurèrent près de moi pendant que les autres, après examen, retournèrent à la colonie. Je réglai discrètement mon projecteur skine sur le mode contention en espérant qu'à sa portée maximale, sa zone de captage serait suffisante pour empêcher l'éventuelle velléité de transmigration de ma psycho-réplique.

Peu après, le village s'anima. Les Brons vinrent à moi, les uns après les autres. Une longue file se forma peu à peu, me rendant incapable de les distinguer et de savoir si tous se soumettaient effectivement à l'examen. En fait, c'était leur intérêt puisqu'ils voulaient récupérer leur ovocyte. C'était chaque fois le même processus : presser le boîtier-senseur contre la vaste poitrine d'un Bron et vérifier l'indication du moniteur. Rien ? Au suivant… !

J'estimai que plus de cinq cents créatures défilèrent ainsi devant moi. Les trois gardes armés qui étaient restés à mes côtés furent relevés. Taraudé par la faim et la soif, je me servis dans les étuis de mon ceinturon, puis fis signe au prochain « client ».

— Quel est l'effectif de la colonie ? lui demandai-je pendant que je l'examinais.

— Deux mille individus, peut-être plus, traduisit le translateur. Nous ne le savons pas exactement.

Je n'avais passé qu'un quart des habitants en revue. Du coin de l'œil, je remarquai un éclair qui fusait. C'était Fartuloon, que j'avais perdu de vue durant quelque temps, qui tirait sur quatre Brons équipés de stabilisateurs ; ils l'avaient manifestement attaqué pour reprendre de force leur bien. Je voulus me tourner vers les gardes et constatai que leurs armes étaient pointées sur moi avec une détermination sans équivoque ; ils m'abattraient sans hésiter si les autres devaient parvenir à leurs fins. Pourtant, mon mentor, d'un trait bien ajusté, fit disparaître l'un de ses assaillants après l'autre.

— Alors ? défiai-je les factionnaires qui avaient abaissé leurs radiants en constatant l'échec de leur opération.

Comme ils ne répondaient rien, je pivotai à nouveau vers la file.

— Allez, au suivant… !

Six cents, sept cents ! Et enfin l'indication tant attendue !

*
* *

Le Bron qui se tenait devant moi était le porteur de mon psycho-duplicat. Sans le senseur, je n'eûs jamais pu le déterminer car il se comportait de manière absolument normale, comme tous ses autres congénères. Il sembla ne rien remarquer de l'effet qui lui fit le projecteur. *Que peut-il penser en ce moment ? Pourquoi ne réagit-il pas ? La conscience se retrouve quasiment face à elle-même ; la copie d'Atlan est… moi.* Des doutes quant à l'efficacité du processus de réplication psi des Skines m'assaillirent une fois encore, surtout en ce qui concernait la mienne. *À moins que ce ne soit que le duplicat de mon secteur logique qui agisse de cette manière, par pur instinct de conservation, pour protéger son individualité et sa liberté ?*

Ma voix intérieure demeura muette ; *à cette question*, même mon cerveau-second activé par l'Ark Summia ne savait répondre.

— Aurais-tu la gentillesse de bien vouloir m'accompagner ? demandai-je le plus aimablement possible. Tu n'as rien à craindre, bientôt tu seras de nouveau un Bron libre. Fais-toi remettre un stabilisateur, ensuite nous franchirons la frontière.

Un des gardes lui tendit l'embarrassant appareil ; mon « prisonnier » le réceptionna et me suivit. Après avoir parcouru la moitié du trajet, je me retournai. Les Brons regagnaient la colonie et seules les trois créatures armées avaient été désignées pour nous suivre, probablement chargées de mettre l'ovocyte à l'abri. Fartuloon nous accueillit au bord du fossé tandis que je réduisais la portée du champ de contention. Au même instant un éclair lumineux jusque-là indiscernable scintilla. Il disparut avec le nouveau réglage, et je n'y prêtai pas attention dans l'immédiat…

Mon mentor jeta un coup d'œil en biais vers le sac contenant l'œuf.

— Qu'allons-nous en faire ? Le leur rendre ?

Je remarquai que ce n'étaient plus trois, mais déjà vingt Brons armés qui s'approchaient de la tranchée. Au loin, de la gauche, en arrivaient cinquante autres, tout aussi lourdement équipés. Dans son filet énergétique, le Bron se mit soudain à parler. Le translateur ne restitua qu'un balbutiement sans queue ni tête dont ni Fartuloon ni moins ne pûmes tirer quelque chose. Au moment où notre captif s'affaissa, à moitié inconscient, puis resta sans bouger, un terrible soupçon m'envahit : je me baissai précipitamment et posai le senseur contre sa poitrine. *Pas de réaction ! Le champ de contention a dû se perméabiliser lors de la modification de portée. Ma conscience a encore pris le large, mais pour aller où ?*

Je me redressai. La copie n'avait pas pu sauter très loin. Mon mentor se raidit lorsque je lui plaquai l'appareil sur la poitrine sans un mot d'explication. Aucune trace de la psycho-réplique ! Ne pouvait donc être concerné que l'un des Brons qui marchaient vers nous, les armes pointées.

Je glissai dans la fosse, sortis l'œuf royal de son sac puis soulevai des deux mains la chose brune.

— Voulez-vous tuer votre future souveraine en même temps que nous ?

Nos adversaires s'immobilisèrent au bord de la zone de stabilisation. J'en dénombrai au moins soixante-dix. Nous n'avions aucune chance.

— Il n'y en a que sept ou huit qui sont équipés de projecteurs, me chuchota Fartuloon. Si nous arrivons à nous mettre hors de portée de leurs armes, ce seront les seuls qui pourront nous suivre. Crois-tu qu'en courant à fond de train, nous réussirons avant qu'ils n'ouvrent le feu ?

— Avons-nous le choix ? Bon, je porterai l'ovocyte. Il sera notre assurance-vie.

Je remballai l'œuf à l'abri des regards et me préparai à un départ en catastrophe. L'Arracheur d'Entrailles était prêt et observait les Brons plantés à la frontière sans avancer. Néanmoins, la portée de leurs radiants suffisait encore pour nous abattre.

— Allons-y !

Il se mit à courir. Étonnant, l'allure à laquelle il pouvait se déplacer en dépit de sa masse corporelle ! J'avais toutes les peines à le suivre et à tenir la cadence ; il est vrai que c'était moi qui avait la charge de notre butin. Je jetai un coup d'œil rapide par-dessus mon épaule : les Brons semblaient tellement sidérés de notre soudaine fuite qu'ils ne réagirent pas dans l'immédiat. Peut-être craignaient-ils également de toucher l'ovocyte. Quoi qu'il en soit, nous ralentîmes au bout d'un moment et nous arrêtâmes. Je m'installai sur une pierre translucide de la taille d'un homme adulte, gardant sur les genoux le sac avec notre précieuse monnaie d'échange. Le translateur et le senseur se balançaient devant ma poitrine.

— Ils doivent d'abord réévaluer la nouvelle situation, commenta mon mentor qui observait nos poursuivants.

J'étais toujours hors d'haleine. J'entr'aperçus l'ancien porteur de mon psycho-duplicat, le Bron balbutieur ; il s'était relevé et retournait vers la colonie en chancelant. Puis mon regard tomba par hasard sur le moniteur du senseur coincé entre ma poitrine et le sac contenant l'œuf. *Réaction !* J'eus l'impression qu'une tonta était passée avant que je ne comprenne que la copie de ma conscience s'était glissée dans le corps de la reine en gestation…

— Vite ! Le champ de contention ! criai-je à Fartuloon en montrant l'ovocyte.

Il réagit sans poser de question. Peu après, le barreau énergétique skine était fixé au sac de telle sorte que ma psycho-réplique prisonnière n'ait aucune chance de pouvoir s'échapper. Je pris une profonde respiration.

— Maintenant, filons d'ici !

— Huit Brons équipés de projecteurs ont traversé la frontière et nous suivent. Nous devons nous débarrasser d'eux, à moins que tu ne veuilles leur expliquer ce qu'il en est de leur souveraine ?

Je secouai la tête ; le Carabin me proposa de prendre les devants pendant qu'il enrayait l'avance de nos assaillants. Comme la portée de nos barreaux énergétiques était supérieure à celle des armes de nos poursuivants, il ne risquait pas grand-chose. J'acquiesçai, le laissai m'équiper du sac de transport et me mis en route en direction de la lointaine lisière boisée. Je ne me retournai même pas en entendant le sifflement du projecteur. J'avais également coupé le translateur. Je m'arrêtai sur une colline. Mon mentor était demeuré à environ trois cents mètres derrière moi quand je jetai enfin un coup d'œil dans sa direction. Il était seul. Plus loin près du vallon, je vis les restes carbonisés des appareils de nos adversaires ; et d'eux, il ne subsistait absolument rien. À l'extérieur du champ de stabilisation, les impacts les avaient désintégrés. Pour terminer le travail, Fartuloon avait fait fondre les projecteurs orphelins.

— Si seulement nous étions déjà à la station, haleta-t-il en me rejoignant.

— Il nous sera facile d'en finir avec les stabilisés aléatoires, grommelai-je. L'essentiel est que nous ayons la copie de conscience, et elle ne peut plus s'enfuir.

— Espérons-le ! (Il tendit le bras.) Tout droit vers les fruits de la forêt, j'ai faim !

Nous atteignîmes la lisière de la sylve à l'obscurité tombante. Nous nous étions dépêchés car nous ne voulions pas passer la nuit sans un feu protecteur qui nous permette peut-être de dormir. Dès que nous eûmes trouvé l'endroit propice, Fartuloon se mit à l'œuvre, ramassant du bois et cueillant des fruits. Le feu avait une autre utilité : il ne fallait pas que l'œuf soit exposé une nouvelle fois à la fraîcheur nocturne, même si j'étais certain que le champ de contention l'isolait suffisamment. Si la reine devait mourir avant son éclosion, ma conscience – du moins sa copie ! – était perdue.

Un Bron qui s'était matérialisé tout près de nous battit en retraite devant les flammes, comme nous l'avions escompté. Je tentai vainement de communiquer avec lui pour le convaincre de transmettre un message. Mais il disparut dans la noirceur de la nuit et ne revint plus. Quelque peu rassasié, Fartuloon prit le premier tour de garde pendant que je me lovais à proximité du foyer pour dormir. Le rayonnement des braises réchauffait l'ovocyte. Si c'était possible, les Brons devaient le récupérer parfaitement intact.

Plus tard, je guettai jusqu'à l'aube. Je réveillai mon mentor et nous nous mîmes en route. Il se retourna une dernière fois avant que nous pénétrions dans la forêt. Puis il se dépêcha de me rejoindre. Quelque temps plus tard, au plus profond de la sylve, il m'informa.

— Il y a dix Brons qui nous suivent. Sans doute portent-ils des projecteurs et viennent-ils probablement de la ville en ruines. Cela signifie que le Conseil et la colonie communiquent entre eux et par conséquent, il faut nous attendre à d'autres attaques. J'espère que Lateran et ses scientifiques possèdent les moyens de se défendre.

Nous accélérâmes le pas pour augmenter notre avance. Notre chance était que les Brons qui nous poursuivaient ne pouvaient pas se désincarner tant qu'ils avaient leurs stabilisateurs ; sinon, ils auraient avancé beaucoup plus rapidement mais avec le handicap de ne pouvoir se matérialiser à volonté.

Nous traversâmes sans incident la forêt de cristal grouillante d'ombres. À en juger par leurs mouvements, elles étaient plutôt furieuses. Pourtant, rares étaient celles qui prenaient corps et se jetaient sur nous. La plupart s'évaporèrent avant de pouvoir concrétiser leurs intentions. Nous marchâmes sans cesse jusqu'au moment où nous parvînmes enfin à la rive du fleuve de galets. Nous le franchîmes sans apercevoir le moindre traqueur. Peut-être les Brons avaient-ils renoncé et regagné la cité détruite.

Lateran nous accueillit avec son aimable détachement coutumier et réagit avec étonnement au récit de nos aventures.

— L'œuf de la reine ? Vous avez donc réussi à pénétrer le germe de vérité de cette légende ? Pour être honnête, j'avoue n'avoir jamais cru à cette histoire. Les Brons n'ont pas généré votre mort ? Et le psycho-duplicat tant recherché se trouve dans le corps de la reine incréée ? Bien, bien ! Je pense que vous voulez retourner le plus vite possible sur Tsopan. Quant à nous, ici, je ne peux qu'espérer que les Brons ne nous attaqueront pas lorsqu'ils auront fabriqué des projecteurs en nombre suffisant pour mobiliser toute une armée. Sans doute nous faudra-t-il abandonner Sketan en tant que projet de recherches…

— Croyez bien que nous saurons décrire la situation à Skagos de manière suffisamment convaincante, promis-je.

Il nous accompagna sous l'entonnoir et activa le champ scintillant bleu. Quelques Skines vérifiaient les tableaux de commande.

— La liaison est établie, annonça Lateran. Dès que Skagos aura réussi à extraire ton psycho-duplicat de l'ovocyte et à l'isoler, il lui faudra nous renvoyer l'œuf. Je ferai en sorte qu'il soit rendu aux Brons pour préserver la paix avec eux.

Sa tranche sommitale luisait d'un bleu d'azur quand il bascula le levier principal. Fartuloon se tenait près de moi sous l'entonnoir dont l'ouverture flamboya brusquement. Je serrai tout contre moi le sac qui contenait notre butin.

Puis, je sentis que le champ de transfert nous happait et nous perdîmes consistance.

*
* *

Nous nous retrouvâmes dans la salle des seuils intermondes. Skagos – je supposai d'emblée que c'était lui – se retourna après la désactivation de notre « passage vers les mondes supérieurs ». Mon translateur était activé mais je ne recueillis qu'une formule de surprise, et rien d'autre. Au même moment, je ressentis une forte secousse contre ma poitrine. Quelque chose bougeait dans le sac avec une violence telle que j'en fus effrayé. Le tissu se déchira et des morceaux de coquille filandreux tombèrent au sol. Le corps de la reine juste éclose suivit. Ce fut enfin le projecteur qui glissa aux pieds de Skagos.

Fartuloon fit un bond de côté quand la jeune Bron se redressa en adoptant une attitude menaçante. Sa taille était légèrement inférieure à un mètre, sa stature nettement plus svelte que celle d'un individu normal et elle avait dû être enroulée dans son œuf. Bras et jambes étaient puissants et j'étais certain qu'elle pouvait, d'ores et déjà, être un adversaire redoutable.

Je ne comprenais plus rien et, dans la confusion du moment, commis plus d'une erreur. Mon mentor ne fut pas en reste. Skagos ramassa le projecteur.

— Pourquoi est-il activé sur champ de contention… ? furent ses premiers mots.

Ce ne fut que lorsqu'il l'éteignit que je pris conscience de *ce* qu'il faisait. Je me précipitai vers Fartuloon dans le but de m'emparer de son générateur quand je me souvins qu'il l'avait rendu à Lateran. Je courus donc après Skagos et lui arrachai le barreau des griffes. Je rétablis rapidement le champ et m'approchai de la jeune Bron qui m'attendait tranquillement. J'ignorais si la nouvelle-née pouvait déjà me comprendre, mais je n'eûs pas été étonné que ce fût le cas. Quoi qu'il en soit, je lui parlai d'un ton apaisant.

— Ce n'est qu'une simple précaution ; il ne t'arrivera rien.

L'Arracheur d'Entrailles exprima mes craintes.

— La reine est restée un moment sans barrage, la copie a très bien eu le temps de transmigrer. Vérifie-le tout de suite !

L'indicateur du senseur ne bougea pas. J'étais tellement déçu et furieux que j'expédiai le projecteur aux pieds du savant. Puis je me ressaisis.

— Je te demande pardon, Skagos, mais tout ce que nous avons fait a été réduit à néant. Le champ de contention n'aurait jamais dû être coupé. Mon psycho-duplicat était à l'intérieur de cette créature. Il a dû migrer vers l'un des Skines présents. Attends… !

Ils étaient sept avec Skagos, et l'un d'entre eux abritait sans nul doute la copie vagabonde. Pour qu'elle ne puisse pas procéder à un autre transfert, il fallait qu'ils soient paralysés sur-le-champ. Je courus une deuxième fois vers le projecteur, le ramassai et le réglai sur la position anesthésiante. Ensuite, je le pointai en direction de l'assistance – hélas un battement de cil trop tard : l'un des Skines courut sous l'entonnoir qu'il venait d'activer, et se dématérialisa avant que le rayon paralysant n'ait pu le saisir. Je sus, sans en appeler au jugement du senseur, que c'était le nouvel hôte de la copie de ma conscience, et qu'il se trouvait à l'instant sur l'un des mondes supérieurs. Pour la troisième fois, je repoussai violemment le projecteur, et ce fut pour de bon.

Fartuloon poussa la souveraine tremblante sous l'entonnoir correspondant à Sketan.

— Nous devons la renvoyer tout de suite. Lateran a besoin d'elle pour sa propre sécurité.

Peu après, la reine avait disparu. Entre-temps, j'avais compris ce qui s'était passé durant notre transfert entre

Sketan et Tsopan : dans l'hyperespace, le champ énergétique avait été inactivé et la tension transitionnelle avait provoqué la rupture de la coquille. Peut-être la dernière migration de mon psycho-duplicat aurait-elle pu être évitée si Skagos n'avait pas coupé le précieux champ qui s'était rétabli après le transfert. J'avais une folle envie d'expédier mon poing dans sa face discoïdale parcourue de lueurs bleues, mais je réussis à me maîtriser.

— Heureusement que nous savons quel seuil le fugitif a utilisé, expliqua-t-il. Il ne sera pas difficile à retrouver, du moins je l'espère…

— Et moi donc ! grognai-je de toute ma fureur contenue. La station de Sketan court un grand danger car les autochtones vont essayer de chasser tous les Skines de leur monde. Ils ont développé des appareils en conséquence. À ta place, je m'en occuperais sans tarder.

— C'est ce que je ferai. Pourtant, il est tout aussi important de rattraper ton psycho-duplicat. Nous n'en n'avons jamais connu de tel, dans toute notre pratique scientifique. Nous devons découvrir son secret, quoi qu'il en coûte.

— Notre vie, par exemple, railla Fartuloon. Mais ça vous indiffère, vous les Skines !

— Pas tout à fait, même si c'est un prix que nous sommes prêts à payer.

— *Vous ?* m'indignai-je. C'est *notre* vie.

La section sommitale aplatie de Skagos avait viré au violet.

— Le Cosmos ne perd jamais rien de la substance de l'Être. La somme des trois formes d'émergence de l'Être, conscience, énergie et masse, demeure constante de toute éternité. Personne n'est perdu…

L'Arracheur d'Entrailles était au bord de l'explosion, mais cette fois-ci, ce fut moi qui en appelai au sang-froid. Cela n'avait aucun sens de se laisser embringuer dans une discussion avec le Skine. Skagos se traîna vers les tableaux de commande.

— Préparez-vous ! cracha le translateur. Vous devez emprunter un nouveau seuil vers les mondes supérieurs…

Fartuloon émit une protestation tonitruante.

— Pas de ça ! Nous retournons tout d'abord sur notre vaisseau pour passer sous la douche, dormir et manger de tout notre soûl.

Je fus étonné de la facilité avec laquelle Skagos s'en accommoda.

— Bon, je vous accorde une courte période de repos. Après, le seuil vous attendra. Le monde supérieur que vous gagnerez ne recèle aucun danger pour vous. C'est une belle planète d'où toute maladie est bannie…

Avant l'arrivée du glisseur, je pivotai vers mon mentor.

— Ne penses-tu pas toi aussi que nous nous trouvons dans un foutu pétrin ? Nous galopons d'une planète hyper-spatiale à l'autre, et tout ça pour courir après un fantôme, car mon psycho-duplicat n'est rien d'autre qu'un spectre, une ombre insaisissable !

Fartuloon esquissa un sourire.

— Qu'est-ce qu'une ombre ? Une ombre immortelle, en l'occurrence ? Même quand tu seras mort, la deuxième duplication de ta conscience survivra dans la base de données des Skines. N'est-ce pas une consolation ?

Je ne répondis pas et il continua dans son délire.

— Un monde duquel la maladie est prétendument bannie ? Ce doit être une planète jouissant d'une santé de fer ! J'avoue que cette description pique au vif le vieux Carabin que je suis.

— Les Skines parlent souvent par paraboles, crachai-je d'un ton bourru.

Il haussa les épaules.

— Nous allons manger, boire et dormir quelques tontas. Et ensuite, au nom de tous les She'Huhan de l'Univers, nous repartirons vers l'un de ces mondes supérieurs. Orbanaschol devra patienter, et s'il savait avec quel acharnement tu le poursuis, il bénirait chaque prago supplémentaire de vie insouciante qui lui est offert.

Orbanaschol – Empereur d'Arkonis et meurtrier de mon père ! Oui, tu devras encore patienter.

CHAPITRE VI

[Mille cent quarante-troisième note positronique, mémorisation compressée et codée selon la clé de cryptage des Empereurs légitimes, ouverture consécutive au passage en troisième phase décisive. La désintégration explosive par irradiation énergétique en cas d'accès non autorisé est activée. Fartuloon, père adoptif et homme de confiance du Gos'athor légitime du Taï Ark'Tussan. En date du 2 prago de prikur, en l'an 10497 *da Ark*.]

Parfois, quand les coups du sort et l'inclémence que prodiguent les esprits fourbes de l'espace, les She'Huhan versatiles, les autres puissances et ruffians cosmiques me secouent un peu trop violemment, me saisit l'irrépressible envie de tout jeter par-dessus bord. Avec pertes et fracas ! La plupart du temps, cette crise passe aussi rapidement qu'elle est venue et le sentiment de responsabilité reprend le dessus. Il y a également des circonstances qui menacent de déboucher sur une sérieuse dépression. Alors, j'ai la nostalgie du calme et de la paix de ma cachette temporelle où je pourrais ranger Skarg et plastron dans le dernier recoin de ma salle d'équipement.

Je tourne pensivement le petit Omirgos entre mes doigts, car aujourd'hui est l'un de ces moments critiques. Il y a presque deux périodes, selon le calendrier arkonide, nous avons rejoint Kraumonn avec le Gnozal, en date du 4 prago de tedar. Cette « station en sommeil », érigée aux alentours de 10475 da Ark, *est à même d'accueillir, au sein de ses quarante-sept bâtiments, une dizaine de milliers ou plus encore de résidents durables ; il est impératif et urgent d'y créer une base sûre, en termes d'équipement et de personnel, sur le plan organisationnel et logistique. Nous, les fidèles de l'Empereur assassiné et les alliés du Prince de Cristal, pouvons nous fonder sur les plans établis durant les périodes antérieures.*

Il est prévu de rassembler peu à peu sur Kraumonn des assistants et des compagnons d'armes pour amorcer le combat décisif contre Orbanaschol. Le cercle des initiés qui connaissent les coordonnées de ce monde est réduit au minimum. Pourtant, cela reste un facteur d'incertitude qui me cause des soucis mais s'avère inévitable. Le temps commence doucement à presser et il est possible que l'échéance convenue de l'arrivée du premier contingent d'alliés au courant de ce prikur ne puisse être tenue.

Qu'Atlan, dans son impatience et sa soif d'exploits, veuille d'abord agir sans tarder – par une légitime inquiétude pour celle qui sur Gortavor tomba entre les mains de Sofgart l'aveugle : Farnathia Declanter – avait été envisagé dans mon plan. Et le bougre réussit effectivement, passant de la planète des Kralasènes, Trumschvaar, à Ganberaan, le Monde des mille Tortures, pour libérer sa bienaimée. Néanmoins, le quasi-naufrage dans la Barrière de Sogmanton n'avait pas été programmé, pas plus que le « crochet » par Jacinther IV censé, « a priori », administrer un premier soufflet à Orbanaschol et à sa clique par l'utilisation des boîtes à Gantries des Grizaynals.

En effet, Fertomash Agmon, le plénipotentiaire impérial administrant le monde de libre échange, était connu comme un fidèle sujet d'Orbanaschol. Je dois avouer sans fausse honte que les aventures vécues là-bas, et la perte de temps qu'elles ont occasionnées, ont été largement compensées par l'exploit que l'adresse et la ténacité d'Atlan ont permis de réaliser : le Ka'Mehantis Freemush Ta-Bargk se trouve désormais en notre pouvoir et Orbanaschol a perdu six cents des vaisseaux-robots dans la Barrière de Sogmanton.

En fait, nous devrions avoir rejoint Kraumonn depuis longtemps. L'arrivée planifiée des alliés supplémentaires constitue une raison d'un poids au moins équivalent au fait déjà évoqué dans la mille cent quarantième note additionnelle, c'est-à-dire l'imminence des manœuvres annuelles de la Flotte qui auront lieu dans le secteur de Yagooson, à moins de 1300 années-lumière de distance de Kraumonn et qui doivent rassembler quelque 80 000 à 100 000 unités de tout ordre de taille. Nous devrons tenir compte de ce facteur dans le déroulement de nos actions futures si la position galactonautique de Kraumonn doit demeurer secrète.

Mais non ! En lieu et place, nous sommes coincés auprès des Skines et courons après le psycho-duplicat d'Atlan qu'ils ont réalisé. Quels que soient les aspects fascinants qui y sont attachés, notamment la compréhension approfondie du Cosmos et de ses forces, les secrets de la conscience, de la vie et jusqu'aux découvertes technologiques touchant aux transmetteurs fictifs, aux mondes de l'hyperespace ainsi qu'aux énergies captées au sein du continuum d'ordre supérieur, le résultat demeure, somme toute, frustrant. Pour m'opposer à la volonté de ces chercheurs outranciers et pouvoir malgré tout appareiller avec le Polvpron, je dus fouiller minutieusement ma boîte à malices avec le danger constant de me trahir.

Il s'agit donc de faire contre mauvaise fortune bon cœur et d'espérer que le déplaisant interlude aboutisse bientôt à un dénouement heureux. Depuis notre retour de Sketan, quatre tontas se sont à peine écoulées et, déjà, les Skines nous pressent de reprendre la piste du fugitif. Le nom du « monde supérieur » est Cematrang, comme on vient de nous le révéler entre-temps. L'allusion de Skagos, selon laquelle il s'agit d'une planète où il n'y a pas de place pour la maladie, a réveillé en moi un pressentiment que les informations complémentaires ont malheureusement dû *confirmer. Les Skines y ont installé des colons arras qui, comme beaucoup d'autres, avaient d'abord été déportés sur Tsopan pour y subir la psycho-duplication.*

Je ne connais que trop bien ces descendants des Francs-Passeurs. Ils sont sans conteste les meilleurs chirurgiens et biochimistes de la partie explorée de l'Île Solitaire. Certes, ces gaillards rusés possèdent la même maîtrise que leurs congénères Mehandor à transformer leur savoir et leurs compétences en monnaie sonnante et trébuchante. Je suis sûr qu'ils ont même provoqué des pandémies artificielles pour rendre dépendants de leurs médicaments et de leurs processus thérapeutiques un grand nombre de mondes de l'Empire.

Quoi qu'il en soit, ces Arras semblent avoir conclu un pacte avec les Skines : ils s'occupent d'une part des misérables créatures qui ne sont pas sorties indemnes des procédures psycho-duplicatrices ; d'autre part, ils peuvent, avec le soutien des Skines, effectuer des recherches sur Cematrang et y donner libre cours à leurs penchants.

C'est justement là-bas que la conscience dupliquée a choisi de fuir... Enfin, rien ne sert de tergiverser : Atlan et moi allons nous mettre en route ; déjà, le glisseur des Skines nous attend. Cette fois-ci, j'ai au moins pu faire accepter mon désir d'emporter Skarg *et ma cuirasse sans lesquels je me sens tout nu. Les événements de Sketan ont réussi à convaincre les paisibles Skines que des armes pouvaient s'avérer indispensables et ils nous ont attribué des radiants polyvalents. Quant à savoir s'ils seront encore opérationnels après le processus de transfert, c'est une autre question. Tout le reste viendra à point nommé ; l'improvisation a toujours été notre seconde nature...*

Sur le « monde supérieur » Cematrang, le 2 prago de prikur, 10 497 da Ark

Cette fois-ci, il y avait quelque chose de différent. Je ne pus pas me l'expliquer, mais les courants d'énergie inconnus nous arrachèrent à la zone de transfert, nous désincarnèrent et nous rematérialisèrent aussitôt. Le choc énergétique fut extrêmement violent et je m'effondrai. Une douleur lancinante me taraudait le crâne et je sentais les battements convulsifs de mon cœur. La sueur perlait à mon front.

L'atmosphère semblait chargée d'électricité, comme avant un orage. Il ne manquait que les nuages. Le gris monotone du ciel s'étirait jusqu'à l'horizon ; seuls quelques fils d'argent cirriformes, rompant son uniformité, se tendaient au-dessus de ma tête. Ils tourbillonnaient et se perdaient dans l'arrière-plan diffus du firmament hyperspatial vide d'étoiles. Un vent léger faisait rouler sur moi un sable d'un noir luisant provenant d'une immense plaine. L'air était chaud et lourd.

À côté de moi, Fartuloon se redressa en gémissant. Son visage m'apparut bouffi à première vue. Sa barbe noire était en bataille, de petites concrétions de sable s'accrochaient dans les poils et collaient sur son front. Son plastron pectoral poli étincelait sous le reflet des décharges hyperdimensionnelles qui fusaient au-dessus de nous. Puis le calme s'établit. Le ciel était de nouveau gris et vide.

— Atlan… bien ! Quelque chose nous a déportés et a empêché notre matérialisation dans la salle d'émersion. Est-il possible que ton psycho-duplicat soit derrière tout ça ?

Je haussai les épaules et me levai lentement. Nous avions pu arriver n'importe où ailleurs que sur le monde que mon autre moi s'était choisi. Il était censé posséder mes caractéristiques, les positives comme les négatives, de sorte qu'il m'aurait fallu me circonvenir moi-même pour pouvoir le mettre hors d'état de nuire. Entre-temps, j'en étais venu à douter que ce fût une réplique exacte, ce qui rendrait la poursuite encore plus difficile. Pourtant, c'était un sentiment insolite que de savoir qu'un complexe psycho-spirituel généré artificiellement sous forme de copie plus ou moins réussie de mon âme hantait le cosmos et « s'emparait » d'autres êtres vivants.

D'un geste las, je secouai la fine poussière qui s'était incrustée dans mes vêtements. *Les transmetteurs bipolaires des Skines fonctionnent sans appareil récepteur à l'extrémité de l'intervalle du transfert*, déclara mon cerveau-second. *Le processus est manifestement similaire dans le cas des liaisons avec l'hyperespace.*

Espérons alors que nous ayons effectivement atteint le monde-cible Cematrang. Où peut bien se trouver la station reliant la base de Xascat, dans l'infini de ce vaste désert ? Je mis ma main droite en visière sur mon front et essayai de m'imaginer à quoi pouvaient ressembler les éventuels habitants de cette planète de désolation. Au loin, les croupes dentelées d'une chaîne de montagnes rompaient la monotonie de la plaine et un rail étincelant la coupait en deux.

Une vibration parcourut soudain la voie métallique.

— Quelqu'un y a injecté de l'énergie, chuchotai-je avec une vive émotion.

Pourtant, hormis l'ennuyeuse uniformité saturée de chaleur et de poussière, il n'y avait rien de particulier qui fût remarquable.

Déjà, tu frétilles d'impatience ! railla mon cerveau-second. Parfois, j'aurais bien aimé pouvoir réduire au silence l'aboyeur importun, mais ce n'était pas possible.

Le raclement de gorge de Fartuloon m'arracha à mes pensées ; il retira *Skarg* de son fourreau.

— Là-bas, près du rail !

Je suivis la direction de son regard et découvris un remous dans le sable. De la masse siliceuse fusa soudain un

174

jet de roche pulvérisée. C'était comme si une bouilloire géante lâchait un panache d'air chaud. La pointe de l'épée indiqua la protubérance granuleuse qui croissait et se transformait en une colline busquée. Elle finit par se lézarder, s'affaissant en son centre pour former un cratère de sable noir. La respiration de la « chaudière à vapeur » s'intensifia.

Je sentis ma tension qui montait. Était-ce un habitant de ce monde désolé ? Cette planète était-elle peuplée de créatures des sables ? Ils pouvaient difficilement avoir développé une technologie propre et auraient naturellement été incapables d'activer un monorail antigrav arkonide. À moins que nous n'ayons touché par mégarde un conducteur défectueux ? Une rotondité apparut au-dessus du cratère ; elle avait l'allure d'une demi-lune de couleur marron sombre. De petites excroissances adamantines scintillaient dans la pâle clarté du ciel gris. *Rêvais-je ou ces diamants me fixaient-ils réellement ?*

Une forme de vie étrangère ! Elle t'observe, chuchota mon cerveau-second pendant que l'être inconnu prenait tout son temps. Mais peut-être était-il seulement ancré à sa base dans le sable et ne pouvait-il pas se relever. En tout cas, il fit preuve d'une patience dont je ne me sentais capable qu'à de très rares occasions.

— Elle sort ! s'écria Fartuloon.

Je fis sauter instinctivement la fermeture de mon étui et dégainai mon radiant polyvalent dont je pointai la bouche de feu directement sur la demi-lune iridescente qui se redressait dans la cuvette. Au moindre signe de danger, je tirerais sans l'ombre d'un scrupule.

Un point apparut à l'horizon et grossit à vue d'œil. Un train anti-g se dirigeait droit sur nous et s'il conservait sa vitesse apparente, il allait nous rejoindre sous peu. D'étranges bruits accompagnés d'un halètement asthmatique émanaient de la dépression sablonneuse. On entendait comme un *Viwo ! Viwo !* répété sans arrêt. La créature avait l'air inoffensive et je décidai de l'appeler Viwo. Un « ami

175

indigène » pouvait s'avérer utile. La chose se fondait presque totalement avec le sable quartzique noir et ses gemmes épidermiques luisaient sans doute de l'intérieur.

Le convoi s'apprêtait à s'immobiliser près de nous : des décharges énergétiques accompagnaient sa manœuvre de freinage et il était encore à plusieurs centaines de mètres de distance de nous. Au-dessus de la rame compacte en forme de goutte, s'amassait de l'air surchauffé en avant d'un écran scintillant. Viwo tournait, flairant autour de nous en laissant sur le sable une pellicule fondue et fumante. Fartuloon parut également convaincu du caractère inoffensif de la créature et passa sa main droite dans sa barbe frisée. En y regardant de près, Viwo semblait avoir été taillé dans un bloc de fer rouillé. Les petits diamants qui croissaient sur sa peau angu-leuse, selon une disposition irrégulière, devaient représenter ses organes sensoriels. Je ne pus pourtant pas distinguer d'orifice buccal.

S'agissait-il d'un être intelligent ou d'un animal primitif ? Il me fut impossible de trancher. *On s'est souvent rendu compte qu'un jugement hâtif porté à l'égard d'une forme de vie allogène pouvait mener aux pires complica-tions. J'en veux pour preuve les Skines qui ont une allure gauche et veule, et pourtant réalisent des performances dont nous, les Arkonides, ne pouvons que rêver. L'appa-rence extérieure ne reflète absolument pas les qualifica-tions d'un être. Seul l'accomplissement social et technique est important. Or, rien de tel n'est observable chez le « ferro-viwo ».*

Fartuloon et moi sursautâmes quand les patins d'alimen-tation énergétique du train antigrav se rétractèrent dans leurs logements avec un bruit évoquant le claquement d'un fouet. La machine s'immobilisa sur-le-champ. Je ressentis de nouveau le léger bruissement du vent qui soufflait, sur nos visages dégoulinants de sueur, la chaleur de braise de la plaine sablonneuse. Derrière le pare-brise du véhicule qui planait à une largeur de main au-dessus du rail, une créature grêle apparut durant quelques brefs instants, puis la portière s'ouvrit avec un bruit strident et le sable crissa quand l'étranger descendit de l'autre côté de la voiture. Tout d'abord, rien ne se passa. Mon mentor fronça les sourcils et fixa le monorail anti-g. L'autre prit tout son temps. Il avait sans nul doute observé notre arrivée. Ne sachant pas comment les habitants de ce monde hyperspatial réagissaient aux visiteurs arrivant de Tsopan, nous demeurions dans l'incertitude car tout geste inconsidéré pouvait signifier notre perte.

Un gémissement étouffé nous parvint. J'adressai un signe à Fartuloon qui me comprit aussitôt. Le sable noir grésillait sous nos pas. Je serrais le radiant polyvalent dans ma main et le Carabin avait empoigné *Skarg*. Le ferro-viwo émit un léger râle, s'enfouit vivement dans le sol et disparut en quelques instants à notre vue. Les endroits siliceux vitrifiés, qu'un processus de son métabolisme avait générés, furent rapidement recouverts par les grains fins que charriait le vent. Près de la rame antigrav, on entendit un claquement métallique.

Un Luccott arkonide à haute énergie, du type TS-11 ! m'alerta mon cerveau-second. *L'inconnu a activé la catalyse du deutérium ; il est prêt à tout.*

Exact ! pensai-je en poussant un cri d'avertissement auquel il ne réagit pas. Je fis une deuxième tentative.

— Nous venons de la part des Skines et nos intentions sont pacifiques…

Pour toute réponse, un éclair radiant coruscant fusa au-dessus de nos têtes. Si nous ne nous étions pas baissés et précipités, courbés en deux, vers le véhicule monorail, l'individu nous aurait carrément abattus. Le sable fondit derrière nous. L'étranger nous avait envoyé une décharge à pleine puissance. C'était plus qu'évident.

Il veut nous tuer, bouillonnai-je. *Porte-t-il mon deuxième moi ? S'est-il intégré dans ce corps peu avant notre arrivée et a-t-il aussitôt lancé son offensive ? A-t-il même influencé* le processus de transfert ? En tout cas, il bénéficie de quelques tontas d'avance. Cela pourrait correspondre parfaitement à ma propre façon d'agir.

Tu n'as pas affaire à un psychisme totalement identique ! Mon cerveau-second aurait pu se dispenser d'attirer mon attention sur ce point. Je connaissais parfaitement les problèmes absurdes auxquels nous avions à faire face depuis la psycho-duplication provoquée par les Skines ! Nous touchâmes le métal brûlant du monorail anti-g. La cellule extérieure n'était pas encore refroidie. L'étranger se tenait de l'autre côté. En me penchant prudemment derrière la poupe arrondie, je pus apercevoir son ombre. Un corps mince qu'on pouvait même qualifier d'efflanqué, surmonté d'une tête se terminant en pointe ! *Un Arra !*

Je passai mon radiant de la position désintégratrice au mode paralysant, car je ne voulais pas tuer notre adversaire mais seulement le mettre hors de combat. Après tout, il pouvait nous livrer de précieuses informations concernant ce monde. Je fis un signe à mon mentor. L'Arracheur d'Entrailles s'était peu à peu habitué à ce que je prenne l'initiative dans les situations dangereuses. Un rôle certes pas facile à assumer pour un maître de sa réputation, mais aisément compréhensible ! Nous étions des partenaires, des combattants égaux en droits dans un jeu d'ampleur galactique. Fartuloon se dirigea sur la droite pendant que je restai quelques instants immobile à l'abri de la poupe.

Au même moment, un cri retentit de l'autre côté du véhicule. Je me figeai. Seul un dément au comble de la terreur pouvait pousser un tel hurlement. Qu'arrivait-il avec l'étranger ? Sur ce monde aberrant, tout nous paraissait bizarre. La relative familiarité ressentie à la vision du monorail anti-g n'y changeait rien. Le sifflement d'un jet de vapeur s'éleva à nouveau ; notre adversaire geignit horriblement.

— Maintenant !

Plié en deux, je contournai l'arrière du train. Fartuloon s'avança du côté opposé, plongea comme moi au-dessus du rail, roula dans le sable et se retrouva instantanément sur pieds. En voyant celui qui nous avait menacés de son radiant, je me décontractai machinalement.

— Ne tirez pas… s'il vous plaît, ne tirez pas !

Les mots s'étranglèrent dans un gargouillement enroué.

Fartuloon retourna le corps secoué de convulsions de l'Arra avec son épée. Ses lèvres se pincèrent en une moue de dédain ; il haïssait ces gens du plus profond de lui-même. Après tout, il avait été un *Yoner-Madrul* à la Cour d'Arkonis en tant que médecin personnel de mon père, donc un Carabin de l'aristocratie arkonide.

— Notre ami n'a plus l'air très solide, commenta-t-il.

Je ne pouvais qu'approuver. L'Arra était totalement couvert de pustules nauséabondes ; il semblait littéralement *pourrir* sur pied. En de nombreux endroits, il s'était provisoirement aspergé avec une substance gélatineuse à séchage rapide, mais les plaies s'étaient sans cesse rouvertes. Pourtant, cela ne pouvait expliquer la conclusion abrupte de la confrontation. Après tout, il avait voulu nous tuer !

Je me retournai en scrutant les environs et quand j'entendis le : « Viwo ! Viwo ! » enroué, je sus à quoi m'en tenir et laissai échapper un involontaire sourire. L'habitant des sables avait soufflé un jet de silice brûlant au visage de notre adversaire.

— Le viwo m'a l'air d'un allié des plus utiles !

Fartuloon s'agenouilla et, d'un geste spontané, voulut caresser les excroissances adamantines de la tête en demi-lune, mais retira vivement la main quand un arc électrique grésilla au-dessus de l'animal. Celui-ci avait davantage à offrir que nous ne le supposions ; il possédait probablement une batterie organique à haut rendement qui lui permettait de faire fondre le sable en une couche vitreuse.

— Nous allons avoir de la visite.

J'indiquai un point à l'arrière-plan de l'étendue scintillante. Un deuxième train antigrav arrivait du lointain. À son écran saturé par les masses d'air ionisé, je pus déterminer que le véhicule se déplaçait à toute allure.

Fartuloon pointa son épée sur l'Arra geignant.

— Si les autres sont tous aussi fous, nous n'aurons plus qu'à plier bagages.

Je laissai mon regard glisser sur le malheureux. Si ma répulsion devant ce corps écorché n'avait pas été aussi forte, je l'aurais aidé à se remettre debout. Mais je savais également que certains exemplaires de cette race perfide avaient développé des gaz de combat qui, lors des phases de test, avaient décimé des équipes entières de médecins. Je renonçai à une nouvelle tentative d'obtenir quand même une réponse de sa part.

— Peut-être que les autres nous en apprendront davantage.

Fartuloon hocha la tête en signe d'acquiescement. Le deuxième train anti-g freina brutalement, souleva des tourbillons de sable sombre et parvint finalement à s'arrêter en conservant une distance bien marquée par rapport à la première rame. L'équipage voulait visiblement éviter tout contact direct avec le malade.

— Viens, allons vers eux ! proposai-je.

Mon mentor grommela quelque chose dans sa barbe et m'emboîta le pas. Face à nous, un panneau d'accès s'ouvrit.

— Qui que vous soyez, criai-je en levant la main droite, nous voulons vous parler. Nous venons de Tsopan. Nous cherchons…

L'instant d'après, je fermai les paupières sous une aveuglante lueur. Devant nos pieds, le sol bouillonnait ; des grains de sable incandescents roussirent mes cheveux. De mon bras replié, je me protégeai instinctivement les yeux.

Un tir d'avertissement ! me rassura mon cerveau-second. *Vous êtes à découvert, ils auraient pu vous tuer cent fois.*

Je fronçai les sourcils pour essayer de distinguer quelque chose à travers les masses d'air frémissantes, mais un écran anti-éblouissement recouvrait le pare-brise. L'équipage pouvait nous voir ; en revanche, nous n'avions pas cette chance. Les haut-parleurs extérieurs du convoi suspendu résonnèrent soudain d'une voix métallique.

— Nous vérifierons vos déclarations plus tard. Avez-vous touché le *Gosner'alor-Celis* ?

— Non ! répondis-je avec la facilité de celui qui dit la vérité.

Je devinai aisément pourquoi l'étranger posait la question. L'Arra s'était apparemment infecté avec un virus et les nouveaux arrivants craignaient une dissémination de la maladie. Je commençais à prendre conscience que nous rencontrerions d'autres Arras sur ce monde hyperspatial. Là où se trouvait un *médospecteur* existaient aussi des laboratoires de recherches dans lesquels les Médecins Galactiques développaient leurs remèdes et aussi leurs gaz de combat. Mon deuxième *moi* avait vraiment choisi pour refuge une planète intéressante ; un monde sans maladies, comme l'avait affirmé Skagos. *Ah ! Les Arras ne nous aideront guère dans notre recherche, si du moins une telle opération est encore envisageable par la suite. Dans l'état actuel, les perspectives ne sont pas roses.*

— Écartez-vous si vous tenez à la vie !

Autant la voix du haut-parleur avait été auparavant froide et dénuée d'émotion, autant elle était devenue incisive. Nous n'eûmes pas d'autre choix que de disparaître rapidement hors de portée du premier véhicule. Je pressentais la suite des événements.

— Non... S'il vous plaît, pas ça ! geignit l'Arra contaminé en essayant de se redresser.

Il n'y réussit pas. Un rayon énergique à faible focalisation mit fin à ses souffrances. En quelques fractions de millitonta, la braise vomie par le Luccott transforma le corps en un petit tas de cendres dispersé par le vent. Je détournai mon regard. Je savais que les Arras se montraient peu complaisants à l'égard d'eux-mêmes et de leurs congénères.

Pourtant, je n'avais jamais été obligé d'assister de près à leur manière de *régler* ce genre de problème.

Ils t'auraient éliminé sans plus de scrupules ! Les vecteurs d'épidémie constituent un danger. Mon cerveau-second avait encore raison. Le panneau d'accès coulissa souplement sur ses rails et une petite rampe se déploya. Deux Arras en combinaison de protection légère en descendirent et passèrent sans un mot près de nous. Je n'essayai même pas de les interpeller. Ils portaient de longues seringues dans les mains et des récipients de désinfection sur le dos. Peu après, le premier train antigrav avait disparu dans un nuage de vapeurs rosâtres. Quand les Arras agissaient, ils allaient au fond des choses.

— Nous devrions leur demander de nous emmener jusqu'à la station.

Les traits de Fartuloon exprimèrent son incertitude.

— Je crois que nous n'aurons pas d'autre choix, si nous ne voulons pas mourir de soif dans ce désert. Même le viwo ne peut nous en préserver.

— Arrêtez ! (La voix puissante d'un Arra nous figea sur place.) Je dois d'abord vous examiner. Ouvrez vos combinaisons !

Je défis les fixations magnétiques de mon spatiandre. Fartuloon déposa également son plastron mais il n'apprécia pas la manière dont les Médecins lui parlaient. J'étais persuadé qu'il prendrait une revanche appropriée au moment opportun.

— Enlevez le reste !

Je voulais quitter cette maudite plaine aride le plus vite possible et commençais tout doucement à m'impatienter. Un Arra, également isolé du monde extérieur par une combinaison protectrice transparente, tenait deux petites feuilles de couleur bleu foncé dans sa main.

— Pressez les lames-tests sur votre peau !

Ces choses-là constituaient notre visa pour la station des Arras. Je me doutais bien que notre arrivée n'arrangeait pas les Médecins Galactiques. Ils dépendaient pourtant de la bienveillance des Skines et ne pouvaient pas nous abandonner simplement dans le désert, d'autant plus que j'étais certain qu'ils étaient au courant non seulement de notre venue, mais aussi du but que nous poursuivions.

— Ce truc brûle horriblement ! m'écriai-je dans un sursaut.

Sous la clavicule, je vis un morceau de peau de la taille d'un ongle qui se dissolvait dans une fumée bleuâtre. Il ne resta qu'une ulcération vitreuse.

L'Arra toussota, amusé.

— Tu as eu de la chance, Arkonide. Si vous aviez été contaminés, vous seriez déjà morts. Les lames-tests ont un effet viropotentialisateur.

— Vous ne prenez aucun risque, n'est-ce pas ? lançai-je.

L'arrogance du comportement de ces crânes pointus me tapait sur les nerfs.

— Celui qui en prend en assume la responsabilité. Ne survit que celui qui calcule tous les paramètres de son intervention, s'efforce d'atteindre la probabilité maximale... et y conforme naturellement son action.

C'était la cruelle maxime des Arras, qui les avait rendus célèbres mais de sinistre réputation. Je me rappelai que l'acronyme Z.G.G. signifiait *Zayii Gosner'alor Gor'chron*, c'est-à-dire « aide dans la détresse ». Mais dans le cadre de la mentalité de ces gens, la traduction en était plutôt – et plus à propos : *le client reçoit ce pourquoi il a payé*.

— Vous pouvez nous accompagner à Cematrang I. Les Skines nous ont avertis. Votre transfert a été apparemment retardé par l'attentat. Vous vous êtes matérialisés dans le désert de Gelar. C'est un miracle que vous n'ayez pas été transmutés. (Les yeux de l'Arra lançaient des éclairs rougeâtres. Si ce n'avait tenu qu'à lui, il nous aurait laissé errer dans cette désolation.) Il y a eu une éruption d'hyper-rayonnements.

— Un attentat ? demandai-je avec curiosité.

Mon interlocuteur hésita un moment, ne sachant sans doute pas ce qu'il pouvait me révéler et ce qu'il devait me taire.

— La liaison hyperdimensionnelle avec les Skines est interrompue.

— Ont-ils provoqué cela eux-mêmes ? ajoutai-je avec une certaine inquiétude.

Mon secteur logique n'eut pas besoin de me transmettre une analyse de la situation, car j'étais certain que les Skines n'y étaient pour rien et que quelque chose de très différent s'était passé. Les Arras ne répondirent pas ; ils nous poussèrent dans l'encadrement du panneau d'accès, après le parachèvement de la désinfection du premier véhicule. Fartuloon et moi avions à peine atteint la première rangée de fauteuils-contour que l'accélération nous plaqua contre les rembourrages. Un courant d'air frais souffla sur nos visages. C'était un vrai bienfait après notre séjour involontaire dans le désert. Quatre Arras se tenaient dans la cabine.

— C'est un Skine qui a endommagé l'entonnoir d'arrivée, n'est-ce pas ? m'enquis-je.

L'équipage ne se retourna même pas.

— Le commandant Tocce-Lanceet vous le dira peut-être, laissa tomber laconiquement l'un d'entre eux, à condition qu'il consente à vous recevoir.

Je m'adossai et regardai fixement par le hublot latéral. Le gris uniforme du ciel se fondait dans la teinte sombre du désert quartzique. Les montagnes étaient nettement reconnaissables et le train se dirigeait tout droit sur elles. Les couches aériennes ondulantes déformaient quelque peu la visibilité, mais je commençai à distinguer certains détails. On voyait des éminences ressemblant à des collines d'ambre et sous lesquelles reposaient des objets sinueux dentelés. Plus loin se dressaient des tours de formes régulières.

C'est la station, pensai-je. *Une installation impression-*

nante ! Quelque part là-bas, mon deuxième moi *a dû se trouver un nouveau corps. Je présume que cela s'est passé de la manière suivante : il a pris la maîtrise du Skine pour emprunter le seuil. Il a détruit l'installation de transfert pour empêcher notre arrivée ou du moins la retarder. C'est pour ça que nous nous sommes matérialisés dans le désert.*

Je fis part de mes suppositions à Fartuloon. L'Arracheur d'Entrailles grinça des dents.

— Et de cette façon, nous serons transportés tout droit dans un piège concocté par ton psycho-duplicat. À sa place, tu ne serais pas non plus resté inactif. En fin de compte, tu te combats toi-même de cette manière plus que grotesque !

Quand le monorail antigrav freina, je devins nerveux et sentis les gouttes salées de mes sécrétions oculaires couler sur mes joues. L'incertitude quant aux actions entreprises entre-temps par mon double, alliée à la conviction qu'il pouvait à tout moment changer de corps, pesait sur moi tel un cauchemar. Peu après, la grande halle subplanétaire de la station arra Cematrang I nous accueillit.

Le commandant Tocce-Lanceet nous reçut sur-le-champ. Son amabilité m'apparut exagérée. Comme tous les Arras, il possédait un corps à la limite de la cachexie et des mains aux fines articulations qu'il cachait dans des gants de plastique désinfectés par peur des maladies contagieuses. Ses lèvres teintées de bleu ressemblaient à des traits de crayon dans son visage blême. Ses yeux me scrutèrent comme si j'étais un sujet d'expérimentation, puis il nous conduisit dans une salle et nous montra un bloc de béton de la taille d'un homme, et gainé d'une aura de rayons fluorescents. *De l'hyperénergie !*

Au niveau de ma tête, un hublot béait dans le monolithe par ailleurs totalement fermé. Je ne distinguai ni fente, ni ouverture, encore moins un mécanisme de déverrouillage. Des baies de conversion entourant le monstre de béton jaillissaient des cris stridents. Les moniteurs des oscilloscopes affichaient des signaux de couleur verte. Un haut-parleur transmettait les palpitations d'un système circulatoire.

Je réprimai un soupir quand l'Arra m'expliqua la fonction de cet objet.

— Vous arrivez malheureusement trop tard. Le Skine qui voulait boucher le canal de transfert a subi des lésions organiques irréversibles. Il se trouve dans ce bloc que nous avons dû sceller pour éviter que sa substance corporelle se liquéfie sous la charge radiante.

Charge radiante ?

Tocce-Lanceet remarqua mon regard d'incrédulité.

— Lors de sa tentative pour faire sauter les appareils, reprit-il, une gerbe hyperondulatoire a été libérée. Seule la courageuse intervention de nos androïdes a pu juguler le danger. Entre-temps, nos techniciens s'occupent de réparer la console de commande.

Le Skine est donc coincé dans ce bloc, emmuré vivant. J'essayai de m'imaginer dans la situation de cette malheureuse créature et de déterminer quels pouvaient être ses sentiments. C'était horrible d'être ainsi engoncé dans une masse translucide dure comme de l'acier, à n'être alimenté que par de minces canules. *Il s'agirait de savoir si le psycho-duplicat a réussi ou non à changer d'hôte.*

— Vous n'allez pas me faire croire que cette cruauté est nécessaire à votre sécurité ! m'emportai-je avec rudesse. Je pense que vous avez surtout profité de l'occasion pour soumettre enfin un Skine à vos tests et…

L'Arra m'interrompit d'un ton bourru.

— Si nous choisissons de vous faire disparaître dans le laboratoire de Cematrang, même les Skines ne pourront vous venir en aide. Si vous ne faites pas partie du plan d'expérimentation, cela tient uniquement à notre interprétation bienveillante des accords passés avec ces êtres. Hum !

Deux Arkonides manquaient finalement encore dans notre programme. Nous disposons d'un acidovirus capable de décomposer un organisme comme le vôtre en une millitonta. Cela ne signifie pourtant pas sa destruction. Tout au contraire. La conscience demeure attachée au bouillon protoplasmique liquide. Il ne nous reste plus que les tests corollaires à effectuer pour prouver que cette substance intelligente impètre une viabilité à long terme…

— Vous me répugnez ! Que peuvent bien avoir en commun ces expérimentations et l'éthique d'un médecin ?

L'Arra ne réagit pas à mon indignation ; mon cerveau-second, si : *Idiot* !

Tocce-Lanceet avait manifestement vu trop de créatures souffrir et mourir, de sorte que mes accusations ne lui firent plus aucune impression. Il reprit son explication sans le moindre signe d'émotion.

— La bouillie organique acide imprégnée par une conscience arkonide pourrait être intégrée dans nos positroniques centrales. Ses particules permettraient une capture aisée des courants de données, de sorte que nous disposerions d'une banque mémorielle d'une capacité presque illimitée.

Je me promis en moi-même d'en aviser les Skines dès notre retour. Peut-être interdiraient-ils ce genre d'expériences bien qu'ils soient eux-mêmes des chercheurs fanatiques mais, au contraire de ces Arras, d'orientation résolument pacifique. Un moniteur de la taille d'un mur retransmettait d'éblouissants jeux de lumière. Les entrelacs linéaires se transformaient en une multitude de variations cascadantes ; des figures géométriques se créaient, bientôt relayées par des structures pulsantes. Mes yeux fascinés restaient rivés sur l'écran fictif. Ces appareils m'étaient familiers depuis mon séjour sur Largamenia. Un grand nombre de nobles passaient leur temps avec ces jeux de couleurs et de formes qui étaient générées soit par un serviteur non arkonide, soit par le propriétaire de l'appareil lui-même ; il suffisait tout simplement d'y connecter son cerveau.

Le cerveau de qui ? demanda mon secteur logique. Je sus au même moment qui engendrait les animations fictives affichées sur le moniteur. Un médecin arra avait branché d'autres câbles sur le bloc de béton qui enfermait le malheureux être avec lequel mon psycho-duplicat était venu sur cette planète. Ma voix intérieure confirma mon horrible pressentiment : *Le pauvre Skine, dans le monolithe* !

Tocce-Lanceet chuchota quelques mots à ses assistants qui manœuvrèrent aussitôt une série de commandes. Les jeux lumineux disparurent sur-le-champ, laissant place à la couleur grise d'un écran normal.

— Faites bien attention ! annonça l'Arra d'un ton ironique. Vous n'aurez plus besoin de poser de questions inutiles par la suite. Bien que je pense que les Skines vous ont envoyé ici dans le seul but de nous espionner, je ne veux pas décevoir nos protecteurs qui sont également nos geôliers.

Tocce-Lanceet voulait donc nous fournir les informations nécessaires pour retrouver mon deuxième *moi*. L'image montrait à présent les entonnoirs de la salle des seuils de Tsopan. Les contours devinrent flous, puis la scène se stabilisa. Certes, la qualité des couleurs laissait à désirer, mais on distinguait aisément tous les détails.

— Ce sont des vues extraites de la mémoire du Skine. (Un regard dans les yeux froids de l'Arra me fit renoncer à toute réponse.) L'appareil va maintenant afficher les événements depuis son arrivée parmi nous.

Je remarquai que le Skine projetait sa propre silhouette sur l'écran. Il décrivit sa fuite de Xascat jusqu'à Cematrang où il avait détruit les canaux d'arrivée pour nous empêcher de le poursuivre. Durant cette période, il était possédé par mon psycho-duplicat qui agissait de manière parfaitement résolue. Pourtant, l'explosion avait enrayé sa fuite et je vis plusieurs Arras qui prenaient le blessé en charge, le transportant au centre médical pour lui administrer les premiers soins. Le prisonnier envoya soudain des images de son corps sain. Je reconnus nettement son apparence de « saucisse » et les parcelles brillantes de sa tranche sommitale.

Ses pensées vocalisées se transformèrent en un timbre monocorde.

— Je suis redevenu Xaxax... la copie de conscience m'a quitté ! Je veux retourner sur Tsopan... laissez-moi retourner sur Tsopan ! Je ne suis pas un saboteur... laissez-moi partir !

Même si l'élocution ne communiquait aucune intonation véhiculant un quelconque sentiment et si elle n'était que le rendu de flux cérébraux et d'impulsions de l'intellect, la diction hachée laissait transparaître la situation désespérée du malheureux prisonnier. Je savais que Tocce-Lanceet n'accéderait pas à mon désir, et pourtant je lui demandai de venir en aide au Skine.

— Pas de sensiblerie, Arkonide ! Nous sommes sur Cematrang. Ici, il n'y a pas de place pour les sentiments. Seuls comptent les résultats, scientifiques s'entend ! (Le commandant arra ricana.) Il y séjournera aussi longtemps qu'il possédera une trace mesurable de conscience. Nous n'avons pas souvent la visite d'un Skine. D'un côté, ces chercheurs puérils nous imposent d'effectuer des recherches pour eux et de les soutenir médicalement, et d'un autre, ils ne mettent pas de matériel expérimental skine à notre disposition. Avouez que c'est une situation intenable. Nous avons plus ou moins pris notre parti de devoir passer le reste de notre vie sur Cematrang. En revanche, nous voulons que notre séjour s'y déroule le plus agréablement possible. Et cela n'est possible que si les Skines demeurent bien disposés à notre égard. Cette inclination peut être entretenue par un travail constamment efficace.

Naturellement ! pensai-je. *Seulement, tu ne me feras pas croire que tu t'es accommodé de ton exil involontaire ici.* Cette planète se cachait dans l'hyperespace, et seul le système de transfert la reliait à l'univers normal. Le Grand Empire, les étoiles et tout ce qui s'y trouvait, resteraient à jamais interdits aux Arras. Je supposai que l'ardeur déployée par Tocce-Lanceet pour analyser un Skine sous-tendait une stratégie de retour dans le continuum normal. *Et ce, sans autorisation de ses donneurs d'ordre.*

Je n'exprimai pas mes hypothèses. Les antagonismes entre Arras et Skines ne me regardaient pas. Dans le cas d'Arkonides loyaux, j'aurais sans doute tout mis en œuvre pour les sortir de ce mauvais pas. Les Arras, par contre…

Je voulais commencer le plus vite possible mes recherches. Mon psycho-duplicat n'avait sans doute pas été inactif entre-temps, car il existait ici suffisamment de corps porteurs. *S'est-il emparé d'un Arra ou d'une autre créature ? Il n'est jamais arrivé qu'un complexe psycho-spirituel puisse se libérer lui-même du « piège » ; je dois en conclure que mon cerveau-second activé en est responsable, comme il l'est du dédoublement de la copie ; je crains que davantage de choses encore ne soient allées de travers.*

La projection mentale du Skine s'évanouit sur l'écran fictif.

— Vous pourrez être présents lorsque je testerai mes gens. Je souhaite me débarrasser le plus vite possible de cette pénible réplique psi. Les Skines pourraient trouver mieux pour nous éprouver, nous et Cematrang !

J'observai attentivement l'Arra. Tocce-Lanceet était naturellement furieux que nous nous soyons immiscés dans ses affaires, et il nous aurait volontiers renvoyés à notre expéditeur ou fait disparaître dans ses cellules à supplices. Aucune des solutions n'était envisageable. D'abord, nous ne pouvions pas retourner d'où nous venions avant le rétablissement de la liaison ; ensuite, les accords stricts entre Skines et Arras protégeaient notre intégrité.

Les accidents imprévus sont naturellement exclus du contrat, glissa froidement mon cerveau-second. *Aucun Skine n'entreprendrait quoi que ce soit si toi ou Fartuloon étiez infectés par un virus mortel. Vos recherches vous mèneront certainement dans les laboratoires isolés. Alors, prenez garde !*

Mon mentor avait jusque-là réussi à se retenir. Il ne pouvait pas supporter les Arras et aurait pu exploser à la moindre occasion. Sa maîtrise fut archétypale et il se contenta de s'imprégner avec acuité de notre environnement. Pendant ce temps, Tocce-Lanceet entama le test destiné à vérifier qu'aucun de ses collaborateurs n'était devenu la victime du psycho-duplicat en fuite.

L'Arra s'effondra en hurlant ; dans l'agitation générale, il avait frôlé l'arc d'énergie incandescent et s'était brûlé le bras jusqu'au coude. Le moignon noir s'effrita, découvrant une coupure nette d'apparence vitreuse. Deux médirobots traînèrent le mutilé vociférant vers le fond de la grande salle. Ils ne s'occupèrent absolument pas de sa blessure, mais l'abandonnèrent simplement à son destin. Je me mordis les lèvres. Autant les Arras se montraient dénués de sentiments à l'égard des créatures étrangères, autant leur comportement demeurait également froid et calculé envers leurs propres congénères. Quiconque commettait une erreur devait en payer le prix.

— Nous n'avons pas de chance, remarqua Tocce-Lanceet en passant, comme si tout cela ne le concernait pas. La psycho-réplique s'est séparée de son hôte depuis longtemps.

Je regardai en direction des conduits coudés qui véhiculaient l'énergie brasillante au contact de laquelle de nombreux Arras s'étaient déjà blessés. Le commandant avait rejeté avec brusquerie ma proposition d'utiliser le senseur des Skines, ainsi que leur barreau projecteur. Il refusa de même la paralysie complète de son équipe. Il préférait employer ses propres appareils et méthodes avec un succès mitigé, pour ne pas dire nul. Un champ énergétique isolait tous les Arras présents. Il semblait pourtant que le psycho-duplicat ne fût plus parmi eux ; il devait déjà être ailleurs, peut-être dans le corps de l'un de leurs patients ou d'un animal de laboratoire.

— Vous pouvez toujours continuer à tracasser vos gens, jetai-je. En tout cas, Fartuloon et moi allons nous rendre dans les autres ailes du laboratoire et entamer notre propre enquête.

— Et si je ne vous y autorise pas ?

Tôt ou tard, il s'établira une hostilité ouverte entre ce Tocce-Lanceet et nous, estimai-je. Dans l'immédiat, l'Arra s'efforçait de maintenir ses hommes sous contrôle. L'agitation que l'arrivée du Skine possédé avait provoquée au sein de la station avait pris de court les chercheurs. C'était peut-être la raison pour laquelle Tocce-Lanceet ne voulait pas utiliser notre méthode d'examen. *Qui sait ce qu'ils ont à cacher ?*

— Comment allez-vous justifier votre refus auprès des Skines ?

Pas un seul muscle ne tressaillit sur le visage de mon interlocuteur. Le médecin possédait une parfaite maîtrise de lui-même.

— Comme je vous l'ai déjà dit, il nous est possible de vous faire disparaître à jamais dans notre laboratoire expérimental. Quant à ce qui vous attend en bas, même vos rêves les plus audacieux n'en sont que le pâle reflet.

— « Cauchemars » serait peut-être un terme plus approprié, et je me l'imagine aisément, répliquai-je d'un ton bourru. Vous nous avez offert un échantillon de vos compétences. Croyez-moi, je ne peux ressentir que de l'aversion pour des créatures telles que vous. Vous n'entrevoyez même pas ce à quoi vous devez renoncer en faisant fi de tout sentiment. L'unité de notre empire stellaire n'est pas le fait des Médecins Galactiques… non, si Arkonis a atteint une telle puissance, c'est par sa fermeté ET sa magnanimité.

L'Arra expira bruyamment.

— Voulez-vous me faire subir un sermon sur le Taï Ark'Tussan, ses courtisans obséquieux et la coterie de cristal d'Orbanaschol, Arkonide ?

Je remarquai que j'avais failli le mettre hors de lui et préférai ne pas trop tirer sur la corde. Tocce-Lanceet jouissait du pouvoir absolu sur Cematrang.

— Mais bon, reprit-il, vous n'avez qu'à fureter dans la station. Sans toutefois oublier que je ne puis garantir votre sécurité. Si quelque chose devait vous arriver en bas, vous n'aurez aucune aide à attendre de ma part.

— Je n'en espérais pas moins, lâchai-je d'un ton acerbe.

— Nous ne sommes pas aussi démunis que ça, intervint Fartuloon en tapotant *Skarg*.

L'Arra se retourna pour surveiller ses collaborateurs qui devaient se soumettre aux tortures de ses tests de conscience. Les arcs d'énergie stabilisée flamboyèrent quand un autre des chercheurs s'en approcha d'un peu trop près. Ce ne fut pas grave, cette fois-ci ; l'homme s'en tira avec un trou dans sa combinaison. Je vis une moue de déception naître sur les lèvres de Tocce-Lanceet, comme s'il regrettait la bénignité de l'incident. J'avais bien percé à jour sa nature sadique car, en quittant la salle, Fartuloon et moi entendîmes les baies de conversion vrombir de plus belle. Dans le crépitement de braise de l'hyperénergie, un Arra se transforma en torche vivante. Après rétablissement du flux incandescent nominal, le commandant éclata d'un rire chevrotant.

— Viens ! soufflai-je à mon mentor. Je dois sortir d'ici… Si nous restons plus longtemps, je ne pourrais plus me contenir. Cet Arra est la honte de la Création, l'exemple vivant de la thèse selon laquelle nous sommes tous des erreurs de la nature.

Les panneaux de la porte s'escamotèrent en sifflant dans les fentes murales. Devant nous s'étendait un long corridor qui débouchait dans la zone principale d'aiguillage. Fartuloon me scruta longuement avant de me répondre.

— Non, c'est seulement une regrettable dérive dans l'évolution et dans laquelle nous, les Arkonides, avons notre part de responsabilité. Nous avons toléré que les Arras poussent leur spécialisation aussi loin, nous avons trop fait confiance à leurs compétences médicochirurgicales, objectives et sans conteste brillantes, et les avons même poussés à se perfectionner. Sans cela et leur atavisme bien trempé de Mehandor, ils n'auraient jamais développé cette cruauté. Il ne leur est resté qu'un seul moyen de résister aux énormes exigences de rendement qu'ils subissaient : devenir durs et inflexibles envers eux-mêmes et les autres.

Je n'en crus pas mes oreilles.

— À l'instant, tu disais que tu... tu les exécrais au plus profond de toi-même ?

— Qui peut se vanter d'être parfait ? répliqua-t-il avec un petit sourire. Même ces créatures ont droit à un minimum de compréhension. Si nous faisions preuve de la même intransigeance, nous ne serions pas meilleurs qu'eux.

Je savais que mon mentor avait raison. Le couloir qui nous faisait face était vide et abandonné, au même titre que la halle de triage. Tocce-Lanceet avait convoqué tous ses collaborateurs en vue de l'examen. La question en suspens était de déterminer si le porteur de mon psycho-duplicat s'y était rendu.

— Je suppose que la conscience fugitive deviendra nerveuse quand nous approcherons de trop près de son hôte actuel.

— Je n'en serais pas aussi sûr. Elle peut très bien nous attirer dans un piège, et cela arrangerait sans nul doute les Arras. Ils se réjouiraient de notre disparition.

— Pourtant... (Je n'étais pas certain que mon autre *moi* réagisse de manière aussi logique et avec autant de sang-froid.) Elle n'est pas au courant des mesures prises. Elle doit envisager l'éventualité que nous sachions dans quel corps elle se niche.

— Tout est possible, oui, acquiesça Fartuloon.

En avant de la zone principale d'aiguillage, des puits antigrav menaient vers les laboratoires subplanétaires. Je vérifiai le senseur accroché à mon ceinturon.

— Commençons par le bas, puis nous remonterons lentement !

*
* *

Des bras blancs pointaient entre les barreaux des cages. Des gémissements assourdis nous figèrent sur place. Nous devions tout d'abord nous habituer à l'obscurité régnant dans le système de galeries situé au plus profond de la station. Hormis quelques tubes dispensant une lumière bleue, il n'y avait aucun éclairage.

— Les réserves biologiques des Arras, lâchai-je avec mépris. Ces… rapaces ne reculent devant rien. Ce sont des Luccis… des transarkonoïdes semi-intelligents.

— Comment les Arras ont-ils pu en rassembler un si grand nombre ici sur Cematrang ? Je suppose que les Skines n'y sont pas étrangers !

— Peut-être les avaient-ils déjà avec eux ? Un ou plusieurs de leurs vaisseaux ont été capturés et attirés sur Tsopan au même titre que le *Polvpron* ou le navire des méthaniens.

Les Luccis étaient des mammifères à l'intellect infantile. Leur corps piriforme était surmonté d'une tête animale allongée portant des oreilles rondes en forme d'entonnoirs. Leurs yeux chatoyaient dans les nuances de l'ambre. Une douce fourrure duveteuse couvrait leur peau. Les deux puissantes jambes sauteuses contrastaient avec la délicate paire de bras terminés par des mains d'apparence arkonoïde. Les museaux des malheureuses créatures frémissaient. Elles semblaient conscientes que les Arras pouvaient, à tout moment, venir les chercher pour les soumettre à l'une de leurs cruelles expériences.

195

— Toi, l'Arkonide ! entendis-je chuchoter en provenance d'une cage.

Je m'arrêtai, interdit. Je ne savais pas que les Luccis avaient la faculté de parler.

— Vous nous comprenez ? m'étonnai-je. Racontez-nous comment vous êtes arrivés jusqu'ici.

— Toujours été propriété des têtes pointues… eux épargner nos couvées.

Le Lucci se mit à quémander de la nourriture car il était très affamé. Implorant, il tendait les mains hors de sa prison. Je ne réfléchis pas plus longtemps et tirai quelques tablettes de concentrés d'une des poches de mon ceinturon.

— Tu ferais mieux d'éviter ça ! m'avertit Fartuloon.

— Balivernes ! À qui veux-tu que ça nuise ? Si j'avais le choix, je libérerais ces pauvres créatures sur-le-champ.

— J'aimerais également, mais…

— Depuis quand es-tu si prudent ? (Je jetai un coup d'œil pensif à mon ami.) Nous sommes en mesure de défendre notre peau, et je ne raterai pas une occasion pour leur jouer un mauvais tour. J'ai même un singulier penchant pour le commandant !

L'Arracheur d'Entrailles ne répondit pas ; le Lucci arracha les tablettes de ma main et les enfourna. Je vis que ses incisives étaient jaunes et friables. Les Arras n'accordaient que les soins absolument indispensables à leurs sujets d'expérimentations.

— En veux plus… donner encore !

Je secouai la tête en signe de regret.

— Nous n'en avons pas davantage. Mais si vous me dites où sont rangées vos réserves de nourriture, je pourrai peut-être vous aider.

— Nourriture ! (Le cri se répercuta sous la voûte sombre.) Nourriture dans la pièce tout au fond !

Fartuloon grommela quelque chose dans sa barbe et m'emboîta le pas.

— Ne sois pas contrarié, lui soufflai-je par-dessus mon

épaule. Quand les Luccis seront rassasiés, ils pourront nous en révéler plus sur l'installation.

Nous nous retrouvâmes devant un vantail d'acier verrouillé. Une serrure protégeait le magasin contre les accès non autorisés. Mon mentor s'agenouilla et passa ses doigts sur la voussure brillante.

— Peux-tu l'ouvrir ?

— J'en ai vu d'autres, mais cette chose est cadenassée de l'intérieur.

— Comment ? m'étonnai-je. Cela signifie que quelqu'un se trouve dans la réserve.

Nous pressâmes nos oreilles sur le métal glacé du panneau de la porte. Rien ! Hormis le léger pépiement provenant des cages, il régnait un silence de mort.

— Allons-y quand même !

— Comme tu veux.

Fartuloon dirigea la pointe de *Skarg* sur la serrure. Un éclair éblouissant crépita et le vantail s'ouvrit sur une complète obscurité d'où nous parvenait une odeur insipide. Je n'attendis pas mais fis un bond en avant, l'arme au poing. Je perçus un étrange bruit dans les ténèbres ambiantes. Il me semblait l'avoir déjà entendu, mais sans savoir dans quelle circonstance.

Cela ressemble à un ferro-viwo ! m'informa mon cerveau-second.

Comment ces créatures des sables ont-elles pu pénétrer dans la station hypersécurisée des Arras ?

Mon pied buta soudain dans quelque chose de mou et de souple. Je m'arrêtai. Un sentiment désagréable s'insinua en moi. Je retirai lentement ma botte et avançai derechef. La masse élastique était toujours là.

— Que se passe-t-il ?

Je reconnus la silhouette massive de mon mentor qui se tenait dans l'embrasure de la porte.

— Il y a quelque chose par terre.

— Ne le touche pas ! Je cherche le contacteur d'éclairage.

La main de Fartuloon glissa sur le mur en béton, et l'instant d'après, la réserve fut inondée de lumière. Je regardai autour de moi. Une terreur glaciale me traversa. Un Arra mort gisait au sol. Son corps recroquevillé était déjà en voie de putréfaction. Je déglutis avec difficulté.

*
* *

— L'as-tu touché ? me redemanda le Carabin avec insistance.

— Seulement avec le bout de ma botte.

Il poussa un soupir de soulagement.

— Qui sait quel virus l'a emporté ! Ici, tout est possible. Viens, disparaissons le plus vite possible !

— Si l'Arra a réellement succombé à une infection, nous la développerons également. Nous avons touché pas mal de choses ici, notamment le mur et la porte. Nous avons aussi respiré l'air. Quelle importance, alors, que nous ayons touché le mort ou non, n'est-ce pas ?

— Va savoir…

Le sifflement d'un jet de vapeur nous fit sursauter. Je me retournai et dirigeai le canon de mon radiant polyvalent vers le fond, où des conteneurs de nourriture s'entassaient jusqu'au plafond. La gerbe gazeuse jaillissait du sol. De soulagement, je laissai retomber mon bras armé.

— Un ferro-viwo ! J'aimerais bien savoir comment la créature a pu pénétrer dans le magasin à provisions car, à première vue, les fondations sont constituées d'un épais béton armé.

Fartuloon resta à distance respectable de l'être des sables. Il n'avait pas oublié notre première rencontre avec lui. Dans l'ouverture ébréchée du sol se dressait la tête noire couverte d'un grand nombre d'excroissances adamantines. Les organes sensoriels scintillants reflétaient la lumière des tubes d'éclairage.

— Il a carrément transsudé le sol, s'écria mon mentor,

admiratif, en désignant les vitrifications en forme de gouttes autour de l'orifice d'entrée.

— Évidemment... comment n'y avons-nous pas pensé tout de suite ? Nous avons vu de nos propres yeux comment l'un de ces fouisseurs des sables avait fondu les grains de quartz pour les transformer en une masse vitreuse. (J'observai la créature qui éjectait de son corps une nouvelle gerbe d'air chaud.) Le viwo a également l'Arra sur la conscience, si du moins on peut parler de conscience ici.

Nous examinâmes le cadavre de plus près. Effectivement, son visage avait été touché de plein fouet par le jet de vapeur brûlante. Apparemment, le viwo avait aussi frappé à l'aide de puissants électrochocs. Entre-temps, nous avions appris de quoi l'habitant des sables était capable.

Je surmontai ma répulsion et me penchai davantage sur la dépouille. Une fine bande métallique ceignait son front très haut qui filait en pointe ; un circuit de commande serti, ainsi que des électrodes enfoncées dans le crâne, trahissaient sa fonction.

— Un récepteur ! Cet Arra recevait des ordres directement dans son cerveau.

— On dirait bien, mais que...

Les traits de Fartuloon affichaient sa perplexité.

— Le mort a été téléguidé à partir d'une centrale de contrôle. Cela signifie tout simplement qu'il y a ici des Arras qui n'ont plus de volonté propre.

Il hocha alors la tête en signe d'acquiescement.

— Si j'ai bien compris, tu veux trouver ces êtres manipulés et les monter contre les hommes de Tocce-Lanceet. Néanmoins, tu sembles oublier qu'ils ne pourront pas se dresser contre leur commandant, même s'ils le voulaient.

Mon mentor avait compris mon plan et découvert le point faible de mon raisonnement. *Peut-être pourrions-nous les débarrasser de leurs micro-récepteurs ?* Je rejetai aussitôt l'idée : libérés, ils jouiraient à nouveau de leur volonté et il ne serait peut-être pas facile de les inciter à la révolte. *Et je n'ai pas encore conçu d'autre projet…*

— Sauf erreur de ma part, Tocce-Lanceet n'a examiné aucun des Arras portant un tel récepteur, du moins n'en ai-je pas remarqué.

Les yeux de Fartuloon lancèrent des étincelles.

— Maintenant que tu le dis, je m'en souviens également. Nous aurions dû le voir.

— Soit le commandant ne croyait pas à notre histoire de conscience vagabonde, soit les conditionnés ne peuvent pas être parasités par elle. Pourtant, je doute que les Arras soient bien informés quant à la technique de la psycho-duplication des Skines.

Nous ne tenions pas à rester plus longtemps dans la réserve. Je m'emparai d'un récipient rectangulaire contenant de la nourriture en balles et quittai la pièce. Derrière moi, le Viwo émettait ses bruits caractéristiques. Je l'entendis glisser sur le sol et retourner dans le trou par lequel il était arrivé. Les Luccis nous arrachèrent carrément des mains la nourriture compressée en s'écorchant aux barreaux de leurs cages. On ne perçut bientôt plus que leurs mastications gutturales. Ils ne se disputèrent pas, mais laissèrent à chacun sa portion.

Fartuloon fit claquer sa langue.

— Certes, ces pauvres bestioles n'ont aucune éducation gastronomique, mais ils me font penser à mon dernier repas.

Il était impossible de ne pas entendre le gargouillement intempestif produit par l'estomac de mon mentor.

— Tu peux remettre ton gueuleton à une date ultérieure, lui répondis-je avec ironie, étant bien au fait de sa passion.

Il se laissait facilement appâter par une cuisine préparée avec raffinement.

— Quand je pense aux moules de Zalak grillées au micro-ondes… aux savoureux fruits de Papaya, au vin de Morgol…

200

— Cesse de rêver ! Demande plutôt aux Luccis s'ils savent quelque chose des Arras téléguidés.

Il soupira. De ses gros doigts, il se tâta les hanches.

— J'ai déjà maigri. De plus, la nourriture concentrée est préjudiciable à longue échéance, tout comme le *synthon*. Tu ne connais même pas les bienfaits d'un vrai festin. Il stimule l'activité cérébrale, aiguise tes sens et…

— Dès que nous aurons rejoint le *Polvpron*, l'interrompis-je, tu pourras commander un repas auprès de la positronique centrale. En attendant, tu devras t'en passer.

— J'ai compris ! (Il se tourna vers les Luccis qui nous observaient attentivement à travers les barreaux.) Connaissez-vous les Arras avec les bandeaux métalliques ?

La réponse fusa sans tarder.

— Tête pointue avec fer nous apporter nourriture. Lui maintenant mort.

— Comment pouvez-vous savoir ce qui s'est passé ?

Les Luccis secouèrent la tête. Soit ils étaient terriblement naïfs, soit ils voulaient nous cacher quelque chose.

— Tête pointue plus venir. Nous très faim. Autre tête pointue avec fer très loin.

— Où ça ? intervins-je aussitôt.

— Autre tête pointue avec fer de l'autre côté… derrière… mur qui bouge avec main.

Je remarquai que la créature cherchait un terme approprié pour désigner le lieu où se trouvait l'autre Arra sous contrôle. Mais son vocabulaire n'y suffisait pas. Je pouvais cependant à peu près reconstituer ce qu'il voulait dire. Dans le gigantesque bâtiment rectangulaire plat d'un kilomètre de long et de sept cents mètres de large, il y avait des puits antigrav. Ils menaient vers cinquante étages inférieurs de surface identique. Le Lucci ne pouvait parler que d'un endroit voisin, à l'étage même où nous étions.

— Vous nous avez beaucoup aidés, criai-je aux incarcérés qui s'essuyaient le museau.

Fartuloon se retourna encore une fois.

— Pauvres créatures ! Je ne voudrais pas me retrouver dans leur peau. Qui sait combien de temps il leur reste à vivre ? Il est probable qu'ils seront très bientôt extraits de leurs cages, à des fins expérimentales.

— J'aurais bien aimé les libérer. Mais…

Je préférai me taire.

CHAPITRE VII

(Extrait de : *Catalogue ethnologique du Régent : les Arras* ; Archives Centrales, Arkonis III, 19020 *da Ark*.)

... connus dans tout le Taï Ark'Tussan comme de géniaux biomédecins, bactériologues, virologues et généticiens, regroupés sous le vocable de « Médecins Galactiques », les Arras font partie des peuples de souche arkonoïde. Les Marchands Galactiques sont leurs ancêtres directs (Mehandor, Francs-Passeurs) qui, eux-mêmes, descendent des Cosmonomades d'Iprasa. Aux alentours de 6270 da Ark, sous le règne de l'empereur Gnozal II, les Arras se détachèrent d'un clan Mehandor qui s'était spécialisé dans le commerce de substances chimiques à finalités pharmacologiques, de médicaments, de produits toxoïdes et également, tout au début, d'espèces animales, cryptogamiques et botaniques.

La peur inspirée par ces matières dangereuses leur valut d'être très vite évités par les autres Francs-Passeurs. Comme les contacts sexuels et les autres rapprochements n'étaient plus possibles qu'au sein du clan, le pool génétique insuffisant provoqua une rapide évolution liée à une modification précipitée de la physionomie ; les robustes Francs-Passeurs à forte carrure se transformèrent en peu de temps en ces êtres fluets, à la santé précaire, qu'étaient les Arras.

Depuis lors, leur constitution est de type leptosome ;

l'habitus asthénique provoque la psychasthénie, c'est-à-dire un penchant pour la schizophrénie, la sensibilité maladive et le complexe d'infériorité. Ce potentiel névrotique ne procure que des effets partiellement positifs, notamment par la compensation complexuelle (propension à la réalisation de performances, surtout dans le domaine biomédical) ; en revanche, les conséquences négatives sont d'un autre ordre : génération artificielle d'épidémies planétaires pour tirer profit des dépendance qu'elles induisent ; projets de recherches et méthodes éhontées en dehors de toute éthique, essentiellement pour la satisfaction d'une ambition pathologique, dans l'effort de décrypter les derniers mystères de la vie, pour ensuite pouvoir traiter des affaires quasi « extrêmes ».

Naturellement, tous les Arras ne s'occupent pas de recherche médicale, mais la tradition mercantile des Francs-Passeurs demeure vivace dans chaque individu de leur clan. La guérison des maladies est aussi une affaire commerciale. De ce fait, et en règle générale, on ne parle pas de « patients » mais de « clients ». Un tel chaland est en même temps un sujet d'expérimentation pour les zélés scientifiques. Hormis des cas de crises graves mettant leur communauté en danger, les Arras apparaissent rarement sur la scène politique ; ils agissent plutôt en petits groupes ou en individus isolés, coopérant alors avec les factions politiques les plus diverses.

La corporation des « Guérisseurs de Mantar » rassemble traditionnellement, et depuis des millénaires, les Médecins Galactiques les plus remarquables et les plus fortunés de leur génération. Selon la règle, le petit cercle de cette élite ne comprend que dix ou quinze personnes : ce sont les très estimés Zada-Laktroteii, les maîtres de la corporation. Les origines du Mantar-Zada remontent dans à lointain passé auquel appartient le mythique sage Mantar dont le rôle fut essentiel dans la tradition des Thérapeutes de Goltein qui disposaient de leurs propres vaisseaux-

dispensaires. Après 10500 da Ark, leurs traces et leur savoir disparurent dans les méandres de l'Histoire ; seuls quelques vagues rapports les évoquaient encore – jusqu'à ce que les Arras, dans leur particularité et leur irréalisme, reprennent la tradition à leur compte et la ravivent au sein de la corporation des Guérisseurs de Mantar.

Les médispécialistes qui entouraient Mantar da Monotos, Arracheur d'Entrailles et médecin personnel de l'empereur Barkam I, peuvent être quasiment considérés comme les « aïeux » des Arras. Ils étaient présents à côté du paraphysicien Belzikaan et des Dryhans lorsque, pour la première fois, fut créée une « Grande Mère du Feu » associant les consciences d'un grand nombre de Zhy-Famii, dont les leurs, qui « matérialisèrent » un organisme virtuel par la seule force de leur mental. C'est grâce à elle que la tentative d'invasions des Vams a pu être éventée à temps et repoussée, de sorte que les Vecorat n'osèrent réitérer un nouvel assaut qu'environ deux mille cinq cents années arkonides plus tard. Depuis, ils sont reconnus comme les « ennemis jurés » des Arkonides…

Nous ne connaissions qu'approximativement la direction dans laquelle nous devions rechercher les Arras manipulés. Des laboratoires fortement illuminés s'étendaient le long de notre parcours, et nous ne cessions d'être les témoins de choses horribles. Cematrang I était une chambre des supplices à l'échelle planétaire. Même sur Ganberaan, le monde de Sofgart, le maître ès tortures, je n'avais pas été obligé d'assister à d'aussi terribles souffrances qu'ici. En comparaison, le fief de l'aveugle pouvait être considéré comme un lieu de villégiature paradisiaque. Ce qui se passait sur Cematrang dépassait simplement l'imaginable et incarnait le mal absolu. Sous le prétexte de la recherche médicale, il se commettait des atrocités telles qu'il m'était impossible d'établir des similitudes avec ce que j'avais connu.

— Là-bas ! soufflai-je, le cœur au bord des lèvres.

Fartuloon suivit du regard la direction de ma main tendue et se figea dans l'horreur quand il découvrit l'innommable. Les Arras – qui étaient retournés à leur travail après le sondage de conscience – ne s'inquiétaient nullement de notre présence indiscrète. Ils soulevèrent un conteneur en acier à l'aide de deux dispositifs métalliques de préhension. Un liquide rougeâtre jaillit d'une canule et souilla plusieurs éprouvettes. La tête qui avait été fixée sur la surface polie se fendait d'horribles grimaces. Elle appartenait à une créature de type primate dont les yeux larmoyaient. Nous avions presque l'impression que l'être pleurait des perles de sang. Les mâchoires s'entrechoquaient de manière rythmique, comme le martelage incessant d'une machine. La bouche ne pouvait plus articuler le moindre son car la tête avait été tranchée au-dessus des cordes vocales.

— Viens ! Nous ne pouvons rien y faire. Si je devais assister à ce spectacle plus longtemps, je mettrais fin à cette innommable cruauté.

Je regardai vers la droite ; le corps de la créature reposait sur une civière en plan incliné. Sur sa gorge à vif, on avait raccordé divers tubes et drains de différentes couleurs. Ils étaient couplés en un épais faisceau avec un appareil expérimental lui-même relié à la tête. L'un des scientifiques était en train de détacher les câbles du crâne tandis qu'un autre déconnectait le tronc. Un jet de sang noir pulsa hors du corps, et un pansement fut appliqué pour endiguer l'hémorragie. Les Arras activèrent un champ d'énergie qui coiffa la tête orpheline et, d'un seul coup, les traits déformés par la panique redevinrent sereins puis le claquement de dents cessa. Nous entendîmes un ordre fuser.

— Le bras droit, en haut !

À notre grande surprise, le corps distant leva la dextre.

Tout d'abord, seuls les doigts massifs tressaillirent, puis tout le membre se tendit comme pour un salut.

— Bras gauche, maintenant !

Le corps obtempéra une nouvelle fois. Les Arras se congratulèrent d'un sourire triomphant.

Excitation télékinésique des nerfs, estima mon cerveau-second.

Les Arras ont donc effectivement trouvé un moyen pour générer ce genre de stimulation par voie paramécanique.

Le tronc velu se souleva de la civière. C'était un spectacle absurde que ce corps qui se mouvait sans tête. La chose se mit debout en chancelant, en balançant convulsivement les bras de bas en haut, puis posa prudemment un pied devant l'autre.

— Écarte-toi ! s'écria Fartuloon en arrachant *Skarg* de son fourreau tout en m'administrant une puissante bourrade contre la poitrine.

La montagne de chair s'était approchée et hachait l'air de formidables coups du tranchant de ses mains. Elle ne semblait pas nous remarquer. D'ailleurs, comment eût-elle pu le faire puisque la tête fixée sur son support avait les yeux mi-clos ? Les Arras lui envoyaient des ordres sans discontinuer. Ils avaient lancé le monstre contre nous.

— La plaisanterie a assez duré !

L'Arracheur d'Entrailles avait bondi avant que je n'aie pu dégainer mon radiant polyvalent. Son épée siffla dans l'air et coupa en deux le corps à la couleur foncée. Les rires criaillants des chercheurs s'arrêtèrent net. Au comble de la fureur, ils voulurent se saisir de leurs armes, mais nos regards les figèrent sur place. Nous enjambâmes les moitiés de troncs secouées de spasmes et nous dirigeâmes droit sur les scientifiques.

— Non… pitié ! implora l'un d'entre eux en voyant la lame de *Skarg* souillée de sang.

Fartuloon afficha un sourire de mépris.

— C'est pourtant tout ce que vous mériteriez ! Néanmoins, je ne voudrais pas abuser plus que de raison de l'hospitalité de votre commandant.

La pointe du glaive laissa une trace rouille sur la combinaison blanche du médicastre qui, tremblant, l'arrosa d'un produit désinfectant. Je pivotai vers la tête du primate.

— Il est mort, enfin !

Les yeux de la créature décapitée s'étaient fermés à jamais. Même ses traits précédemment convulsés s'étaient détendus.

— Nous le signalerons en haut lieu. Vous avez ruiné une expérience déterminante ! glapit le chef de projet.

Sa voix de fausset s'étrangla quand Fartuloon releva *Skarg* en avançant vers lui. Il essuya la lame sanglante sur le vêtement immaculé de l'Arra flageolant. Aucun muscle du visage de mon ami n'avait tressailli.

— Qui a incité le tronc à nous attaquer ?

J'abondai dans son sens.

— C'est déjà grave de recourir à des expériences aussi barbares. Vous ne pouvez vous en prendre qu'à vous-mêmes. Si vous ne lui aviez pas donné l'ordre de nous charger, rien de tel ne serait arrivé. Mais je suis heureux que la pauvre créature soit enfin délivrée de ses souffrances.

Les Arras firent des gestes affichant leur dédain. Je compris ce qu'ils voulaient exprimer. Pour eux, la compassion était un signe de faiblesse.

Fartuloon ne put s'empêcher de se départir d'une dernière remarque.

— Seul le fort peut se permettre de s'apitoyer. Le faible se retranche derrière ses cruelles obsessions. Elles lui confèrent un sentiment de puissance et de supériorité. Cela ne cesse que lorsque le fort le ramène à la réalité.

Le fil de l'épée bordé par un champ d'énergie, fusa à travers l'air en un sifflement modulé et les Arras se baissèrent, fous de terreur. Le rire homérique de Fartuloon ébranla la salle au point que les fioles remplies de réactifs s'entrechoquèrent sur la table de dissection. Nous quittâmes l'antre de l'horreur en laissant derrière nous des chercheurs pour le moins ébranlés qui se mirent à démonter le dispositif expérimental.

Je savais que nous ne pouvions pas changer ces êtres. Dès qu'ils auraient surmonté leur effroi, ils prélèveraient le prochain cobaye dans sa cage et reprendraient les essais là où ils avaient avorté. Des salles voisines nous parvinrent soudain des cris atroces. Le ronronnement d'appareillages saturés nous fit pressentir ce qui se tramait là-bas.

— Viens ! lança mon mentor en me saisissant par le bras pour m'entraîner le long du couloir.

— Passage interdit ! tonna soudain une voix. Arrêtez-vous !

Les Arras portaient de lourdes armes radiantes et n'avaient pas l'air disposés à faire grand cas de nos arguments.

— Tocce-Lanceet nous a garanti un accès illimité à toutes les stations, avançai-je néanmoins. Que peut-il y avoir de si mystérieux en bas que nous ne puissions voir ?

— Entrée interdite ! martela mon interlocuteur.

Cinq Médecins Galactiques, comptai-je par automatisme. Et cinq Luccotts à haute énergie dont les gueules flamboyaient dangereusement. Il suffisait à nos adversaires d'effleurer la détente sensorielle et nous nous transformerions en petits tas de cendres fumantes. Du coin de l'œil, je distinguai Fartuloon qui pianotait sur son ceinturon. Un non-initié aurait conclu à une réaction due à la nervosité. Je savais que mon mentor avait une idée qui nous permettrait de progresser dans le corridor en dépit des gardes. Son ceinturon contenait les choses les plus étranges : microcommandes pour générer des courts-circuits, capsules de poisons et mille autres artifices. Je compris parfaitement le sens de son raclement de gorge insistant. Il ne pouvait rien entreprendre tant que les Arras nous fixaient comme des bêtes curieuses. Quelques courts instants devaient suffire, même si je ne savais pas ce qu'il mijotait.

— Eh, regardez là-bas, de l'autre côté ! m'exclamai-je en indiquant le champ de forces ondoyant du puits antigrav.

Les cinq Médecins suivirent instinctivement la direction de mon bras tendu. Au même moment, Fartuloon mordit dans une capsule d'un vert étincelant et la jeta parmi les gardes.

— Que signifie ?

Les Arras étaient soudain devenus très inquiets. Ils savaient que nous voulions pénétrer dans une zone interdite et ils considéraient notre réaction comme une manœuvre de diversion. Ce qu'elle était d'ailleurs, en fin de compte.

— J'ai dû me tromper, j'ai cru voir apparaître un Lucci.

— Un Lucci ? s'esclaffèrent les gardes. Le matériel biologique est cantonné dans l'aile cellulaire. Vous nous prenez pour des idiots ?

— Je viens de dire que j'ai bien pu me tromper.

Les Arras irradiaient de nouveau l'aura froide et impersonnelle qui nous était coutumière. Fartuloon me toucha le bras. Cela signifiait quelque chose comme : *Disparaissons* ! Les bouches des radiants se relevèrent légèrement.

— Foutez le camp !

Nous ne nous le fîmes pas répéter deux fois et nous empressâmes vers la plus proche bifurcation du couloir. Je ne me retournai même pas et continuai ma route alors que, derrière nous, éclatait un fracas de tous les She'Huhan. À peine avions-nous obliqué qu'un rayon énergétique frappa le mur doublé de métal, à côté de nous. Le feulement enroué d'une deuxième décharge retentit. Un trou noir aux bords dentelés béa dans la paroi. Le matériau fondu goutta sur le sol.

L'Arracheur d'Entrailles se fendit d'un sourire sournois. Son plan paraissait avoir fonctionné. Je voulus jeter un coup d'œil, mais il me retint.

— Le gaz agit parfois avec retard ; un muscle du bras qui tressaute, et le coup de feu part. Nous n'avons pas droit à l'erreur.

Bien vu ! songeai-je quand un troisième trait fusa le long du corridor.

Les râles des Arras se turent. On n'entendait plus que le léger ronronnement du champ antigrav.

— Maintenant !

Nous bondîmes à découvert, prêts à esquiver toute nouvelle attaque. Mais cela n'était plus nécessaire. Les gardes recroquevillés sur eux-mêmes étaient allongés devant l'entrée du puits. Les petites grilles murales du système d'épuration d'air finissaient d'aspirer les dernières traînées de vapeurs toxiques. Nous pouvions sauter dans le conduit vertical sans nous inquiéter.

— Quelle sera la durée d'effet de ton produit ?

Mon mentor fit la moue et ses yeux étincelèrent.

— Ça dépend. Normalement, pas très longue… Quoique, avec ces têtes pointues, ce peut être plus marqué. Une tonta, peut-être !

*
* *

Aussi loin que portait notre regard, nous ne vîmes que des étagères de plastoverre garnies de corps figés. C'était une gigantesque salle où reposaient des individus plongés dans un profond sommeil artificiel.

— Ce sont des Arras… Des milliers ! (Fartuloon s'engagea sur le carrelage qui sonnait creux. Une odeur de désinfectant se mêlait à celle d'une solution nutritive de synthèse.) Incroyable !

— Au moins savons-nous ce qu'ils cherchaient à nous cacher. Reste à déterminer pourquoi. Je ne vois là rien de dangereux. Que nous découvrions qu'ils stockent ici-bas des hommes en catalepsie ou non ne change rien à notre attitude envers eux, ni aux exigences de notre plan.

L'Arracheur d'Entrailles examina les appareils de surveillance automatique fixés sous chacun des rayonnages. Un voyant témoignait du fonctionnement correct de la transfusion des nutriments, un autre était prévu pour signaler un état d'urgence. Des blocs de réfrigération ronronnaient au ralenti. De façon anormale, les yeux des Arras endormis étaient grands ouverts et leurs pupilles dilatées. Pas un seul muscle ne bougeait sur leurs faces cireuses. Ce fut juste à ce moment que je remarquai qu'ils se ressemblaient tous.

— Ça ferait un beau désordre si nous réveillions tous ces lascars ! estima Fartuloon.

J'essayai de me représenter ce qui arriverait si tous les cataleptiques envahissaient les étages supérieurs. Ils étaient trop nombreux pour que Tocce-Lanceet soit en mesure de les loger et de les nourrir à court terme. La conséquence ne pouvait être qu'un chaos absolu. Quoi qu'il en soit, je n'imaginais pas que ces dormeurs, une fois revenus à la vie, acceptent de se rendre volontairement dans le désert. Les Arras étaient très sensibles, en particulier aux conditions climatiques défavorables, et ils ne renonceraient pas très volontiers à l'utilisation de leurs nombreux produits désinfectants. Non, cela signifierait la fin de Cematrang avec une probabilité proche de la certitude.

— Si quelque chose se passe mal, nous pourrons toujours jouer aux grands ressusciteurs, lançai-je avec légèreté tout en étant conscient des retentissements que cela provoquerait.

Nous continuâmes à longer les rangées, infinies en apparence, de corps étroitement entassés les uns sur les autres ou côte à côte. La quiétude ambiante nous rendait imprudents. Les dormeurs, eux, ne représentaient aucun danger pour nous, mais quand une ombre silencieuse surgit derrière nous, il faillit bien être trop tard. Je levai les yeux par hasard. Un objet anguleux tombait sur nous à la vitesse d'un astronef en chute libre.

212

— Écartons-nous ! criai-je à l'Arracheur d'Entrailles en le projetant au sol.

Nous glissâmes sur le carrelage poli et nous immobilisâmes seulement à proximité d'une étagère. Un fracas assourdissant nous fit sursauter. À moins de deux mètres de nous, un récipient de nourriture d'une tonne se planta dans le sol puis éclata. Ses bords métalliques aux angles acérés avaient pulvérisé les carreaux et même arraché quelques blocs de béton armé des fondations.

Si tu n'avais pas réagi, il ne resterait qu'une infâme purée de vous deux ! intervint mon cerveau-second avec sa délicatesse coutumière. Pourtant, il avait raison. Sous l'énorme charge de concentrés alimentaires puants, nous aurions été difficiles à identifier. Là, nous étions seulement souillés de la tête aux pieds par la mixture jaunâtre. Je m'essuyai les yeux et me relevai.

— Il était moins une, n'est-ce pas ?

Fartuloon grimaça de mécontentement. Toute une cargaison de bouillie lui était tombée dessus et avait coulé à l'intérieur de son plastron pectoral.

— Était-ce intentionnel, d'après toi ?

— Aucune idée. Ce n'est certainement pas le fait des cataleptiques. Il devait s'agir de quelqu'un d'autre, si du moins cet *autre* existe.

Mon mentor envisageait donc la possibilité que le conteneur ait pu se décrocher accidentellement de ses fixations.

— Et si c'était un exploit de mon psycho-duplicat ?

Il cessa aussitôt d'extirper les restes de la mixture nauséabonde à l'intérieur de sa cuirasse.

— Dans ce cas, nous aurions dû voir un Arra ou une autre créature investie par ton double fugitif. Or, excepté les dormeurs, il n'y avait personne ici.

— Vraiment ?

Je lui montrai le liquide nutritif jaune inondant le sol, qui commençait déjà à s'agglomérer et à se dessécher près du rayonnage à côté duquel nous nous trouvions. En plein milieu de l'épaisse nappe, une empreinte de pas était visible. Les moulures de la semelle étaient bien nettes.

— Un Arra… tu avais raison !

Fartuloon déglutit, et je constatai qu'il ne se sentait pas vraiment à l'aise dans sa peau. Les corps figés tout autour de nous donnaient l'impression qu'ils allaient se réveiller d'un instant à l'autre. L'inconnu, quant à lui, pouvait à tout moment réitérer son attaque. Mais il prenait son temps. Des craquements s'élevèrent alors autour de nous, évoquant le bruit du parchemin qui se tend sous un flux d'air brûlant. Sur les rayonnages environnants, les dormeurs commençaient à bouger…

**
* *

— Ce sont des Arras manipulés, constatai-je après avoir repris mes esprits. Pourtant, tous ne portent pas le serre-tête équipé du microrécepteur.

L'observation de Fartuloon s'était avérée juste. Les individus en phase d'éveil n'avaient pas encore de donneur d'ordre. Ceux qui étaient pourvus du bandeau frontal demeurèrent allongés sans bouger. Les autres se mouvaient comme des somnambules. Indécis quant à la direction à prendre, ils glissèrent des rayonnages et errèrent sans but dans la salle. Quelques-uns d'entre eux dérapèrent sur le liquide nourricier mucoïde et se débattirent comme des insectes qui se retrouvent sur le dos, incapables de reconquérir leur équilibre. Nous étions brusquement entourés de ces silhouettes chancelantes qui rivaient sur nous leurs yeux vides.

— Ils semblent être dans le même état que le mort que nous avons découvert dans la réserve à nourriture des Luccis, suggérai-je. Ils ne se sont certainement pas portés volontaires pour…

Je m'interrompis. Notre situation devenait inquiétante. Les Arras nous fixaient sans émettre le moindre son. Soit on leur avait coupé la langue, soit ils n'osaient pas nous parler. Nous nous attendions à tout, même au fait qu'on ait pu les priver de leur volonté. L'existence des microrécepteurs dans les bandeaux plaidait en faveur de cette hypothèse. Je voulus en avoir enfin le cœur net.

— Est-ce le commandant qui vous a condamnés à la catalepsie ? demandai-je au premier venu. Êtes-vous des prisonniers… ? Autre chose… ?

Je n'obtins pas de réponse. Nous pouvions les voir bouger leurs lèvres en nous regardant avec cette insistance qui nous était familière chez les petits enfants. À l'examen attentif, je remarquai qu'ils essayaient de nous imiter. *Oui, ils tentent de répéter mes paroles, mais ne réussissent à exprimer qu'un vague balbutiement.*

— Il leur manque vraiment quelque chose, à ceux-là, releva mon mentor en tapotant son front d'un geste évocateur. J'ai toujours su que les Arras avaient basculé en pleine décadence. Une espèce tellement spécialisée *ne peut* que succomber.

Je retrouvais le Fartuloon qui abhorrait cette race. On ne pouvait pas l'énoncer de manière plus concise. J'acceptai même son explication quant au pitoyable état de ces créatures.

— De ceux-là, nous n'apprendrons jamais qui les a mis dans la situation qui est la leur. Pas plus qu'ils ne nous révéleront si le conteneur à nourriture a été délibérément poussé, ou s'il est tombé accidentellement sur nous.

— *Peut-être puis-je vous aider ?*

Je me retournai vivement sur un visage d'Arra arborant un sourire amical. Quelque chose m'apparut immédiatement familier chez lui, soit dans ses yeux, soit dans sa manière de se mouvoir. Je ne pouvais pas le dire. Si j'en jugeais par la mine pensive de mon maître, il semblait également avoir déjà vu cet individu.

— Vous avez l'air plus accessible que vos amis, dis-je pour engager la conversation. Je m'appelle Atlan !

Je retrouvais cette lueur traîtresse dans son regard.

215

J'aurais pu jurer avoir déjà eu ces pupilles en face des miennes. Le vieux proverbe qui prétend que dans les yeux de son interlocuteur on découvre son âme avait ici sa pleine valeur. Je ne cessais pourtant de me creuser la cervelle sur l'identité de cet Arra dont le comportement différait de manière aussi marquée de celui de ses congénères. J'activai le senseur des Skines, mais il n'enregistra aucune réaction.

— Atlan... un beau nom. Celui de l'un des héros...

Son ton perdit tout à-coup le timbre amical avec lequel il nous avait interpellés ; sa voix traînait maintenant quelque chose de difficilement maîtrisé qui m'incita à la prudence. Cet individu semblait posséder la psyché d'un félin sauvage, essayant d'abord de bercer sa victime d'un sentiment de sécurité illusoire pour mieux la frapper au moment opportun.

— Atlan... répéta-t-il en traînant sur le vocable. Je ne puis en offrir autant. Appelez-moi simplement Ogh.

— Très bien, Ogh... Que pouvez-vous nous dire concernant les Arras d'ici ? Leur état n'est rien moins qu'anormal.

— Certes, ces pauvres créatures ne peuvent être qualifiées de normales. J'ai entendu tout à l'heure que vous vous posiez des questions sur la raison de leur disparité. Vous aviez entièrement raison... ces individus ont été punis. Ils n'étaient pas d'accord avec les bio-expériences du grand Tocce-Lanceet. Il y a eut une mutinerie, et vous imaginez aisément la suite.

— Bien sûr...

J'avalai le reste de la phrase. Quelque part, j'avais l'inconfortable sentiment que ce Ogh n'allait nous dire que ce que nous voulions entendre. Pourquoi était-il normal, lui, et pas ses compagnons d'infortune ? S'il ne m'apportait pas d'explication plausible, je le coincerais sans vergogne dans ses derniers retranchements.

Il devança ma remarque.

— Sans doute vous étonnez-vous que je sache parler, et

pas les autres, précisa-t-il avec légèreté. C'est très simple. Comme il est d'usage, le processus d'effacement de la mémoire avait été confié à une machine. L'un de mes collègues surveillait son fonctionnement et il a oublié, dans mon cas, de presser le fameux bouton.

— Quelqu'un a osé ? C'est plutôt dangereux quand on connaît les manières de votre commandant.

Ogh ne s'émut pas pour si peu. Peut-être jouissait-il simplement d'une imagination débordante qui lui permettait d'inventer toutes sortes de choses. Avant que je ne puisse vérifier la réalité de ses affirmations, des tas de choses pouvaient être liquidées. *Nous, en l'occurrence !* Je décidai de ne pas baisser la garde. Ogh souriait. Sa sérénité était trop évidente pour être vraie.

— On reconnaît toujours les vrais amis à leurs actes. C'est également valable chez nous, les Arras, même si cette qualité ne nous est pas concédée… à cause des propagandes accusatrices de cruauté répandues par les Arkonides.

— Laissons cela ! coupai-je dans un murmure. De quelle manière comptez-vous venir en aide à vos compagnons ? Dans peu de temps, leur réveil sera découvert.

— C'est peut-être déjà le cas, et nous devons nous dépêcher. J'espère que vous ne nous retiendrez pas.

Son regard nous sonda. Surtout Fartuloon. Qu'escomptait-il de mon mentor ? S'en méfiait-il, ou en avait-il peur ? Je ne pouvais m'imaginer ni l'un ni l'autre.

— Ce que vous faites nous est complètement égal. Je constate seulement que vous ne pouvez pas nous aider.

Je réprimai un toussotement et remarquai qu'Ogh semblait quelque part soulagé que je n'évoque pas la recherche de mon psycho-duplicat. Je me tempérai inconsciemment. Que pouvait donc savoir ce mutin au sujet de ma conscience fugitive ? Si elle s'était nichée dans son corps, j'aurais dû m'en rendre compte depuis longtemps ; or, le senseur n'avait pas réagi.

À moins que ton autre moi *ait acquis de l'expérience ?*

Je refoulai l'impulsion de mon cerveau-second. Pourtant, une sensation désagréable persista. Ogh n'avait pas réussi à dissiper entièrement mes inquiétudes.

Il m'expliqua alors son plan.

— Nous voulons gagner l'extérieur. À Cematrang II, j'ai plus d'alliés que le commandant ne peut supposer. Si nous arrivons à nous y rendre, nous vaincrons. Je présume que cela arrangerait également vos affaires, Atlan ?

— En fait, nous n'avions pas l'intention de nous mêler des affaires internes de Cematrang. Dès que nous aurons accompli notre mission, nous nous empresserons de partir d'ici.

— Dommage… Mais la station de liaison est toujours…

Ogh se mordit promptement les lèvres. Il dégageait une impression de nervosité et regrettait visiblement d'avoir abordé ce sujet.

Que peut savoir Ogh de l'interruption des transferts ? Je saisis aussitôt la perche qui m'était tendue.

— Vous ne devez pas être ici depuis longtemps. Que savez-vous de l'attentat ?

— Un attentat ? (Ogh hésita un bon moment avant de parler. Puis il se laissa aller à une explication après avoir remarqué que j'étais redevenu soupçonneux.) Oui… peu avant d'être envoyé à l'effacement mémoriel, j'ai entendu dire qu'un Skine fou serait arrivé et aurait détruit les consoles de commande. Je n'en sais pas plus.

Je dus avouer que l'allégation était plausible. Mon interlocuteur était manifestement heureux que je ne creuse pas davantage. Il se retourna et mit de l'ordre au sein de sa milice qui se montait maintenant à cinquante Arras sortis de leur catalepsie. Ils semblaient se soumettre sans aucune résistance aux ordres d'Ogh.

— L'évasion sera la partie la plus délicate de mon action, constata-t-il avec réalisme. Sans doute ne pourrons-nous pas éviter que certains d'entre eux… (Il fit un geste ostentatoire.) Mais leur sacrifice ne sera pas inutile. Ils donneront leur vie pour la libération définitive de Cematrang.

— De grands mots, tout ça ! assenai-je, caustique.

Je n'avais pu m'empêcher de faire cette réflexion. Voir en Ogh un combattant de la liberté me paraissait tout simplement absurde. Il adressa un discours aux Arras qui le fixaient avec admiration. *Comme des enfants en face de leur père omniscient.*

Ogh gesticulait et essayait de présenter son plan de la manière la plus compréhensible possible.

— Vous allez maintenant sauter dans le puits antigrav.

— Antigrav ? ânonna un Arra.

— Anti… grav ? répétèrent les autres amnésiques.

— Oui, et vous planerez vers le haut. Allez, disparaissez enfin ! Nous n'avons pas de temps à perdre.

Ogh s'irrita. Les choses ne semblaient pas se dérouler comme il le souhaitait, et il avait hâte d'en terminer.

Je pensai aux gardes que Fartuloon avait étourdis. Avec un peu de chance, ils étaient toujours inconscients. Dix Arras s'avancèrent au pas cadencé jusqu'au puits antigrav, sautèrent dans le champ ondoyant et suivirent le courant ascendant. Je voulus informer Ogh de la présence des factionnaires, mais il ne m'entendit pas. Il regardait avec fascination dans la cage d'ascenseur.

— Si mon plan fonctionne, nous ne tarderons pas à être dehors.

Au même moment, le feulement de plusieurs coups de feu résonna. L'affrontement avait lieu à plusieurs étages au-dessus de nous. Nous pûmes bientôt voir et entendre chaque trait radiant. Les reflets étincelants des décharges énergétiques fondaient sur nous tels des feux follets. Des cris retentirent, des ordres furent beuglés.

Ogh ricana malgré tout pour lui-même.

— Le groupe de choc est perdu, constata-t-il froidement. J'aurais dû compter avec le fait que l'entrée était gardée.

Plusieurs blessés dérivaient dans le champ transporteur. Les brûlures causées par des thermoradiants réglés à puissance maximale les avaient atrocement mutilés. Mais les Arras ne se plaignaient pas.

— Vous saviez que vos camarades allaient y rester ! jetai-je d'une voix glacée.

Ogh devait savoir ce que je pensais de ses actes.

— C'était nécessaire pour détourner l'attention des gardes et nous allons naturellement emprunter une autre voie, expliqua-t-il en indiquant le monte-charge destiné aux conteneurs de nourriture.

Astucieux, le lascar !

Il envoya sa troupe, dont l'effectif était entre-temps remonté à cinquante individus, vers l'issue choisie. Quarante Arras pouvaient s'y entasser.

— Ça fonctionne parfaitement, s'écria-t-il avec enthousiasme. Maintenant, plus personne ne pourra m'arrêter.

Après avoir fait entrer un premier groupe dans l'espace carré, il ferma les portes coulissantes et pressa le bouton *transfert*.

— Ils déboucheront dans la zone principale d'aiguillage. Espérons qu'ils auront plus de chance que nous.

— Et que devons-nous faire, nous ? demanda un Arra.

— Vous venez avec moi. Seulement si vous le voulez, naturellement. Je croyais que vous étiez favorables à la libération de Cematrang… à moins que je ne me sois trompé ?

Ce disant, Ogh prit un air offensé.

C'est un excellent acteur, releva mon cerveau-second. *Il sacrifie également ce groupe d'Arras pour dérouter ses adversaires.*

Fartuloon avait assisté aux événements en spectateur muet.

— Restons près de lui, chuchota-t-il. Je ne pense pas que la conscience fugitive se soit justement réfugiée à proximité du commandant. Cet Ogh nous mènera vers tous les recoins cachés de Cematrang.

Je ne pouvais que donner raison à l'Arracheur d'Entrailles. Mais qu'en était-il si le mutin cherchait à nous sacrifier également sur l'autel de ses manœuvres de diversion ? Nous devions pourtant courir le risque.

— À nous la vraie dégringolade… je veux dire la vraie ascension, s'esclaffa Ogh en s'attendant à ce que nous approuvions sa mauvaise plaisanterie.

— Et comment comptez-vous arriver jusqu'en haut ?

— Nous nous dissimulerons parmi les restes de nourriture non consommés. Ils ne songeront certainement pas à ça. De plus, ils ont suffisamment de quoi s'occuper avec les autres. Il vaut mieux que vous restiez avec moi.

Ogh se dirigea vers un convoyeur étroit qui montait en oblique et s'enfonçait dans un conduit sombre. Il était en service et semblait fonctionner en permanence. À cet instant, je vis encore un Arra immobile qui disparaissait par l'orifice du plafond.

— Que s'est-il passé avec lui ? demandai-je précipitamment.

La situation me plaisait de moins en moins.

— C'est très simple, il est mort. Il n'a pas supporté l'ablamnèse et la catalepsie. Ces accidents sont automatiquement gérés par la positronique. (Nous n'eûmes pas d'autre choix que de le croire.) Allez, allongez-vous les uns derrière les autres sur la bande transporteuse ! Quittons le plus vite possible cette crypte !

Je sautai sur le tapis qui me fit rapidement monter. Fartuloon me suivit. En me retournant pour vérifier si Ogh nous suivait, il était déjà trop tard. Un jet paralysateur éblouissant nous foudroya et nous pétrifia instantanément. Nos sens, par contre, demeurèrent parfaitement réceptifs. J'eus une dernière vue d'ensemble de la salle, puis le conduit obscur nous absorba. Ogh resta en bas et nous envoya un salut en riant à gorge déployée.

*
**

Un Arra se penchait sur moi avec curiosité. Un masque blanc recouvrait la moitié de son visage. Ses paupières froncées protégeaient ses yeux à l'éclat rougeâtre et au regard fixe. Le médecin enfonça un scalpel dans mon bras. Je n'éprouvai aucune douleur. Je me trouvais donc toujours sous l'effet de la décharge paralysante que j'avais essuyé.

— Ce n'est pas un *androïde*. Depuis quand avons-nous des Arkonides en bas ?

Un autre Arra pénétra dans mon champ de vision. J'étais incapable de tourner la tête mais tous mes sens étaient en éveil, et je pouvais entendre et voir tout ce qui m'entourait. Des milliers de pensées s'entrechoquaient dans mon cerveau. Que voulait dire l'Arra ? S'attendait-il à découvrir un androïde ?

Le premier médecin haussa ses frêles épaules et manipula un quelconque appareil de mesure. Je ne pouvais pas distinguer ce dont il s'agissait, cependant une chose était certaine : je me trouvais dans un laboratoire expérimental. Ils ouvrirent ma combinaison, dénudant peu après ma cage thoracique. Les chétifs descendants des Francs-Passeurs contemplaient, envieux, mon corps musclé.

L'un d'entre eux posa son scalpel sur ma peau. Je ne le voyais pas nettement, mais le reflet dans le petit miroir fixé au plafond me suffit amplement. Je remarquai une ligne sanguinolente qui parcourait mon torse. Je compris leurs intentions : *ils veulent me disséquer à vif* ! Je ne pouvais pas m'y opposer. Mon corps était toujours sous l'effet du choc paralysant. *Ceci, je le dois à ce satané Ogh. Il s'est seulement servi de Fartuloon et de moi pour parvenir à ses fins, comme il l'a fait avec tous les autres de la salle de catalepsie.* Un horrible soupçon s'insinua en moi. *Ogh serait-il devenu le porteur de ma conscience ? Pourquoi le senseur n'avait-il montré aucune réaction ?*

Même si tel avait été le cas, je ne pouvais plus rien y changer. Mon deuxième *moi* avait gagné la partie. Je n'allais jamais sortir vivant du laboratoire des Arras. La panique m'inonda et mon cerveau-second ne se manifesta pas. Savait-il que ma situation était désespérée et s'était-il de ce fait déconnecté ? Ou bien son activité était-elle affectée par l'énergie paralysante dont j'avais été arrosé ? Qu'importe !

— On dirait bien qu'il comprend tout, gloussa un Arra. Ce n'est certainement pas un synthoïde. J'aimerais bien savoir comment Tocce-Lanceet est entré en sa possession. Je pense que nous n'avons aucune relation avec l'extérieur, sinon nous n'aurions pas besoin de fabriquer des robots. Ce n'est qu'avec eux que nous réussirons l'offensive via les circuits de captage d'énergie. Les seuils normaux sont surveillés par les Skines…

Des synthoïdes ? L'offensive via les circuits de captage ? Tous mes sens tourmentés tressaillirent. De quoi parlent-ils ? Synthoïdes, univers normal… Veulent-ils peut-être s'évader de leur prison hyperspatiale ? Ce serait compréhensible.

Qu'avaient-ils fait entre-temps de Fartuloon ? Nulle part, je ne pus apercevoir l'Arracheur d'Entrailles et encore moins l'entendre. Même le petit miroir au plafond ne me révéla pas si mon mentor se trouvait dans la même pièce que moi. J'eus du mal à contrôler ma peur naissante. J'aurais défendu ma vie comme un fauve si j'avais eu la capacité de me mouvoir ; mais ainsi, j'étais livré au bon vouloir de l'équipe d'Arras.

— Il est nettement plus intéressant d'observer l'effet de l'hyperrayonnement sur un organisme à croissance normale que sur ces ennuyeux synthoïdes.

— Oui, tu as raison, Popal !

Quel est ce constant délire au sujet de créatures artificielles ? S'attendaient-il à voir apparaître des synthoïdes sur le convoyeur ? Cela ne peut signifier qu'une seule chose : les cataleptiques ne sont rien d'autre que des êtres fabriqués. Une caisse métallique noire fut poussée dans mon champ de vision. Je connaissais la fonction des antennes spiriformes de sa face antérieure. C'était un générateur d'hyperrayonnements. Je n'allais pas survivre à l'essai. Le flux me mettrait en morceaux, et ce alors que j'étais parfaitement conscient. Il était également possible que les Arras aient dans l'idée de provoquer des mutations artificielles. Cela me transformerait en monstre. *Le pompage énergétique hyperspatial ! Est-ce la solution ? Veulent-ils envoyer sur Tsopan des robots insensibles à l'hyperénergie pour surprendre les Skines ? Les androïdes auraient-ils pour mission de prélever les psycho-duplicats enregistrés des Arras pour soutenir leur camp à partir de là-bas ?*

— L'Arkonide semble connaître parfaitement nos intentions. Il a l'air plutôt angoissé.

— Ce n'est pas vraiment un plaisir, répondit un autre avec un rire approbateur.

J'aurais souhaité pouvoir bander mes muscles et frapper de toutes mes forces ces visages aux airs pincés. J'avais envie de leur faire passer le goût de pratiquer ces écœurantes expériences sur des êtres sans défense. Mais je n'y réussis pas. L'effet paralysant se faisait toujours sentir. Ou me trompais-je ? Je sentis un léger fourmillement dans mes doigts. J'aurai aimé crier. Dans pas longtemps, j'allais m'occuper de cette bande. Je me concentrai entièrement sur le jeu de mes muscles, tout en restant prudent. Au moindre mouvement, les autres nourriraient des soupçons et m'administreraient une nouvelle dose paralysante. Un générateur démarra en ronronnant. Il y eut un grésillement quand des étincelles jaillirent de l'une des antennes spiralées dont l'autre était doté.

— Prends garde que l'effet de choc perdure. Ce n'est pas un synthoïde.

Cela me concernait, et l'inquiétude me gagna. S'ils m'examinaient à ce moment-là, j'étais perdu. Je crispai les mâchoires et attendis, intérieurement agité, que l'inéluctable se produise. L'Arra manipulait une aiguille brillante dont l'extrémité était incandescente. *Un quelconque poison*, pensai-je. Je ne devais bouger à aucun prix, même pas sursauter, quelle que fût l'intensité de ma douleur. Ils avaient omis de me sangler et c'était une chance que je ne devais pas gâcher. Le médecin m'enfonça la pointe dans le flanc. De brûlantes vagues de douleur traversèrent mon corps. Je n'eus même pas un frémissement. Il poussa l'objet plus loin encore. C'était effroyable. *Reste imperturbable !*

S'il touchait un nerf, tout était fichu… Ma maîtrise de moi-même était de toute façon bientôt au bout de ses possibilités. L'aiguille devait contenir un produit myo-excitateur. J'essayai de me dominer par la seule force de ma volonté. Avec un sentiment de triomphe, je pris conscience que j'étais capable de serrer les dents. La paralysie disparaissait lentement. Les fourmillements dans mes pieds s'accentuaient. Au même moment, l'Arra arracha brutalement la pointe de mon corps.

— Nous pouvons commencer. L'Arkonide est prêt.

— Ne devrions-nous pas demander confirmation à Tocce-Lanceet ?

J'étais heureux du moindre sursis.

— Ce n'est pas nécessaire, répondit une voix venant d'un autre coin du laboratoire. Tocce-Lanceet a lui-même choisi les corps destinés à l'expérience.

Et encore le rire satanique de mes tourmenteurs !

— Figurez-vous… que ces synthoïdes écervelés se battent pour être irradiés par nos soins !

— C'est trop drôle !

Un appareil ressemblant à l'écran d'un radar fut glissé au-dessus de ma tête. Je n'eus plus qu'un aperçu partiel du laboratoire. J'étais naturellement redevenu capable de bouger mes globes oculaires de manière à avoir un meilleur angle de vision, mais je ne voulais pas prendre de risque. Chaque millitonta gagnée augmentait mes possibilités d'action. Un interrupteur claqua. De lancinantes céphalalgies fusèrent à travers mon crâne. Pour peu, je me serais soustrait au projecteur, mais ç'eût été signer mon arrêt de mort.

— Commençons !

Je devais agir, que je le veuille ou non. L'Arra avait donné l'ordre de lancer l'expérience. Je n'eus plus le temps de vérifier ma réactivité musculaire. À l'instant où je décidai de sauter de la couche plate, je constatai avec horreur que mes chevilles étaient entravées par des pinces d'acier.

*
* *

— Espèces de *hhracks* ! se déchaîna Fartuloon. Enlevez vos pattes d'arachne de mon corps ! Croyez-vous que je me laisserai approcher par d'aussi pitoyables créatures ?

Mon mentor avait recouvré toutes ses facultés. J'eus brusquement la certitude que les Arras ne nous tueraient pas. Nous n'étions pas des synthoïdes sans défense qu'on prélevait sur le stock selon les besoins. *Skarg* tomba soudain au sol avec fracas.

Tu ne peux pas laisser l'Arracheur d'Entrailles se débrouiller tout seul, me signala mon cerveau-second. Certainement pas ! D'un violent mouvement de bras, je catapultai le projecteur loin de ma tête et arrachai son alimentation. Je n'avais cure de la brûlure de mes doigts suite au court-circuit.

— L'autre cherche également à se libérer, cria un Arra d'une voix où transsudait la peur.

Ils n'avaient sans doute jamais vu cela. De leur vie durant, jamais une victime n'avait dû se relever de leur étal d'abattage pour se défendre.

Du coin de l'œil, je remarquai que l'un des médecins se précipitait vers la plus proche armoire à instruments et en faisait sauter les verrous. Une console de commande apparut. Je ne savais que trop bien à quoi servaient ces leviers. Les Arras ne se laisseraient pas aller à effectuer des expériences sur des synthoïdes en l'absence de systèmes de sécurité. Les tests mettant en œuvre de forts hyperrayonnements favorisaient toujours l'occurrence de risques incontrôlés. Fartuloon fit tournoyer dans l'air un Arra qui s'était trop rapproché de sa couche. La tête pointue s'écrasa contre une unité de calcul et le médecin resta allongé sans bouger.

— À qui le tour ? Détachez-nous, bande de vauriens !

Je tirai sur les entraves de mes pieds, mais les bandes métalliques ne cédaient pas. J'étais bel et bien prisonnier, et je pressentais les intentions de cet Arra en m'imaginant ce qui arriverait lorsqu'il aurait mis l'installation sous haute tension. Les expérimentateurs fous voulaient nous mettre hors de combat, ou même nous tuer. L'Arra était en train de défaire le capuchon de sécurité qui recouvrait les contacteurs.

L'Arracheur d'Entrailles me jeta un regard. Il se trouvait à l'autre bout du laboratoire et avait également surmonté les contrecoups du choc paralysant. Il était, lui aussi, attaché à sa couche. *Skarg* traînait au sol. Fartuloon se pencha, mais ne réussit pas à atteindre son arme. Les attaches qui enserraient ses pieds le retenaient. En gémissant, il tendit encore davantage la main. Un Arra qui, du coin de l'œil, avait vu ce que le Carabin mijotait, se précipita vers lui. Il voulait écarter l'épée d'un coup de pied ; mon mentor fut cependant plus rapide, attrapa la jambe du médecin, la tira vivement vers lui et délivra un puissant coup de poing à l'homme qui s'effondra comme un paquet de linge.

Le bond hâtif de l'Arra avait rapproché *Skarg* de la couche. Fartuloon s'en empara et glissa la lame étincelante entre ses entraves. Qu'en ce faisant, il puisse se blesser ne semblait nullement lui importer. Une secousse, et l'épée dagorienne avait fait voler en éclats les attaches. À peine mon maître avait-il sauté de sa banquette qu'une décharge vert clair fusa derrière lui. L'Arracheur d'Entrailles à la barbe noire se tenait, tel un dieu vengeur, parmi les débris des appareillages médicaux et il cramponnait fermement *Skarg* dans sa main droite.

— Libérez Atlan !

L'Arra voulait malgré tout désintégrer également l'autre couche, et il venait de se saisir du levier qui libérerait l'énergie nécessaire. Une vague forme brillante traversa le laboratoire et le médecin lâcha la manette de commande en hurlant. *Skarg* était fichée dans son corps. L'individu glissa lentement le long du mur.

— Tu aurais pu t'éviter cela !

Avant que les autres puissent réagir, Fartuloon avait bondi près de sa victime et repris possession de son arme.

— Pas de mouvements suspects !

Nos tortionnaires avaient encore pâli davantage qu'ils ne l'étaient déjà et s'étaient regroupés, silencieux et tremblants, contre l'autre mur du laboratoire. Ils paraissaient convaincus que mon mentor était devenu fou et qu'il allait les passer par le fil de l'épée sans autre forme de procès. Pourtant, il m'affranchit d'abord de mes attaches. Je massai mes chevilles avec soulagement.

— Il était moins une, vieux Carabin !

Il sourit, essuya *Skarg* sur la couche et désigna les Arras frémissants serrés de l'autre côté.

— Qu'allons-nous faire de ces lascars ?

J'essayai de donner un aspect sévère à mes traits.

— *À mort* ! dis-je froidement.

Les médecins nous crurent sur paroles, d'autant plus qu'ils ne se seraient pas comportés différemment à notre égard. Ils crièrent de terreur et amorcèrent un mouvement de fuite.

— Laisse-les courir ! s'écria mon mentor en éclatant d'un rire tonitruant.

Cela plaisait à son naturel martial. Après avoir surmonté toutes ces émotions, nous avions vraiment besoin d'un peu de réconfort.

— Je ne serais pas étonné si ce Tocce-Lanceet avait

assisté à tout ça. Il ne serait que trop content de nous voir périr durant notre recherche.

— *Tu as parfaitement raison, Arkonide !* tonna une voix provenant de l'entrée du laboratoire.

Tocce-Lanceet, accompagné d'une escorte lourdement armée, s'approcha lentement de nous. Sa bouche aux lèvres minces se tordait en un rictus de supériorité.

*
* *

— Votre manière de vous libérer était remarquable. J'ai tout observé.

Par ces mots, Tocce-Lanceet avoua franchement qu'il avait eu connaissance du fait que nous devions être employés comme sujets d'expérimentation.

— Et comment comptez-vous expliquer notre disparition aux Skines ? Vous ne croyez quand même pas pouvoir continuer, à la longue, à œuvrer à l'encontre de leur volonté, non ?

Tocce-Lanceet me fit l'aumône d'un sourire fatigué.

— Que m'importent les Skines ? Dans peu de temps, nous en remontrerons à ces créatures. Êtes-vous naïf au point de penser que nous allions nous accommoder de notre captivité ?

— Comment voulez-vous fuir Cematrang ?

Il éclata d'un rire sans retenue.

— Demandez-le à votre deuxième vous-même ! Votre psycho-duplicat est au courant de notre plan. Il a des projets similaires.

— Vous connaissez le corps qui l'héberge ? criai-je en bondissant en avant.

— Évidemment ! (L'Arra laissa ses paroles faire leur effet avant de poursuivre :) Vous vous êtes bien fait avoir par lui quand vous furetiez en bas parmi les synthoïdes.

Ogh ! tressaillis-je. *Cet individu perfide !* Je crispai le poing droit.

— C'était donc ça ! Je l'ai presque deviné. Mais alors, le senseur… (Je me frappai le front.) Et nous qui pensions tout d'abord qu'ils avaient installé un pénitencier privé ! Ce n'est rien d'autre qu'un gigantesque arsenal de robots. Que peuvent-ils bien vouloir faire avec tous ces corps ?

— Je ne crois pas que cela vous regarde, Arkonide !

Je me fendis d'un sourire froid. Mes réflexions semblaient se confirmer. Le plan des Arras était assez ingénieux : au lieu d'utiliser les seuils normaux en direction de Tsopan, on avait manifestement prévu d'expédier les synthoïdes à travers le système de captage d'énergie en profitant de leur insensibilité aux hyperrayonnements. Dotés d'informations appropriées, ils pourraient alors agir à partir de Tsopan après avoir pris possession des psycho-duplicats.

Et comme les être artificiels n'ont pas de conscience propre, compléta mon cerveau-second, *le senseur des Skines ne pouvait enregistrer de réaction positive car ta copie était la seule vérifiable.*

Fartuloon polissait *Skarg* avec un morceau de tissu cellulaire. Quand il leva l'arme vers la lumière, les hommes en armes pointèrent leurs radiants sur nous. Ils tireraient au moindre geste.

— Je dois absolument attraper cet Ogh, lançai-je.

— Mais pas dans ma base ! Vous avez déjà causé suffisamment de perturbations.

Le Carabin se campa devant les Arras, les poings sur les hanches.

— Nous ne quitterons pas Cematrang sans le psycho-duplicat. Vous avez eu des instructions des Skines, alors exécutez-les ! Si nous ne retournons pas sains et saufs sur Tsopan, les Skines liquideront toutes vos cliniques et vos laboratoires d'expérimentations. Une simple pression sur un bouton suffira.

Il venait de risquer un gros coup de bluff, mais il avait apparemment réussi à toucher le point faible des Arras. Tocce-Lanceet savait pertinemment qu'il ne pouvait pas tout se permettre. Il était possible que les Skines les eussent déjà menacés de détruire Cematrang. Bien que de nature pacifique, il suffisait à ceux-ci d'inactiver la bulle protectrice planétaire pour que le globe se perde irrémédiablement dans l'hyperespace, où aucune puissance de l'Univers ne pourrait ensuite le récupérer.

— Il n'est pas nécessaire que vous fassiez de l'épate ; celui que vous recherchez n'est plus dans la station. Il a réussi à quitter le bâtiment après un court échange de coups de feu.

Je fusillai le commandant d'un regard sévère.

— Où se trouvent Ogh et ses compagnons, maintenant ?

— Quelque part à l'extérieur dans le désert de sable. Nous les avons perdus quand ils ont franchi les limites de la zone de surveillance. Je suis vraiment désolé.

— Nous nous passerons de votre apitoiement. Laissez-nous sortir ! Nous allons poursuivre Ogh et sa bande se synthoïdes. N'ayez pas la fantaisie de nous mettre des bâtons dans les roues !

— Vous saurez bien le faire vous-mêmes, gloussa l'Arra en jouant sur notre déconvenue avec Ogh.

Je ne relevai pas sa remarque ironique et m'enquis de la réparation du système de liaison.

— Les techniciens sont toujours au travail. Quelques Skines viennent d'ailleurs d'arriver. Entre-temps, les transferts entre Tsopan et Cematrang ont été de nouveau rendus opérationnels. Par contre, le retour pose encore quelques problèmes. Mais ce n'est plus qu'une question de tontas.

Je comprenais maintenant la volte-face de Tocce-Lanceet. Les Skines avaient pris notre parti. Nous ne courions plus aucun danger dans l'immédiat. Nous pouvions quitter sans crainte la station.

CHAPITRE VIII

(Extrait de : *Annales d'Arkonis* ; Tauaag al-Ribini, Galaxian Traveller Books ; Eureka, Terra, 2124.)

Quand un Terranien affirme qu'il a compris les Arkonides, il s'agit soit d'un illuminé soit d'un vantard qui cherche à impressionner ses compatriotes casaniers avec la « grande et vaste Île Solitaire » qu'il aurait « explorée » durant les quatre jours de son voyage organisé dans le système des Trois-Planètes.

Je vis parmi les Arkonides depuis presque une année. J'arrive parfois à deviner la phrase que mon interlocuteur s'apprête à énoncer ou à interpréter correctement, et de manière exceptionnelle, sa mimique « rudimentaire ». Et quelquefois, ma réponse est qualifiée de « spirituelle », de « rafraîchissante » ou d' « intéressante ». Pour arriver à manipuler l'un des Arkonides actifs (ce qui s'avère de toute façon utopique avec les personnes disposant du cerveau-second), il faut profiter des rares moments d'extrême concentration que je souhaiterais rendre, de manière un peu facétieuse, par le terme de « Zhy terranien ».

Le seul moyen que je connaisse, le seul « chemin d'accès » à la nature profonde des Arkonides est leur fierté : la fierté totalement légitime des réalisations de leurs ancêtres. Pour comprendre ce sentiment qui imprègne et pénètre leur société depuis des millénaires, il est absolument nécessaire d'appartenir à une culture fondée sur des valeurs similaires (comme, par exemple, la vieille civilisation arabe dont je suis issu).

Pour donner une idée de l'abîme qui existait entre les Arkonides de souche et leurs nombreuses peuplades coloniales dès la fin des Périodes Archaïques, il faut se référer à un événement ayant eu lieu sous le règne de Zoltral I, le premier empereur qui rajouta à son titre la formule un peu pompeuse de « Gardien du Gath-Faehrl ». Quand, en 3794 da Ark, une légation de colons de Largamenia offrit ses services pour rétablir la faune et la flore d'origine de Gos'Ranton (les Largameniens étaient à l'époque considérés comme les meilleurs spécialistes dans le domaine de la « reconstruction génétique »), le Ka'Marentis Sheffal da Sisaal rejeta leur proposition dans les termes suivants : « Les Arkonides sont aussi fiers de ce qu'ils ont réalisé que de ce qu'ils ont laissé péricliter ».

Les scientifiques indignés sollicitèrent une audience auprès de Zoltral I en personne. Quand ils eurent démontré la simplicité du processus dans le cas d'un exemplaire cloné du légendaire hammant, Zoltral I, dégoûté, fit tuer le prédateur et chasser les Largameniens du Monde de Cristal en arguant que ce projet, à la fois trivial et prosaïque, était ressenti comme un crime de lèse-majesté...

Un ciel gris et sans limites s'étendait au-dessus de nous. Les filaments d'argent cirriformes que nous avions observés peu après notre arrivée avaient disparu. L'atmosphère morose me parut oppressante et lourde. Peut-être cette ambiance était-elle provoquée par les résultats insignifiants obtenus dans notre chasse au psycho-duplicat.

— Pas la moindre trace !

Fartuloon affichait une mine renfrognée. Une ondulation de terrain monotone s'étendait devant nous. Derrière se dressaient les arrondis abrupts de barrières rocheuses, dans le gris plombé du firmament. Des ombres obscures escamotaient les détails à nos yeux fureteurs.

— Quelle serait ta réaction immédiate ? Nous ne devons pas oublier que la copie de ta conscience agit de manière pour le moins semblable à toi. Peut-être le corps du synthoïde n'est-il pas si facile à maîtriser ; même si, entre-temps, ton psycho-duplicat a appris à le manœuvrer comme si ç'avait toujours été le sien.

Je fouillai de la main droite dans le sable quartzique chaud et jetai un regard pensif au Carabin.

— Je commencerais par rassurer les Arras en leur faisant croire que ma seule préoccupation est de fuir.

— Exact. C'est à peu près ce que cet Ogh doit avoir combiné. Et après ?

— Hum… je retournerais dans la station ou dans une autre qui lui est voisine. Les synthoïdes ont besoin d'armes. Ogh possède mon expérience et mes souvenirs. Il lui sera facile de transformer les robots abouliques en combattants. Il n'a plus rien à perdre.

Je me levai d'un bond et examinai les alentours, mais je ne détectai rien de suspect.

Fartuloon m'indiqua les gigantesques éminences rocailleuses en face de nous.

— De là-bas, on peut aisément observer la station sans être vu. Pourquoi ne pas y installer un poste de guet ?

— Alors, qu'attends-tu ? De prendre racine ici ?

Mon mentor éclata de rire, car il connaissait mon impatience. Nous courûmes vers les rochers et nous retrouvâmes peu après devant les pitons massifs. Le matériau des géants lithiques avait dû être exposé à d'énormes températures dans les temps anciens. Impossible de ne pas remarquer les traces de métamorphisme. Cematrang était sans nul doute passée à côté d'une catastrophe planétaire lors de sa translation dans l'hyperespace. Un étroit ruisseau serpentait entre les mamelons rocheux. J'avançai comme en me jouant, sans glisser une seule fois. Fartuloon, lui, eut plus de mal. Son embonpoint n'était pas vraiment approprié à ce genre de partie d'escalade. Il se coinça à plusieurs reprises et ne put se libérer que par mon aide.

— Un ventre bien plein a évidemment aussi ses inconvénients, relevai-je avec ironie.

— Ne sois pas envieux, mon cher. Les ascètes comme toi souffrent beaucoup durant les temps de disette.

Nous finîmes par réussir et nous surgîmes, essoufflés, sur la crête d'où nous pouvions observer aussi bien le désert de sable que ce qui se situait au-delà de la barrière de pierre. De là, nous disposions d'une vue d'ensemble sur la station. Un étranger n'aurait jamais imaginé que sous cet enchevêtrement de bâtiments régnait l'horreur absolue. De l'extérieur, le site paraissait inoffensif et paisible.

Derrière les rochers s'élevaient d'innombrables blocs aux reflets jaunâtres, dans lesquels étaient inclus de gigantesques animaux – c'était manifestement une masse qui avait fondu durant la catastrophe planétaire et avait ensuite englobé hermétiquement nombre de créatures de ce monde. Nous nous y rendîmes pour examiner de près ces étranges concrétions. Je ne pris pas garde aux nombreux trous qui encerclaient les étranges monolithes, pas plus qu'au léger « Viwo-Viwo » qui résonnait parfois. Les géants enchâssés des périodes primitives de Cematrang étaient plus intéressants que les créatures des sables. Je laissai glisser mes mains sur l'un des blocs. Au toucher, la substance ambrée ressemblait à du plastique, mais elle était mille fois plus résistante. Même l'épée de Fartuloon n'y laissa que quelques légères éraflures. Et pourtant, le matériau était aussi clair et transparent qu'un verre de très haute qualité.

— C'est impressionnant, chuchotai-je malgré moi, comme s'il fallait craindre que ces monstres des origines puissent à tout moment s'éveiller de leur sommeil de plusieurs millénaires.

Il y avait un saurien qui planait dans la masse ambrée, intact et parfaitement conservé. Ses yeux de félin nous fixaient. J'avais l'impression qu'ils étaient vivants. En effet, ces corps ne paraissaient attendre qu'une seule chose : être libérés. C'était naturellement un paralogisme car je ne pouvais m'imaginer qu'une étincelle de vie subsistât dans ces montagnes de chair après tant de temps. Nous découvrîmes des serpents, de gigantesques crabes, des reptiles volants et des êtres de type simiesque dans les blocs hermétiquement clos. Ces bêtes avaient dû être surprises en pleine action par la catastrophe, et certaines scènes étaient terrifiantes. Dans l'une des concrétions, nous vîmes un saurien ailé qui déchirait un primate. Une terreur sans fond se lisait encore dans les yeux de la créature arkonoïde. Un liquide ressemblant à du sang souillait sa fourrure. Les couleurs paraissaient fraîches et naturelles. Avant que nous ne puissions poursuivre nos observations, une série de fortes explosions nous fit sursauter.

— Ça vient de la station !

Nous retournâmes rapidement sur nos pas et grimpâmes sur la barrière rocheuse d'où nous disposions d'un excellent point de vue. Peu après, nous nous accroupîmes, essoufflés, sur le massif. Le bâtiment principal de Cematrang I était embrasé. Une fumée noire jaillissait à travers un orifice irrégulier. De minuscules silhouettes couraient autour du foyer. Des glisseurs décollaient et répandaient des produits chimiques ignifugeants.

— Cela ne peut être que l'œuvre d'Ogh et de ses synthoïdes.

Fartuloon hocha la tête.

— Il a finalement réussi à revenir dans la base. Sans doute voulait-il piller l'armurerie et quelque chose se sera mal passé.

— J'espère qu'il y est passé lui aussi. Cela mettrait un terme à notre poursuite.

— N'y compte pas trop. Il est tout aussi rusé que toi, puisqu'il héberge ta psycho-réplique.

— Comment a-t-il pénétré dans la station ? Si nous le

236

savions, nous connaîtrions son chemin de retour et pourrions tranquillement le cueillir à la sortie.

Mon mentor tempéra mon optimisme.

— Cela ne nous avancerait guère dans la mesure où nous ignorons la suite de ses plans. Cherche-t-il à organiser une sorte de guérilla à l'intérieur de la base ou a-t-il l'intention de s'enfuir vers Tsopan ? Et le crois-tu naïf au point de nous tomber aveuglément dans les bras ?

— Certainement pas.

Nous nous bornâmes à observer les événements. Le grondement d'autres détonations résonnait sourdement à nos oreilles. Tout un édifice plat subit finalement l'assaut des flammes tandis qu'à certains endroits, on faisait sauter des couloirs subplanétaires reliant divers bâtiments isolés. Plusieurs cratères se formèrent et s'affaissèrent au ralenti sur eux-mêmes.

— Ils n'y vont pas de main morte, apprécia Fartuloon. Mais que deviendrons-nous si des asynthoïdes détruisent les systèmes de liaison avec Tsopan ?

J'avais délibérément ignoré cette éventualité. D'une certaine manière, j'étais convaincu qu'Ogh voulait à tout prix fuir vers l'univers standard. Je ne le croyais pas stupide au point de viser à obtenir la maîtrise absolue de Cematrang. *Nous devons néanmoins envisager toutes les possibilités.*

— Là-bas ! (Mon regard suivit le bras tendu du Carabin.) Des synthoïdes !

Une section des robots d'Ogh surgit de la station et se précipita à travers le désert. Nous vîmes plusieurs glisseurs qui s'élevaient dans les volutes de fumée pour se mettre en chasse des fugitifs.

— Les êtres artificiels n'ont aucune chance. Ogh serait-il parmi eux ?

Fartuloon haussa les épaules. Un éclair fusa au-dessus de l'étendue de sable. Plusieurs synthoïdes disparurent dans le rayon incandescent du canon thermique. Quelques fuyards s'arrêtèrent, s'accroupirent et manipulèrent une arme lourde qui cracha le feu quelques millitontas avant que le plus proche appareil n'ait eu le temps de tirer. Le véhicule aérien explosa dans une pluie de braises. Les Arra synthétiques tentèrent de se placer rapidement à couvert pour se protéger de l'averse de débris.

— Ogh pourrait bien se trouver parmi ces types au sang-froid impressionnant.

— C'est possible.

Dans l'affrontement qui avait lieu dans la plaine, l'avantage balançait tantôt dans l'un, tantôt dans l'autre camp. Les synthoïdes s'étaient emparés de radiants lourds et donnaient du fil à retordre aux engins volants. Les pertes subies par les deux factions étaient sensiblement équivalentes. J'espérais toujours découvrir Ogh parmi les belligérants. Mais à cette distance, les Arras vrais et faux se ressemblaient. Quand des tirs énergétiques tonnèrent derrière nous, il était presque déjà trop tard.

Fartuloon me prit par le bras et me poussa vers la rigole d'écoulement qui menait en oblique vers le bas. Avant que je ne me rende compte de ce qui se passait, je glissais à une allure folle vers la vallée obscure. Les roches érodées et lisses n'offraient aucune prise. Mon mentor me suivait à courte distance. La vitesse faisait virevolter mes cheveux autour de ma tête. Je pus néanmoins encore voir l'un des énormes blocs d'ambre qui se brisait en mille éclats. Puis, je fus soudain arrêté par une éminence du sol, accomplis un large vol plané et atterris dans le quartz tourbillonnant d'une cuvette. L'Arracheur d'Entrailles se cogna contre moi. Nous culbutâmes et nous remîmes sur pieds, complètement haletants.

— Que s'est-il passé ? demandai-je en gémissant.

— Quelqu'un a détruit les blocs transparents à l'aide d'une arme énergétique. L'explosion a projeté des morceaux de plusieurs tonnes dans toutes les directions, comme des fétus de paille.

Un souffle chaud et nauséabond nous inonda. C'était une odeur d'animal, de sang, de sueur et d'autres sécrétions.

— Qui… ?

— Ogh, naturellement !

Cela n'était pas si évident que ça. À quel moment le synthoïde avait-il pu venir ici ? Nous avions la possibilité de surveiller la totalité de la bande désertique entre les collines et la station. Et en bas, personne n'avait pu s'approcher à moins d'un demi-kilomètre de la chaîne rocheuse. Nous sursautâmes en entendant un hurlement qui semblait monter du plus profond de la préhistoire. J'agrippai le bras de mon ami pour m'assurer de sa présence.

— Des animaux ? Je pensais qu'il n'y avait ici que les ferro-viwos ?

— On n'a jamais fini d'apprendre, grommela Fartuloon.

Le sol se mit à trembler comme sous les pas d'une créature gigantesque.

— Cramponne-toi !

— Et à quoi ?

Les rochers étaient aussi lisses que du verre. Nous fûmes sérieusement secoués. Plusieurs éperons se couvrirent soudain d'un fin maillage de lézardes et se fendirent en de multiples éclats.

— Nous devons filer d'ici. ! Les vallons vont se transformer en un piège mortel. Notre seule chance réside dans le désert.

Je dus me ressaisir. Un sentiment d'impuissance faillit s'abattre sur moi. Le déchaînement de fureur s'était quelque peu calmé. En revanche, à un autre endroit du massif rocheux, s'éleva le sifflement d'un énorme ophidien ; je m'imaginai du moins qu'un tel bruit pût provenir d'un serpent. Nous nous trouvions dans un labyrinthe dont l'intérieur résonnait d'une multitude de sons. Tout autour de nous, les murs vitrifiés crépitaient, des saillies se brisaient et de larges fissures zébraient le sol.

Le plus désarmant, dans notre situation, était le fait que nous n'en possédions pas une vue d'ensemble et que nous ne savions absolument pas ce qui se passait. Nous ne pouvions rien faire d'autre que de veiller à éviter les masses lithiques qui tombaient et espérer repérer une issue derrière la prochaine bifurcation. Si nous tombions sur un couloir sans issue, notre destin était scellé. L'obscurité s'abattit soudain sur le vallon. Une masse noire s'était glissée au-dessus de nous et nous bouchait la visibilité.

— Un saurien ! hurla Fartuloon.

*
* *

Mon ami avait arraché son épée du fourreau avant même que je n'aie eu le temps de dégainer mon radiant. Une énorme patte ripait lourdement sur le rocher lisse. La peau couverte d'écailles était abîmée en plusieurs endroits. Des sécrétions visqueuses, pareilles à du sang, gouttaient sur le sol. Quand Fartuloon brandit son arme et frappa le membre de toutes ses forces, un barrissement tonitruant nous assourdit. Le Carabin fut arraché du sol en même temps que son arme. Ce n'est qu'au moment où *Skarg* se décrocha de la chair meurtrie que mon mentor chut lourdement à terre. Malgré son embonpoint, il se retrouva aussitôt sur pieds et, d'un coup d'œil circulaire, chercha rapidement un abri.

L'espace d'un court instant, le crâne massif du monstre apparut au-dessus de nous. C'était une tête anguleuse au front fuyant et à la nuque hérissée d'une couronne en dents de scie. La langue bifide roulait entre les imposantes canines jaunes et sécrétait une substance collante. Les yeux d'ambre du prédateur nous avaient apparemment repérés. Le titan se pencha et essaya de couler son énorme museau dans le goulet. Mais le passage était trop étroit. Malgré l'avalanche de pierraille due au décrochement de plaques lithiques qui se déversait sur nous, l'animal ne réussit pas à nous atteindre.

Nous nous pressâmes contre la paroi et glissâmes plus à droite où une issue se dessinait. La langue s'approcha dangereusement de nous. Fartuloon la frappa aussitôt de son arme qui y resta collée. L'épée lui fut arrachée des mains et catapultée dans une brèche latérale. Nous l'entendîmes tinter sur les rochers puis tomber à terre.

Des hurlements horribles retentissaient, entrecoupés de sifflants « Viwo-Viwo » sortant du sable. J'ouvris tout grands les yeux. Devant moi, une décharge étincelante consuma la langue du saurien. Je vis un ferro-viwo qui se dressait au-dessus du quartz fondu puis disparut à nouveau dans sa galerie de roches. Du sable coula derrière lui dans le trou.

— As-tu… as-tu vu ça ? parvins-je à articuler avec difficulté. Un ferro-viwo a liquidé le titan !

Mon mentor était tout aussi sidéré que moi. Nous rampâmes à travers une anfractuosité jusque dans le passage attenant ; je faillis buter contre *Skarg*. L'arme luisait parmi les rochers et un cadavre était allongé un peu plus loin.

— Ogh ! m'écriai-je spontanément.

La patte du reptile géant avait écrasé le corps du synthoïde. Dans le lointain, deux titans s'affrontaient. On entendait distinctement le fracas de leur lutte et de fortes secousses ébranlaient sans cesse le sol pierreux. Des fragments rocheux se décrochaient des parois environnantes et tombaient à nos pieds.

Fartuloon ramassa son épée et jeta un coup d'œil rapide sur l'être artificiel gisant à terre.

— Ce n'est pas Ogh !

Sa constatation me soulagea profondément. Ce n'était pas le fait que ma copie de conscience eût pu changer une nouvelle fois de support qui m'inquiétait ; non, en dépit de tout, je ressentais toujours un étrange penchant pour mon autre moi. Il s'était battu vaillamment et, par ses exploits, avait causé d'irrémédiables destructions sur Cematrang. Je n'aurais pu faire mieux. Je ramassai le lourd thermoradiant qui traînait près du mort. Une rapide vérification m'apprit que le chargeur énergétique était vide. Nous nous mîmes en quête d'une issue pour quitter le dédale rocheux. Le déchaînement sonore des gigantesques animaux s'était éloigné.

— Là, en face ! (Fartuloon indiqua une large fissure dans la paroi, par-delà laquelle luisaient des reflets jaunâtres.) Nous passerons sans problème.

Nous franchîmes la brèche et nous baissâmes. La lueur flavescente emplit notre champ de vision. L'odeur de chair putréfiée était soudain devenue plus prégnante. Je dus réprimer un réflexe vomitif. Qu'est-ce qui nous attendait derrière la barrière rocheuse ?

*
* *

— C'est donc d'ici que viennent ces monstres des temps anciens, déclara le Carabin. Je l'avais déjà présumé, mais cette hypothèse me semblait vraiment trop fantastique.

La plupart des blocs aux reflets jaunes avaient été détruits à l'aide de traits radiants soigneusement ajustés. Le matériau ambré était disséminé dans toute la vallée, comme les fragments de moules d'une gigantesque fabrique de statues colossales – dans la mesure où les empreintes des titans pouvaient être considérés comme de monumentaux vestiges d'un passé archaïque de Cematrang. À certains endroits, nous trouvâmes des concrétions intactes contenant de gros insectes, puis un grand nombre de cadavres d'animaux qui se dissolvaient rapidement. Une odeur pestilentielle stagnait dans la vallée.

— Quelqu'un s'est amusé à fendre les rochers transparents !

Le monstrueux cimetière me rappela la représentation

242

mythique d'un champ de bataille où des dieux se seraient affrontés. Tout était démesuré et distordu à outrance.

— Ogh a libéré les bêtes, répondis-je avec conviction. Avec le chaos que provoqueront sans nul doute ces géants, un combattant avisé peut causer d'irrémédiables dommages aux Arras.

La déduction était logique et imparable. Seule demeurait la question de savoir si les tirs des radiants avaient suffi à ranimer les monstres. La masse ambrée avait indubitablement bien conservé les corps. Cela n'avait pu arriver qu'à l'époque où la planète avait subi son transfert hyperspatial. Une brutale flambée de température avait fluidifié la substance qui avait emprisonné les animaux en fuite. Depuis, selon toute probabilité, il avait dû s'écouler la moitié d'une éternité.

Fartuloon semblait deviner mes pensées.

— Je ne vois qu'une seule explication : des influences hyperdimensionnelles ont participé à leur résurrection. La matière translucide semble constituer un conservateur idéal. Reste à savoir comment les corps enchâssés ont été réanimés. Nous savons que les Arras effectuent des expériences dans ce domaine. Des organismes maintenus en parfait état de conservation sont exposés à un hyperrayonnement à ultra-hautes fréquences. Le résultat est sans doute un être biologique en ordre de marche. Pourquoi la nature n'aurait-elle pas réussi à résoudre ce difficile problème à sa façon ?

Cematrang s'était nichée dans l'hyperespace ; les théories du Carabin ne reposaient donc pas uniquement sur des supputations hypothétiques.

Nous découvrîmes alors des trous sombres dans les rochers. Du coup, nous avions oublié le fracas de la bataille et le gigantesque cimetière. Un tunnel noir béait devant nous et ses bords semblaient avoir fondu. Des profondeurs nous parvenaient les sifflements et rumeurs agités des habitants des sables.

— Des viwos ! Ces bestioles ont creusé une galerie dans le roc. Il est possible que d'ici, on puisse accéder au désert.

— Ou à la station !

L'idée m'était venue qu'Ogh avait pu lancer d'ici son attaque contre les sauriens en sommeil en gagnant cette vallée par un couloir partant de la station. Nous nous apprêtions à examiner le tunnel des ferro-viwos quand un appel au secours résonna.

— C'était un Arra.

À peine avions-nous péniblement gravi la plus proche éminence ambrée que nos yeux découvrirent une scène effroyable.

— C'est Ogh ! soufflai-je. Il est attaqué !

Le reptile aérien avait attrapé le synthoïde dans son bec dentelé, dont la longueur approchait la taille d'un homme, et s'envola avec lui par-delà un amas rocheux. Ogh tenta de s'emparer du radiant qu'il portait à son ceinturon, mais les pointes osseuses garnissant l'intérieur de la gueule de l'animal s'enfoncèrent plus profondément encore dans son corps. Il devait ressentir d'intenses douleurs, car j'étais certain que même les créations des Arras subissaient les avantages et les inconvénients d'un système nerveux.

Pourquoi la conscience greffée ne quitte-t-elle pas ce support ? demanda mon cerveau-second. Je ne sus que répondre. Si je voulais avoir l'occasion de poser la question à Ogh lui-même, il me fallait le tirer sur-le-champ des griffes de ce monstre. Je pointai mon radiant sur le saurien qui s'était installé non loin de nous, en immobilisant sa victime.

— Pas avec ça ! Tu ne réussirais pas à le sauver, au contraire. Il vaut mieux attirer la bête loin de lui.

Mais comment ? Le reptile avait de nouveau décollé. Ses ailes, couvertes de cuir à la manière des chauves-souris, effectuèrent plusieurs battements faibles. Le temps d'immobilité avait manifestement laissé des traces. Fartuloon bondit hors de notre abri et fit tournoyer *Skarg*. Effrayé, le saurien prit de l'altitude. Ses yeux rougeâtres se fixèrent sur le nouvel adversaire. L'animal hésita, paraissant avoir du mal à classer mon mentor parmi les victimes ou les chasseurs.

Ogh cria. Sa poitrine était couverte de sang. Entre les accrocs de sa combinaison, on voyait la chair à vif. Je voulus néanmoins prendre le risque d'un coup de feu. Le reptile volant n'allait sans doute pas supporter la perforation de sa large voilure, et il n'était pas assez haut pour qu'une chute puisse sérieusement mettre en danger la vie d'Ogh. Le mugissement de puissants générateurs me détourna soudain de mon intention.

— Des Arras ! s'exclama Fartuloon.

Au-dessus de la barrière rocheuse émergea une dizaine de glisseurs lourdement armés. Les Médecins Galactiques traquaient les sauriens ressuscités dont certains avaient dû investir la station. Ils piquèrent sur celui qui avait capturé Ogh, comme le feraient des oiseaux rapaces. L'unité de chasse ne se souciait pas que cela puisse coûter la vie à Ogh ; je n'avais plus à tergiverser.

Je pointai mon bras droit que prolongeait le radiant, ajustai le faisceau sur l'intensité maximale et fis feu. Le rayon thermique pénétra, à la vitesse de la lumière, dans la tête du monstre volant. Au même instant, le titan lâcha sa proie. Ogh retomba en hurlant et disparut quelque part entre les rochers. Puis l'enfer se déchaîna. Les Arras tirèrent sur tout ce qui bougeait. Un bloc de la taille d'un homme fondit à côté de nous, libérant un insecte qui succomba peu après sous les impulsions incandescentes des Luccotts lourds.

— Tirons-nous d'ici ! Ils ne font pas dans la finesse !

— Mais… Ogh… hasardai-je en suivant de près mon mentor. Nous ne pouvons pas le laisser ici. Il est blessé !

— Il n'a qu'à s'en prendre à lui-même.

Le feulement des armes s'accentua. À peu de distance au-dessus de nos têtes, l'ombre ovale d'un glisseur fusa, nous obligeant à nous mettre immédiatement à couvert. Des scories de braise roussirent ma combinaison. La fumée irritante me faisait tousser et je pouvais difficilement distinguer quoi que ce soit. Les roches vaporisées avaient libéré des émanations toxiques qui agressaient nos sens. Si nous persistions à rester dans cet endroit, nous ne survivrions pas aux prochains moments. Les Arras semblaient fermement décidés à transformer toute la vallée en un lac de lave. Nous rampâmes à l'abri d'une ondulation du terrain. *Vers où devons-nous fuir ?*

— Baisse la tête ! s'exclama Fartuloon en m'expédiant d'une bourrade à l'abri des rochers.

Devant nous, un gigantesque serpent se démenait. Son corps de couleur rubis, couvert d'écailles, était perclus de brûlures et l'animal se tordait de douleur. De sa partie antérieure jaillirent des griffes préhensiles qui se crispèrent convulsivement autour de sa propre tête et la bête bondit dans les airs, pareille à un arc qui se détend. Nous nous précipitâmes hors de notre abri et passâmes, courbés en deux, près d'un imposant cadavre qui se consumait lentement. Pourtant, l'ophidien avait dû nous remarquer. Son sifflement de fureur faillit me glacer le sang dans les veines. Nous courûmes aussi vite que possible. L'atmosphère saturée de fumées transformait notre respiration en une véritable torture. Nos visages dégoulinaient de sueur mêlée à la souillure des particules de suie en suspension dans l'air. La tête du serpent me frôla. J'encaissai un puissant choc à la poitrine et tombai à terre. L'animal se rétracta pour reprendre son élan ; il semblait me rendre responsable de ses brûlantes souffrances. Son regard fixe pesait sur moi. Je roulai rapidement sur moi-même, échappai d'un cheveu à la nouvelle attaque et esquivai également la suivante. Fartuloon me poussa de côté.

— Nous n'avons pas le temps pour des jeux d'adresse !

— La batterie énergétique de mon radiant n'est plus suffisamment…

L'Arracheur d'Entrailles se tenait sous la tête oscillante de l'ophidien géant ; il balança *Skarg* vers le haut. Au même instant, le monstre frappa et planta littéralement sa propre gorge sur l'étincelante épée. Du sang goutta sur le bras de Fartuloon. Le reptile agonisant arracha l'arme de la main de mon mentor, que l'action avait dû blesser car il grimaça en s'essuyant le poignet.

— Continuons !

C'était tout. Du Fartuloon bien caractéristique, l'archétype du pragmatisme ! Un problème était réglé, nous allions passer au suivant. Le Carabin eut à peine le temps de retirer *Skarg* de la tête de l'animal, car deux glisseurs s'approchaient en piqué. Le hurlement des masses d'air chassées s'intensifia.

— Tu paries que Tocce-Lanceet assiste à la scène ?

— Il en est parfaitement capable.

Les appareils nous encerclèrent pendant que nous tentions de nous mettre à l'abri des blocs rocheux. Plusieurs traits incandescents s'enfoncèrent dans le sol à côté de nous, menaçant d'enflammer nos bottes.

— Ils jouent avec nous, releva le Carabin.

— Et un petit impact bien ajusté nous enverra comme par hasard dans l'au-delà.

Nous avions bien peu de chances d'échapper aux glisseurs. Je sentais que mes forces m'abandonnaient. Nous n'allions plus tenir très longtemps. C'est alors que l'illumination salvatrice fusa dans mon cerveau.

— Le tunnel des ferro-viwos !

Le visage noir de suie de mon mentor se crispa en un sourire. Il me tapa un peu brutalement sur l'épaule.

— Cette idée pourrait presque être de moi. Allons-y, au trot !

C'était un vrai passage par les verges, entre des monstres encore vivants et la ronde toujours plus serrée des engins volants. Quelques insectes géants ressuscités apparurent devant nous. Ces créatures étaient presque plus grandes que nous et constituaient un danger à ne pas négliger. Heureusement, les appareils volants trouvèrent en eux des adversaires plus sérieux que nous ne l'étions lorsqu'une mouche piqueuse entra en collision avec l'un d'entre eux. En dépit de ses blessures, l'insecte essaya d'enfoncer sa trompe suceuse à texture métallique dans la verrière. Mouche et glisseur perdirent rapidement de l'altitude. Nous nous efforçâmes de les éviter à temps.

À ce moment, l'insecte parvint à perforer la vitre plasto-blindée et vrilla son proboscis dans le corps du pilote arra. L'homme devint aussitôt tout rouge, puis se décomposa. L'insecte ne survécut pourtant pas à sa victoire. Le glisseur s'écrasa contre un pic rocheux, capota et s'enflamma. Une fumée noire monta au-dessus du lieu de l'accident, puis plusieurs appareils s'anéantirent dans l'amas métallique. L'accroc incita les autres Arras à la prudence. Ils se mirent en escadrille ouverte et attaquèrent en formation les animaux rescapés.

Entre-temps, nous avions atteint le tunnel des ferro-viwos et déplaçâmes avec difficulté un tronc de saurien. Je mordis mes lèvres d'écœurement. Peu après, l'orifice sombre était dégagé. De minuscules points lumineux brillaient au fond.

— C'est comme si les créatures des sables n'attendaient que notre arrivée dans leur royaume !

— Nous n'avons pas d'autre choix. À moins que tu ne préfères être abattu par les Arras ?

J'exprimai naturellement ma dénégation et franchis l'ouverture basse du tunnel dont l'envergure était à peine celle d'un homme. Je remarquai enfin la trace de sang qui partait de l'entrée de la galerie et se perdait dans le couloir obscur. Fartuloon et moi eûmes la même certitude.

— Ogh est passé par ici et a également cherché refuge dans le conduit.

Belles perspectives ! pensai-je. Rester à l'extérieur

n'avait aucun sens. Ogh était gravement blessé, et je balançais entre haine et amitié. Il était certain que je ne pouvais pas détruire facilement le corps abritant mon deuxième *moi. Et encore, à condition de le retrouver !*

Une décharge radiante interrompit brusquement nos hésitations. Les Arras avaient pris le seuil du tunnel sous leur feu. Et ils tiraient vraiment bien. Encore quelques pas et nous avions disparu dans l'entrée de la galerie, que nous scellâmes derrière nous par un drapé de roche fondue. Sans désintégrateur, il nous était devenu impossible d'en ressortir, sauf s'il existait une autre issue.

* *
*

Tout d'abord, nous progressâmes à tâtons le long des parois lisses. L'obscurité était totale, l'air oppressant et chaud. Ma gorge était desséchée, comme après une marche de plusieurs jours dans le désert.

Fais attention de ne pas entrer en contact avec un viwo ! m'avertit mon cerveau-second en me rappelant les chocs électriques administrés par les habitants des sables. Pourtant, peu à peu, tout me devenait indifférent. Que ces créatures apparaissent enfin et nous fassent passer rapidement de vie à trépas ! Sans doute eût-ce été un sort plus enviable que de trébucher sans cesse dans l'obscurité de ce boyau. De temps à autre, la galerie devenait tellement étroite que nous étions obligés d'avancer à quatre pattes. En m'imaginant que plusieurs centaines de tonnes de sable pesaient probablement sur moi, je faillis céder à la panique.

Mon mentor m'entendit soupirer. Je ne lui demandai pas comment il faisait pour conserver la maîtrise de ses nerfs dans une pareille situation.

— Nous en sortirons tôt ou tard. Pense à autre chose… concentre-toi !

Je secouai la tête et me rendis compte que du sable coulait de la paroi du conduit.

— Nous ne repartirons jamais vivants d'ici !

— Pense à Farnathia !

Je fermai les yeux et essayai de réprimer de toutes mes forces l'angoisse naissante. L'image de ma bien-aimée surgit devant mes yeux. Mon cerveau-second m'apporta un précieux soutien et me livra même des scènes photographiques précises de moments réellement vécus. *Farnathia… J'arrive !*

Une incompréhensible barrière se tendait entre nous. Ce n'était pas ce tunnel de sable oppressant ni le désert de Cematrang, non, c'était l'hyperespace. Ce serait seulement lorsque les Skines auraient rétabli la liaison que nous pourrions franchir cette incommensurable distance entre les continuums, et que nous pourrions rejoindre Tsopan où Farnathia m'attendait à bord du *Polvpron*. Quelle dérision que la distance qui séparait le tunnel de la station des Arras ! Je retrouvai mon courage et me poussai infatigablement en avant.

— Continue comme ça ! haleta mon mentor derrière moi. Je crois apercevoir une clarté un peu plus loin.

Je ne vis rien de tel. Sans doute Fartuloon se l'était-il imaginé ou avait-il été victime d'une hallucination. Mais peut-être n'était-ce quand même pas une erreur : un air un peu plus frais caressait mon visage inondé de sueur. Je tâtonnai à la recherche des parois de la galerie ; mes mains ne rencontrèrent que le vide. J'essayai de me lever et j'y parvins.

— Il y a davantage de place par ici, m'écriai-je avec enthousiasme.

Je ne savais pas durant combien de temps nous avions rampé à travers l'obscurité. Il était impératif que nous puissions nous redresser. De minuscules points brillants naquirent devant nous. *Comme des étoiles*, tressaillis-je, *après une transition réussie.*

Les lumières approchèrent, nous encerclèrent et nous dispensèrent une lueur laiteuse. Les contours du tunnel se dévoilèrent soudain en relief et nous permirent de voir le labyrinthe qui nous faisait face. Quand mes prunelles se furent habituées à la pénombre, je découvris que nous étions entourés de viwos. Si j'avais été certain que leurs excroissances adamantines étaient des yeux, j'aurais juré qu'ils nous regardaient avec curiosité.

Fartuloon eut un mouvement de recul et heurta en pestant le plafond de la galerie lorsque l'un des ferro-viwos émit un jet de vapeur.

— Ces bestioles auront tout loisir de nous griller ici, en bas, grogna-t-il avec un soupçon d'humour noir. Je suis déjà à moitié bouilli.

La chaleur était oppressante. Les créatures des sables semblaient encore chauffer davantage l'air sec ambiant. Que savions-nous déjà du métabolisme de ces étranges êtres ?

Ils ne nous attaquaient pas mais paraissaient attendre que nous fassions le premier pas.

— Allons-y, ils doivent être dans un bon jour aujourd'hui. Essayons de passer au travers !

Il ne me fut pas possible de déterminer si mon mentor était d'accord. Il me suivait de très près. Devant nous, un viwo s'enfonça dans le sable chatoyant. La totalité du conduit était recouverte d'une sorte de glaçage de haute densité. Il n'était pas régulier puisqu'en de multiples endroits du sable coulait au travers, mais suffisait pour conférer une certaine stabilité au boyau. Il faisait de nouveau plus sombre. Des trous obscurs béaient près de nous. En y regardant de plus près, je reconnus les zones sensorielles brillantes des viwos.

Quelle bande de fous ! pensai-je. *Jusque-là, ils n'ont pas montré d'agressivité. Ils sentent apparemment que nous ne sommes pas des ennemis.*

En y réfléchissant, je considérais que les créatures des sables agissaient de manière parfaitement logique. La tentative d'attouchement de Fartuloon fut suivie d'une décharge électrique ; le synthoïde, dans la réserve à nourriture, les avait sans doute attaqués. La réaction de défense était la plus naturelle au monde. Je ne pus me débarrasser de l'impression que nous nous étions lourdement trompés dans l'évaluation de l'intelligence de ces êtres. Ils n'auraient eu aucune difficulté à nous neutraliser dans ce tunnel étouffant. Mais les viwos ne firent rien de tel ; ils se contentaient de nous observer.

— Peut-être devrions-nous emmener un de ces petits gars sur le *Polvpron* ? murmurai-je spontanément.

Une respiration saccadée se fit entendre derrière moi. Ce n'était vraiment pas facile, pour le Carabin, de ramper avec son embonpoint à travers le conduit à nouveau rétréci.

— J'attends avec impatience le moment où je n'entendrai ni ne verrai plus ce monde digne de Lakhros ! Et toi, tu veux traîner une de ces bestioles ferreuses sur Tsopan ? Il y a des moments où je ne te comprends pas. Mais nous n'y sommes pas encore. Je commence à douter que nous puissions un jour retourner auprès de nos amis. Même si tu emmenais un viwo, tu n'as pas compté avec Corpkor. Notre maître des animaux accaparerait rapidement ton protégé…

Fartuloon fit une pause et souffla profondément. Il était incapable de parler et d'avancer en même temps.

— Pas de harangue populacière, Arracheur d'Entrailles !

— La raillerie est le propre de la jeunesse, pas de l'intelligence. As-tu pensé à la facilité avec laquelle cette bestiole pourrait perforer la coque d'un vaisseau ? As-tu oublié qu'ils ont traversé l'épais mur de béton armé de la station des Arras ?

Je reconnus ma stupidité d'avoir seulement osé penser emporter un tel souvenir de Cematrang. Nous étions profondément enfoncés sous le désert et ne savions même pas dans quelle direction nous évoluions. Nous étions encore loin d'avoir seulement le droit de songer à un retour sur notre navire. Je me doutais bien qu'un viwo ne serait pas aussi facile à emballer. Les habitants des sables semblaient très décidés. J'enfouis mes mains plus loin dans le sol et me tirai vers l'avant. La couche fondue, à la portance relative, s'effritait sous mes doigts. On avait l'impression de toucher du plastique, mais je savais qu'il s'agissait d'un mélange de sable vitrifié et de produits excrétoires des viwos. Je débouchai soudain sur le vide. Un souffle d'air froid me frappa comme un coup de massue. Je pris une profonde respiration et m'empressai de franchir le passage. La température avait brutalement chuté.

— Je crois que nous avons réussi !

— Je l'espère...

Le boyau montait en oblique et une tache lumineuse marquait le contour d'une ouverture qu'on aurait cru percée à l'estampeuse. Des bandes métalliques dentelées aux silhouettes bizarres pendaient des bords.

Il y a un bâtiment au-dessus de toi, m'informa mon cerveau-second. Mes mains ripèrent sur des blocs de béton anguleux qui encombraient le chemin. Je n'y pris pas garde et grimpai fébrilement ; je voulais enfin sortir de cette oppressante claustration.

— Où avons-nous donc resurgi ?

Je me tirai prudemment vers le haut. Tout d'abord, je ne reconnus rien. Le plafond au-dessus de moi luisait comme du métal. Une masse sombre me bouchait la vue. Je me redressai d'un bond.

— Un mort... Au fond, beaucoup d'autres ! (J'eus soudain la révélation :) La salle des synthoïdes !

Je tendis la main à Fartuloon. Quelques instants plus tard, nous nous trouvâmes dans la pièce et secouâmes le sable de nos vêtements. Je regardais attentivement autour de moi : depuis notre première visite, beaucoup de choses avaient changé. La plupart des êtres artificiels avaient disparu des étagères. Les autres étaient allongés au sol ; des impacts radiants avaient perforé leurs maigres corps. De nombreux Arras étaient également morts. L'affrontement avait dû être d'une violence extrême. De sombres trous aux bords fondus béaient dans les murs. De nombreux rayonnages étaient brisés. Des morceaux de plastique calcinés étaient dispersés dans tous les coins.

— Heureusement que nous ne sommes pas arrivés plus tôt, estima Fartuloon. C'était l'enfer, ici !

— Ça m'en a tout l'air !

J'examinai à nouveau les alentours. Je sus soudain ce qui m'inquiétait : je cherchais Ogh parmi les victimes. L'androïde avait dû sortir du puits peu avant nous, car nous ne l'avions pas rencontré en cours de route. C'était déjà un miracle qu'il soit parvenu jusqu'ici, eu égard à la gravité de ses blessures. Le saurien volant lui avait infligé de profondes plaies, sans compter sa chute sur les rochers. Je n'avais pas pensé qu'il irait aussi loin.

Tu te fais du souci pour Ogh ? chuchota ma petite voix intérieure. Je réalisai avec étonnement que je n'étais pas indifférent au sort d'Ogh. Je ressentais un penchant presque fraternel pour l'Arra-synthoïde disparu. La connaissance de son identité spirituelle était naturellement décisive. Mon psycho-duplicat s'était niché en lui et battu pour sa propre liberté. Je me demandais si nous allions parvenir à nous entendre. Nous considérions-nous comme des concurrents gênants ? Une seule de mes questions ne trouva pas de réponse : *pourquoi mon double n'a-t-il pas quitté son corps au moment le plus périlleux ? Pourquoi est-il resté en Ogh ?*

J'espérai retrouver celui-ci le plus rapidement possible. Cela aurait permis d'éclaircir beaucoup de choses et m'aurait de surcroît rassuré. Je laissai glisser mon regard sur les dépouilles figées des synthoïdes. Une odeur irritante un peu particulière taquina mes narines. Je remarquai qu'un certain nombre d'êtres artificiels avaient brusquement disparu à la faveur de la pénombre. Quelques instants auparavant, j'avais encore vu les cadavres, et ils s'étaient volatilisés ! Quelque chose ne tournait pas rond.

Je m'adressai à Fartuloon.

— As-tu également constaté que les Arras escamotaient

les restes des synthoïdes ? J'aimerais bien savoir comment ils procèdent.

— C'est la question que j'allais te poser, répondit-il en secouant la tête.

— Mais… à part nous, il n'y a personne dans le local.

Il me suffisait de voir le visage incrédule de mon mentor pour savoir qu'il ne pensait ni à des esprits ni à des appareillages techniques sophistiqués.

— Il y avait bien cinq synthoïdes ici. Ils ne peuvent quand même pas s'être évaporés sans laisser de traces !

Un sentiment extrêmement inconfortable nous gagna. La semi-obscurité de la salle et les nombreuses dépouilles offraient le tableau d'une coulisse macabre. S'il n'y avait eu l'irritante odeur d'une quelconque substance chimique acide, j'aurais eu l'impression de me trouver enfermé dans un royaume des morts situé hors du temps. Maintenant, nous savions que les Arras possédaient un produit avec lequel ils faisaient disparaître les cadavres.

— De l'acide ! s'exclama Fartuloon en m'indiquant un groupe de créatures artificielles recroquevillées au sol.

Je vis alors une sorte d'averse les envelopper. Un tapis de vésicules écumantes se forma, la substance organique se boursoufla et se métamorphosa en vapeurs délétères qui furent aussitôt aspirées. Un examen plus attentif me permit de découvrir de petits robots de la taille d'un œuf qui planaient au ras du sol. Ils pulvérisaient la substance dissolvante pendant que les autres procédaient à l'évacuation des restes. Une peur glaciale me traversa. Qu'allait-il se passer si les Arras avaient hermétiquement verrouillé le local souterrain ? Les minuscules automates de nettoyage ne nous épargneraient pas. Fartuloon eut juste le temps de se mettre à l'abri derrière le plus proche rayonnage. Le jet acide de la petite machine qui approchait venait de dissoudre un cadavre, mais il était sans nul doute destiné à l'Arracheur d'Entrailles.

— Maintenant, c'est notre tour !

Je me blottis rapidement derrière un rayonnage renversé. Mon mentor commençait à transpirer. J'aperçus mon visage dans un élément réflecteur de l'étagère de plastoverre : la poussière, le sang et la sueur l'avaient transformé en un masque qui inspirait la peur. Je me détournai, horrifié. La poursuite de mon psycho-duplicat me faisait traverser un enfer que j'avais vécu au pire dans mes cauchemars. Cette chasse m'avait métamorphosé. J'étais certainement devenu plus dur et moins complaisant à l'égard des autres et de moi-même, car je me sentais toujours impitoyablement talonné par la peur que *l'autre* pût demeurer seul en piste.

Je devais envisager que mon deuxième *moi* ait des pensées similaires. Cette identité supposée ou réelle commençait à m'affoler. Ce n'était pas l'impression de ne plus être le seul et l'unique mais celle d'un étourdissement continu, ou celle d'être une figurine impuissante dans un jeu dirigé par des puissances et des forces inconnues.

La voix de Fartuloon m'arracha à mes ruminations.

— Ils procèdent de manière systématique. Regarde là-bas... une première formation se dirige droit sur nous, les deux autres groupes viennent par la gauche et la droite. Nous ne pouvons pas rester ici plus longtemps.

Devant nous, d'autres synthoïdes partirent en fumée sous la pluie acide des robots. L'air était saturé des vapeurs irritantes libérées par les transmutations, et qui ne pouvaient être évacuées assez vite. Il nous était de plus en plus difficile de respirer. Je découvris une brèche étroite entre les colonnes des machines d'épuration en marche. Nous n'hésitâmes pas plus longtemps et nous élançâmes à travers les traînées de vapeur comme si nous étions poursuivis par des furies. Pourtant, un jet acide m'atteignit au bras droit. Atterré, je vis que d'un instant à l'autre ma peau devenait bulleuse et changeait de teinte. Fartuloon arracha une bande d'étoffe de sous un rayonnage et essuya l'endroit rouge clair de mon bras. La douleur était atroce. Je serrai les dents, pressai le morceau de tissu sur la plaie brûlante et continuai ma course. Quelques millitontas avant que les robots ne procèdent au traitement d'autres synthoïdes couchés près de nous dans une étrange position convulsive, l'un de ces supposés cadavres bondit soudain sur ses pieds.

— Ogh ! criai-je. C'est Ogh !

En dépit de ses blessures sanguinolentes, l'être synthétique esquiva adroitement les engins nettoyeurs qui planaient vers nous. Avant que nous n'ayons pu réagir, il s'était fondu dans la pénombre de la salle. J'entendis que plusieurs ensembles de rayonnages s'abattaient avec fracas. Puis le silence se fit, uniquement troublé par le léger sifflement du brouillard acide. Fartuloon leva Skarg d'un air résolu et poussa un grognement féroce.

*
* *

Les colonnes des petits robots formaient une barrière infranchissable entre les puits antigrav et nous. Entretemps, tous les synthoïdes avaient disparu. Les nuages d'acide avaient fait un excellent travail. Mon bras cuisait toujours ; c'était un avant-goût de ce qui m'attendait si je tombais sous l'épandage d'une escouade d'automates.

Je savais que nous ne disposions que d'une seule voie de repli : *le tunnel des ferro-viwos*. Cela me glaçait d'effroi. Je refusais d'imaginer les supplices qu'un nouveau passage me ferait subir et j'avais conscience que ce périple démentiel me poursuivrait pendant longtemps encore dans mes cauchemars. *Il vaut mieux ouvrir une brèche dans les cohortes de robots pour accéder aux puits…*

Ogh demeura coi. J'espérais qu'il serait enfin accessible à des arguments raisonnables dans la mesure où nous nous retrouvions dans la même galère. Même si ses blessures s'avéraient moins graves que je ne le supposais à l'origine, j'étais certain qu'il ne survivrait pas à une nouvelle traversée de la galerie des habitants des sables. Le synthoïde, démoralisé, était tapi au bord de l'entrée du tunnel. Il s'y était appuyé et fixait les profondeurs sombres de ses prunelles vides.

— Ogh ! Ne t'enfuis pas ! Tu ne sortirais pas vivant de la station.

Lentement et presque au ralenti, l'interpellé tourna sa tête au crâne pointu vers moi. Ses yeux étaient grands ouverts. J'eus de nouveau l'étrange sensation de regarder dans un miroir.

— Ogh... renonce ! Si nous n'arrivons pas à communiquer maintenant, tout est perdu.

— Sois prudent, m'intima Fartuloon. Il ne faudrait pas que ce type nous dupe une nouvelle fois.

— Ne te fais pas de souci, maintenant il connaît l'enjeu.

Ogh hocha doucement la tête en signe d'acquiescement. Sous sa combinaison en lambeaux, je distinguai les terribles plaies que le saurien volant lui avait infligées. Il ne faisait pas de doute que les corps des asynthoïdes fussent plus résistants que ceux de leurs créateurs.

En tout cas, aucun trait de son visage ne bougeait.

— Je n'ai plus d'arme. Ce maudit reptile... (Il fit une pause. Il avait manifestement des difficultés pour parler.) Sinon, vous ne m'auriez jamais rattrapé, et les robots n'auraient pas pu me retenir davantage. Je serais depuis longtemps dans la centrale de commandement et aurais liquidé ce Tocce-Lanceet.

— Tu n'as pas d'arme et la mienne n'est plus en état de fonctionner. Les chances sont de nouveau à peu près équivalentes.

Ogh désigna le radiant polyvalent accroché à mon ceinturon. Je secouai la tête.

— Non... la batterie énergétique est vide. Je ne raconte pas d'histoires, Ogh. Comment veux-tu régler le problème ? Avec les poings ou à la barre d'acier ?

Je donnai un coup de pied dans les entretoises des rayonnages qui traînaient partout sur le sol. Fartuloon s'impatienta.

— Arrêtez ! Les robots n'attendront pas que vous ayez fait table rase de vos griefs.

Nous dûmes une nouvelle fois nous écarter. Les petits engins avaient même barré l'accès au tunnel des ferroviwos. Je vis les nuées acides envelopper le puits obscur. Un sifflement furieux monta des profondeurs. Ou m'étais-je trompé ? Ogh s'empara soudain d'un étrésillon d'acier et le lança vers nous de toutes ses forces. Nous dûmes nous baisser. Mon mentor poussa un cri de colère.

— Perfide individu… !

Un bruit métallique se fit entendre derrière nous, puis une averse acide nous voila la vue. Le projectile d'Ogh avait fracassé au moins cinq robots qui étaient apparus derrière nous. Une fraction de millitonta plus tard, et nous étions vaporisés.

Fartuloon se retourna lentement, baissa *Skarg* et fixa l'androïde d'un regard incrédule.

— Tu… nous as sauvé la vie !

— Devais-je *me* laisser mourir ?

J'eus un rire bref devant son ironie manifeste. Jusque-là, il nous avait nettement fait comprendre que seul l'un de nous deux devait survivre. *Que signifie ce brusque revirement ?*

— Je ne m'en sortirai jamais tout seul. Vous devez m'aider.

Ce petit gars pensait avec logique et avait de la suite dans les idées !

— Bon, décrétons l'armistice ! Si nous arrivons à nous tirer de ce sinistre Lakhros, nous liquiderons le reste. Marché conclu ?

— Marché conclu !

Il me tendit sa main dont le contact était froid. C'était sans doute parce qu'il avait perdu beaucoup de sang et peut-être également à cause du métabolisme spécifique des synthoïdes. Je ne pus néanmoins me défaire d'un étrange sentiment. Qui, hormis moi, avait jamais serré la main d'une créature qui hébergeait sa propre conscience ? Même sur Tsopan, l'original et la copie ne se rencontraient pas. Mon mentor eut un geste qui traduisait sa réticence. Il eût sans doute préféré qu'une autre décision fût prise.

Je regardai attentivement autour de moi. Les robots arrivaient de trois directions et seule une zone circulaire, au milieu de la salle, demeurait inoccupée. Quelques êtres artificiels y étaient encore allongés. À côté de nous s'entassaient des rayonnages de plastoverre à moitié effondrés. Leurs entretoises d'acier étaient brisées, traînaient par terre ou pointaient hors des tas de débris.

— Nous pousserons une étagère devant nous, proposai-je. C'est la seule manière de passer.

— Et si l'acide dissolvait également la matière inerte ? répondit Fartuloon, sceptique.

— C'est un risque à courir. Et aussi notre seule chance. Armez-vous d'étrésillons ! Ogh nous a montré comment il fallait s'y prendre pour détruire les robots.

Le synthoïde et moi agissions comme des frères jumeaux. Mon cerveau-second s'en mêla : *ne le laisse pas t'abuser. Il est tout aussi bon acteur que toi. Mais il lui manque quelque chose qui t'est devenu naturel : moi !*

Je décidai de tenir compte de l'avertissement. Si Ogh ne possédait effectivement pas de secteur logique, je pourrais le vaincre ultérieurement. Nous coinçâmes plusieurs tiges métalliques dans nos ceinturons, nous saisîmes du plus proche rayonnage, le basculâmes pour former une sorte de bouclier devant nos corps et le poussâmes en avant. Cela n'allait pas aussi vite que nous le souhaitions, et de loin, car les robots refermèrent la tenaille derrière nous. Je n'arrivais pas à me débarrasser de l'impression que ces machines étaient téléguidées. Et si Tocce-Lanceet était aux commandes…

— Nous n'allons pas tarder à les tamponner, cracha Fartuloon entre ses dents serrées.

Le crissement du rayonnage ripant en avant se mêla au

sifflement du brouillard acide. Entre-temps, tous les cadavres avaient disparu.

— Maintenant !

Plus de vingt robots-nettoyeurs rebondirent comme de petites balles contre l'obstacle transparent formé par notre bélier ; je vis l'acide qui ruisselait le long de l'étagère, mais il ne réussit pas à nous toucher.

— Attention à ne pas marcher dans cette saleté !

Nous changeâmes de direction et poussâmes le rayonnage directement vers les larges portes derrière lesquelles se situaient les puits antigrav. L'Arracheur d'Entrailles pivota brusquement sur lui-même et élimina au moins six robots d'un seul coup de *Skarg* ; on entendit le sinistre craquement métallique des machines fracassées. Au sol, leurs débris se mélangèrent avec le contenu des récipients d'acide percés. Je m'immobilisai sur place. Ogh, lui aussi, retira vivement ses mains de l'étagère. La masse compacte de plastoverre avait adopté une texture de mousse. De l'extérieur, aucune modification n'était encore intervenue mais je pouvais transpercer notre bouclier d'un simple geste du doigt.

— Saloperie d'acide !

J'évaluai la distance qui nous séparait des portes.

— Si nous avançons sans trop hésiter, nous réussirons peut-être. Ogh... nous nous occuperons des robots pendant que Fartuloon essaiera de forcer les serrures.

Nous ne nous perdîmes pas en paroles superflues et abandonnâmes notre protection devenue illusoire. Les nettoyeurs se jetaient sur nous comme des frelons, bien décidés à transformer nos corps en vapeurs acides. Ogh et moi frappâmes de concert avec nos barres d'acier. Nous pûmes ainsi repousser la deuxième vague d'assaut. Certes, nous ne parvînmes pas à détruire nos agresseurs, mais réussîmes malgré tout à les dérouter. Fartuloon s'élança en criant, fit tournoyer *Skarg* et catapulta tout un rang de machines contre le mur où elles se brisèrent. Du coin de l'œil, je vis avec soulagement qu'il avait atteint une des issues et enfoncé son épée dagorienne entre les battants. Nous refoulâmes nos adversaires à tour de bras. La sueur ruisselait sur mon dos et ma poitrine.

Je m'immobilisai en haletant.

— Alors… ? Où en es-tu ?

Mon mentor ne répondit pas. En revanche, un puissant craquement résonna dans la salle. Ogh et moi décrochâmes de la troupe de robots qui se lancèrent à notre poursuite. Nous rejoignîmes Fartuloon et pesâmes de tout notre poids contre les vantaux qui cédèrent après un nouveau craquement. Nous nous précipitâmes vers les puits antigrav dont les champs de force nous berçaient presque d'ondoyantes promesses. Plusieurs décharges radiantes feulèrent soudain au-dessus de nos têtes. Derrière nous, les derniers nettoyeurs mécaniques s'évaporèrent dans l'haleine incandescente des Luccotts à haute énergie. Nous restâmes figés, le souffle coupé par la chaleur.

— Pas un geste ! La prochaine salve touchera au but.

Tocce-Lanceet ! Ses gardes du corps sortirent à découvert en pointant sur nous de lourds radiants à impulsions. Je vis que les mains d'Ogh tremblaient alors que son visage restait impassible. Le synthoïde devait savoir qu'il risquait beaucoup plus que nous. Tocce-Lanceet nous barra ostensiblement l'accès au puits antigrav.

— Vous avez dévasté ma station. Mon projet de création d'êtres artificiels a échoué, mes rêves les plus audacieux ont été foulés aux pieds ! C'est à vous que je le dois, et vous périrez d'une mort atroce !

*
* *

Il tira un tube de verre de sa combinaison et le leva vers la lumière. Je vis de minuscules cristaux qui flottaient dans une émulsion bleue. La clarté éblouissante déversée par le plafonnier projetait des reflets étincelants dans l'étrange substance. L'Arra ricana.

— Sans doute vous rappelez-vous du médospecteur qui s'est enfui de la station peu avant votre arrivée ? Vous l'avez rencontré dans le désert.

Je me souvenais du malheureux Arra, et comment ! Mon cerveau-second m'afficha des scènes photographiques précises. L'image du médecin apparut. Puis le commando de recherche qui arrivait avec la deuxième rame antigrav.

Tocce-Lanceet tenait le tube rempli de l'émulsion bleue bien en évidence devant nous.

— Ici, ce sont les germes qui ont altéré le corps du médospecteur. Nous n'avons malheureusement pas encore d'antidote. L'expérimentateur qui les manipule doit s'attendre à tout. En temps normal, c'est en parfaite isolation que nous travaillons avec le *virus de Zarakh*. Le médospecteur avait commis une erreur irréparable !

Je pressentais la suite des événements. Tocce-Lanceet voulait nous contaminer avec ce terrible virus. D'un geste réflexe, Fartuloon leva *Skarg*, mais les gueules brasillantes des radiants nous mirent aussitôt en joue. Cela n'avait aucun sens ; les Arras nous auraient atomisés avant que mon mentor n'ait pu bouger son épée. Tocce-Lanceet reprit son discours, jouissant de son triomphe en nous décrivant soigneusement tous les détails des effets corruptifs du produit.

Je le réduisis au silence.

— Vous êtes la créature la plus dépravée qu'il m'ait été donné de rencontrer. Je me demande quelle est votre raison d'être, sinon incarner l'ignominie personnifiée !

Il ne m'avait pas interrompu, mais je vis que la peau blanche au-dessus de ses tempes se ridait. Cet Arra débordait de haine. Pourquoi ? Hormis son aberration mentale, une certaine jalousie devait en être la cause. Il était jaloux que nous puissions quitter Cematrang alors que lui était condamné à y rester, banni dans l'hyperespace et inféodé à la grâce des Skines.

— Nous aurions pu nous affranchir de ce monde, mais vous avez détruit notre projet avec les synthoïdes, cracha-t-il avec fureur. Ces corps devaient être envoyés sur Tsopan pour prendre possession de nos psycho-duplicats dans les banques mémorielles des Skines. Avec nos doubles, nous aurions pu vaincre ces créatures en un tour de main. Et vous êtes responsables de l'échec de ce grand dessein. C'est pour cette raison que je me repaîtrai de chaque instant de la décomposition de vos corps.

Nous attendîmes. Considérant la menace des radiants, nous n'avions pas d'autre choix que de mourir rapidement sous le feu des armes, ou lentement dans les affres de l'altération physique graduelle. Je refusai les deux. *Tant que nous ne sommes pas contaminés, je n'abandonnerai pas !*

— Reculez ! ordonna Tocce-Lanceet à sa troupe.

Les gardes s'éloignèrent jusqu'au bord du puit antigrav. Après l'inoculation, ils sauteraient dans le champ à polarité ascensionnelle. Je présumais qu'une barrière de sécurité énergétique était déjà installée pour isoler notre étage des autres. Tocce-Lanceet avait vraisemblablement pris toutes les précautions pour ne pas mettre sa station en danger.

J'abattis mon dernier atout.

— Cela ne plaira pas du tout aux Skines. Nous disposons d'un sauf-conduit. Comment justifierez vous cette exécution arbitraire ?

L'Arra ne répondit pas. Je vis le tremblement nerveux de ses paupières, et sus que j'avais mis dans le mille. Des Skines se trouvaient sur Cematrang pour réparer la liaison. Même si entre-temps l'opération était achevée, certains d'entre eux ne se limiteraient pas seulement au contrôle des seuils mais s'intéresseraient également aux événements qui avaient eu lieu dans le désert.

— Je vous tuerai, souffla Tocce-Lanceet.

Alors qu'il levait la fiole pour la projeter entre nous, un

sifflement rythmé familier s'éleva dans la salle désormais vide de synthoïdes. Sidéré, l'Arra laissa retomber sa main. Au même instant, je bondis sur lui, le heurtai à la poitrine et plongeai vers le puits antigrav. Un trait incandescent fusa au-dessus de moi. Je vis encore Tocce-Lanceet s'agiter en hurlant dans les débris de la solution virale, puis j'agrippai deux des gardes. Fartuloon et Ogh avaient également réagi. Au moment où je m'élançai vers l'Arra, ils se ruèrent sur les factionnaires. Mon mentor liquida le plus proche avec *Skarg*. Ogh s'était emparé d'un autre et le balança par-dessus ses épaules.

— Ne vous approchez pas trop de lui ! criai-je.

Les virus étaient extrêmement actifs, et un simple contact suffisait pour être contaminé. Ogh triompha du dernier adversaire. L'adresse avec laquelle il maîtrisait les prises de Dagor me fit sourire. Son corps animé par mon psycho-duplicat se battait aussi bien que moi, à quelques réserves près dues à sa physiologie de synthoïde.

Tocce-Lanceet s'approchait à quatre pattes. Nous nous écartâmes et échappâmes à ses mains. Depuis sa contamination, son visage avait déjà pris une teinte bleuâtre. Des pustules noires envahissaient sa peau. Il fit des efforts désespérés pour tenter de nous toucher. Puis il renonça. Pourtant, ses yeux jetaient toujours des lueurs de haine. Il essaya de simuler un moment de faiblesse pour bondir en dernier ressort. Quand il vit que nous avions éventé son jeu, il demanda un radiant en gémissant.

— Vous avez dit vous-même qu'il n'existait pas d'antidote au virus, constatai-je froidement. Vous succomberez au destin que vous vouliez nous infliger. Ce n'est en vérité que justice !

Il rampa vers les gardes inconscients, mais je ne voulais pas accepter que d'autres Arras soient contaminés par le virus de Zarakh. Je levai mon radiant à impulsions et pressai la détente. Tocce-Lanceet s'évapora en même temps que le germe mortel qu'il portait. Seule une tache brasillante demeura sur le sol. Je me tournai vers Ogh.

— Toujours envie d'un duel décisif ?

Il secoua la tête.

— Je sais que tu es un bon combattant. Je ne peux malheureusement pas quitter ce corps. D'un autre côté, c'est une tension énorme que d'être constamment confronté à mon original ; j'espère que nous arriverons à nous entendre.

Il est effectivement prisonnier de son enveloppe, chuchota mon cerveau-second.

Une enveloppe synthétique à l'image d'un Arra qui, en fait, ne me dérangeait pas du tout.

— Les Skines pourront nous en dire plus sur le sujet. J'espère que tu ne vois pas d'inconvénient à ce que nous retournions sur Tsopan. Tu pourras également y faire soigner tes blessures.

Ogh afficha un sourire conciliant.

— Je vous accompagnerai.

Tout cela ne plaisait pas à Fartuloon ; il ne pouvait ou ne voulait pas comprendre que j'avais passé un accord avec Ogh. Quoi qu'il en soit, nous avions fait des efforts démesurés pour nous emparer de lui. Plus d'une fois, nous avions risqué notre vie pour capturer le psycho-duplicat fugitif qui, en plus, s'était battu contre nous de toutes ses forces.

Le champ antigrav nous entraîna vers le haut. Les destructions dues à la rébellion des synthoïdes étaient visibles partout. Nous arrivâmes sans encombre dans la salle des seuils.

— Il vaudrait mieux ne pas tout révéler aux Skines, murmura discrètement mon mentor. Ils apprendront plus tard la mort de Tocce-Lanceet. Plus vite nous pourrons appareiller avec le *Polvpron*, mieux nous nous porterons.

Je hochai discrètement la tête en signe d'assentiment. Deux scientifiques skines nous accueillirent. Les corps brun-gris, d'environ un mètre et demi de taille, se dressaient sur leurs jambes postérieures. Leurs voix résonnèrent dans les translateurs portables.

— Vous avez réussi votre mission. Il est heureux que le système de transfert ait été réparé entre-temps. Nous pouvons retourner sur Tsopan sans délai.

Rien de plus. Nous nous alignâmes sous l'entonnoir, fûmes enveloppés par le scintillement bleuâtre et dématérialisés. Tout se passa sans le moindre accroc. À peine étions-nous à nouveau nous-mêmes que les Skines enfermèrent Ogh dans un champ de contention et l'emportèrent.

— Nous devons l'examiner, expliqua Skagos. Il y a quelque chose d'anormal chez lui. Nous vous tiendrons au courant dès que l'opération sera terminée. D'ici là, vous demeurerez en quarantaine.

Il ne manquait plus que ça ! Fartuloon poussa un soupir involontaire quand on nous emmena dans une pièce nue dépourvue de fenêtres. Deux paillasses en constituaient le seul ameublement. Aux murs, je découvris des senseurs convexes.

— Je me demande ce que j'ai fait pour mériter tout ça, se plaignit l'Arracheur d'Entrailles. Mon pauvre estomac ! Jamais je n'avais autant maigri !

Environ cinq tontas se passèrent. Nous ne pouvions rien faire d'autre qu'attendre. L'autorisation de prendre contact avec nos amis du *Polvpron* nous avait été refusée.

Quand la porte glissa sans bruit, nous sautâmes de nos couchettes et interrogeâmes des yeux le Skine qui entrait. La tranche sommitale de l'étrange intelligence émit une lueur traduisant la réserve. À l'arrière-plan miroitait un champ de contention emprisonnant Ogh ; ses traits affichaient une mine contrite.

— Ils t'ont examiné, murmurai-je. Qu'en est-il avec le psycho-duplicat ?

La voix de l'Arra-synthoïde m'apparut étrangement distordue.

— Ils sont incapables de me libérer du corps artificiel. Même avec leurs appareils !

— Exact ! confirma le Skine. Nous savons maintenant qu'un substrat initialement dépourvu d'âme ne délivre plus la copie de conscience qui s'y est nichée. La seule solution serait de générer sa mort. Voulez-vous l'emmener ?

Pris au dépourvu, nous acceptâmes car la joie de quitter enfin Tsopan transcendait tous les doutes. *Filons d'ici !*

Farnathia m'attendait dans le sas du *Polvpron*. Un simple regard dans ses prunelles au rouge étincelant m'apprit qu'elle était infiniment heureuse de me voir revenir auprès d'elle. Elle savait qu'Ogh était le porteur de mon psycho-duplicat. Quand je la serrai dans mes bras, je ressentis enfin la portée de ce que sa présence pouvait, le cas échéant, représenter pour moi. Ogh risquait même de se transformer en rival. Je refoulai cette pensée et étreignis ma jeune compagne. Je n'entendis même plus le verrouillage automatique du sas. Tout contre ma bien-aimée, j'oubliais les épreuves. Et elle allait également m'aider à oublier les cauchemars de Cematrang…

ÉPILOGUE

Je suis Atlan – et je ne suis pas lui. C'est mon problème, et je dois m'en accommoder. C'est également le sien et il n'arrive pas à s'en arranger.

Mais je suis également Ogh ; et si je me vois dans une glace, c'est un Arra qui me regarde ; une créature à la peau inhabituellement blême, de haute taille et efflanquée. Les yeux rouges dans un visage pâle et étroit évoquent une ascendance arkonide. Mon crâne allongé, au sommet pointu, ne porte pas de cheveux. Pourtant, mon corps n'est pas celui d'un Arra de naissance, il a été créé par ces expérimentateurs redoutables dans une éprouvette. Un synthoïde !

Je suis Atlan dans un corps arra de synthèse. Je pense comme lui, je partage ses sentiments et il m'a transmis sa haine d'Orbanaschol III. En revanche, je ne poursuis pas les mêmes buts que lui. Bien que je lui ressemble comme un œuf à un autre, je ne lui suis pas égal. Pour prendre une comparaison intelligible : je suis son double sous réflexion spéculaire. Je possède tout son savoir, toutes ses expériences, mais mon caractère est différent.

Lorsque les Skines ont enregistré le psycho-duplicat d'Atlan, une panne s'est produite. Certes, une copie de sa conscience a été durablement intégrée dans le « piège », mais la deuxième s'est trouvée libérée en même temps. C'était moi. Il va de soi qu'ils se sont lancés à ma poursuite lorsqu'ils ont constaté mon pouvoir discrétionnaire de changer de corps sans l'aide d'appareillages techniques. La traque est passée par les « mondes supérieurs » nichés dans l'hyperespace et j'ai été poussé dans mes derniers retranchements. Pourtant, Atlan n'aurait jamais réussi à s'emparer de moi si je n'avais commis une erreur majeure.

En arrivant dans la station des Arras, sur l'un de ces fameux « mondes supérieurs », j'ai découvert des corps privés de conscience propre. Je ne voulais pas laisser fuir ma chance de pouvoir acquérir ma propre enveloppe au lieu de demeurer un parasite indésirable. Je me suis donc glissé dans l'une des structures synthoïdes qui, certes, vivaient mais étaient dépourvues d'« âme ». J'ai remarqué, trop tard hélas, que j'allais être à jamais prisonnier de ce substrat. Moi, le psycho-duplicat affranchi d'Atlan, je ne suis plus capable d'intégrer un autre corps. Je dois rester à l'intérieur d'Ogh pour l'éternité.

Atlan est parvenu à m'emmener chez les Skines. Si j'étais demeuré sur Tsopan, ils m'auraient certainement tué, car ils ne connaissaient pas d'autre moyen pour se débarrasser de la réplique importune que je suis. Heureusement qu'Atlan m'emporte avec lui...

ADDITIF AU PETIT GLOSSAIRE ARKONIDE

N.d.T. : les articles qui suivent sont un complément au Petit Glossaire Arkonide figurant dans les volumes 5 et 6 de la présente édition.

Carabin, ou Arracheur d'Entrailles : désignation arkonide pour les médecins et les chirurgiens, apparue durant les *Périodes Archaïques*. Le signe distinctif de la fonction est une chaîne de cholitt (ou métal de Luurs).

Berlen Than : littéralement, Conseil des Douze. Assemblée gouvernementale du Grand Conseil ou Taï Than. Les membres en sont : 1 – le Gos'Laktrote (Maître de Cristal) ; 2 – le Khasurn-Laktrote (Maître du Calice) ; 3 – le Gos'Mascant (Maréchal de Cristal) ; 4 – le Ka'Celis-moa (Premier Haut Inspecteur) ; 5 – le Ka'Chronntis (Grand Intendant) ; 6 – le Ka'Gortis (Ministre de la Guerre, également Ministre de la Navigation et de la Flotte Spatiale) ; 7 – le Ka'Marentis (Ministre des Sciences) ; 8 – le Ka'Mehantis (économe impérial et Ministre du Commerce) ; 9 – le Ka'Gon'thek-braas'cooï (chef de l'administration coloniale) ; 10 – le Ka'Addagtis (Ministre de l'Intérieur) ; 11 – le Ka'Ksoltis (Ministre des Instances Supérieures de la Cybernétique et de l'Information) ; 12 – l'Empereur lui-même.

bioplastine, ou épiderme bioplastique : substance synthétique dont les propriétés les plus remarquables sont d'imiter à la perfection le tissu organique naturel et de pouvoir se lier à lui sans générer la moindre complication ou réaction de rejet, la bioplastine est totalement modelable, épouse les formes du corps et peut être dotée d'une pigmentation additionnelle durable grâce à laquelle son porteur, selon le principe de l'effet caméléon, peut se fondre de façon indécelable sur l'arrière-plan de son environnement. Aux yeux d'un observateur, rien ne la distingue d'un tissu biologique à croissance cellulaire normale.

Ce matériau a d'abord été élaboré dans le but de redonner une physionomie et une morphologie convenables aux victimes de dégâts corporels graves résultant d'agressions extérieures telles que des brûlures, en un temps beaucoup plus court que celui imposé par des processus de guérison naturels ou opératoires.

La bioplastine peut être appliquée ou pulvérisée sur des plaies sans inhiber ni limiter les phénomènes classiques de cicatrisation. Un matériau aussi parfait se prête également à merveille à la réalisation de masques, et c'est une de ses utilisations les plus fréquentes. De par ses propriétés, l'épiderme bioplastique ne se sépare pas directement de son substrat par de simples moyens chirurgicaux, mais doit au préalable subir une irradiation légère. Ce traitement induit une altération chimique du matériau dont les restes adhérant au corps du sujet porteur peuvent ensuite être enlevés par pelage ou frottement.

braas'cooï : colon arkonide ou Arkonide des planètes coloniales ; désignation dérivée de *Braan* et *Cooï*. Les descendants d'émigrés, du fait de leur morphologie devenue différente, ont toujours été plus ou moins regardés de haut par les Arkonides de pure souche. C'est ainsi qu'est né le second sens de *braas'cooï*, connoté d'un humour allant de l'ironie (« parenté désagréable ») au sarcasme méchant (« vaurien » ou même « fripouille ») qui peut directement inscrire le terme au registre des insultes. Le mépris hautain vis-à-vis des « Arkonides des colonies » est répandu à tel point que l'on entend très souvent la formule consacrée suivante : « Il n'y a qu'un braas'cooï pour avoir pu faire/provoquer/commettre cela… »

Avec le temps, l'expansion coloniale arkonide a engendré de trois à cinq mille peuples dérivés qui, à leur tour, se sont subdivisés en de nouveaux rameaux. Par exemple : les Iprasaniens, les nomades de l'espace, les Francs-Passeurs (Marchands Galactiques ou *Mehandor*), les Arras, les Lourds, les Zalitains, les Ekhonides, les Préboniens, les Tuglaniens, les Solténiens, les Azgoniens, les Rusufans, les

Lepsiens, etc. On se reportera avec profit au Glossaire des volumes précédents.

duel de Dagor, duel dagoriste : traduit en général par « combat total ». Il s'agit de l'art martial arkonide, pratiqué sans aucune arme ou bien avec la simple épée dagorienne, prétendument créé par le héros légendaire Tran-Atlan (voir Arbaraïth, in Glossaire des volumes précédents). Le Dagor est par extension synonyme de la Dagora. À côté du monopole coercitif de l'État existe une possibilité, pour les individus concernés, de vider leurs querelles dans les arènes ainsi que par le duel dagoriste, ou *Tyost*, dont les rituels ont été parachevés durant des millénaires. Les types de provocation, le choix des armes, la participation de témoins et d'arbitres, la formalisation des comportements tout comme le refus ou l'approbation de suppléants, ont été prévus dans les articles du Codex conformément au *Spentsch* et au *Mannax*.

Aucun homme d'honneur d'origine arkonide ne manifeste le moindre doute à l'égard de ce code, et même les essoyas l'acceptent comme l'expression d'un conflit dans lequel ni la puissance impériale ni les administrations locales n'ont droit d'ingérence. Dans ce cadre, certains combats prennent valeur de jugement divin devant lequel tout le monde s'incline sans appel. Cette coutume fait partie des fondements de la civilisation d'Arkonis et du Grand Empire au même titre que l'attachement aux Trois-Planètes ou à l'amas Thantur-Lok.

Dagora : terme désignant la philosophie du Dagor, conception spirituelle et existentielle de la chevalerie arkonide. Son code central, les Douze Principes Sacrés, fut établi en l'an 3100 *da Ark*.

Dagorcaï : présentation d'un ensemble d'épreuves du Dagor, analogue à une *Kata*.

Dagoristes : membres de l'ordre de chevalerie arkonide, basé sur la Dagora ou art/philosophie du Dagor, également appelés *Tron'athorii Huhany-Zhy* ou Hauts Orateurs du Feu Suprasensoriel et Divin.

On distingue deux courants fondamentaux dans l'art du Dagor : d'une part la recherche *mentale* – pour ne pas dire *spirituelle* – pratiquée et prônée par les maîtres suprêmes (ou Hauts Maîtres), tournée vers la méditation et l'érémitisme ; d'autre part, l'orientation *séculière* de la chevalerie arkonide, pour laquelle la première voie n'est en rien une antinomie mais plutôt un complément harmonieux qui tend idéalement à la fusion unificatrice des deux tendances.

Une formation minimale de cinq ans est considérée comme normale. À son terme, le titre de maîtrise obtenu équivaut à l'adoubement dans la chevalerie terrienne traditionnelle. La hiérarchie des rangs par ordre croissant est la suivante : hertaso (adepte), Laktrote (Maître), Taï-Laktrote (Grand Maître), Thi-Laktrote (Haut Maître). Un Dagoriste se doit de posséder l'art du combat à mains nues : aux techniques de défense reposant sur l'exploitation des forces de l'adversaire, appelées *Kanth-Yrrh*, s'ajoutent les prises de *Siima-Ley*. Les exercices de démonstration sont dénommés *Dagorcaï*. La relaxation est obtenue par la semi-hypnose dagoriste et le contrôle de la respiration.

De par leur naturel profond de combattants solitaires, les chevaliers arkonides sont demeurés des individualistes qui se sont dotés d'armes spécifiques et d'artefacts particuliers, parfois étranges à première vue : montures-robots camouflées sous un revêtement biosynthétique, légendaires ornithoptères dont la morphologie évoque celle des libellules de la Terre. Mais l'équipement traditionnel de base d'un Dagoriste ne s'avère cependant pas à sous-estimer : l'*urungor* ou épée dagorienne, l'*urunlad* ou projecteur-manchette qui génère des boucliers énergétiques répulsifs.

Dagor-Zhy : forme de méditation. Littéralement : combat pour le feu suprasensoriel de la détermination absolue.

Enfer de Hradschir ! : malédiction très usitée, même si nul ne connaît ou n'a jamais vu la planète Hradschir dont l'existence semble relever de la plus pure invention.

Gosner'alor : littéralement, « bien-être/santé et salut », « restauration de la santé perdue ». Le terme englobe les notions de médecine, de médication et de soin. Le symbole visuel en est une croix formée de deux barres noires perpendiculaires, dont un rond de couleur blanche masque l'intersection et qu'entoure un quadruple cercle interrompu à leurs extrémités, le tout sur fond bleu clair. Le même idéogramme sur arrière-plan jaune indique une alerte de type épidémie, un risque biologique quel qu'il soit, ou permet d'identifier un commando d'intervention spécifique de ces contextes.

Gosner'alor Celis : inspecteur médical ; voir ci-dessus *Gosner'alor* et, dans le Glossaire des volumes précédents, *celis* (l'œil).

Gwalon I : au dix-neuvième millénaire avant J.-C. (selon la chronologie chrétienne de la Terre) commença la colonisation de l'amas globulaire alors appelé Urdnir. Au cours de la Grande Guerre de Libération, qui dura une vingtaine d'années, les Arkonides luttèrent pour leur autonomie vis-à-vis de leurs ascendants, les Akonides.

En 18433 avant J.-C., l'amiral suprême Farthu da Lloonet proclama la souveraineté absolue de l'Empire et entama son règne sous le nom d'Empereur Gwalon I. Sous son autorité fut également menée la Guerre du Centre qui déboucha sur l'indépendance effective et définitive par rapport au Système Bleu. Le premier coup d'état militaire survenu en l'an 1808 *da Ark* (18294 avant J.-C.) permit à l'amiral Utarf da Volgathir et à ses unités liges (dont la 34e Brigade Spatiale de Débarquement) de se poser sur Arkonis.

Au dernier moment, Gwalon I réussit à prendre la fuite avec l'appui et en compagnie des amiraux Thantur et Petesch III, disparaissant pour une destination inconnue dans les profondeurs de la Galaxie. Les falsifications historiques perpétrées par Volgathir I et certains de ses successeurs, associées à la post-datation de la chronologie arkonide, ont eu pour effet que ces événements très anciens ont été occultés pour tous, à l'exception d'un cercle restreint d'initiés.

Lakhros : concept arkonide équivalent à l'Enfer.

maarte : saurien géant de la planète Jacinther IV, d'une longueur minimale de vingt mètres. Dotée d'une gueule aux mâchoires garnies de canines aussi tranchantes que des rasoirs et abritant une langue bifide, l'énorme tête du maarte porte une paire d'yeux rouges de la largeur de deux paumes et est recouverte d'écailles vertes et blanches. Il en va de même pour le reste du corps, qui s'orne de surcroît d'une multitude de taches rouges. Les flancs de l'animal possèdent d'épais replis épidermiques, et l'ensemble de son échine est hérissé de piquants cornés de la taille d'une main. Les pattes très courtes comportent une musculature extrêmement développée et se terminent chacune par six griffes acérées. La hauteur au garrot approche un mètre soixante-dix. Les maartes établissent leur tanière dans des cavités qu'ils creusent eux-mêmes sous le sol des jungles, et dont il émane une très forte puanteur. Les glandes de la mâchoire inférieure de ces sauriens sécrètent une substance liquide que recueillent les « trayeurs de maartes » et qui, exportée vers

Arkonis I, y est utilisée pour fabriquer un parfum unique en son genre appelé *maartedshin*.

synthonite : de dures périodes de pénurie, associées à une aversion profonde vis-à-vis de la nourriture d'origine naturelle (puisque son élaboration implique la mise à mort d'êtres vivants, qu'ils soient animaux ou végétaux) ont conduit dès l'époque des premières Guerres Méthaniennes au développement de la synthonite, un aliment dont la croissance se base sur la photosynthèse artificielle. Alors que le goût instinctif pour les produits naturels s'est perpétué avant tout dans le cadre des grandes cérémonies festives (au nom du maintien des normes de la haute société en matière de traditions de luxe et d'exotisme), l'alimentation de base consiste depuis lors en un mélange optimisé de nutriments, de vitamines et de sels minéraux ainsi que des oligo-éléments indispensables au métabolisme des Arkonides, même si les avis sont très partagés pour ce qui concerne les aspects visuels et gustatifs.

En conséquence de sa consommation prolongée, comme cela s'est révélé beaucoup plus tard, sont hélas apparus une sensibilisation croissante aux allergènes et un effet cumulatif désastreux des agents cancérigènes ingérés, même si leurs taux individuels demeuraient très en dessous des seuils d'initiation connus. Une immuno-déficience générale accrue explique le caractère devenu symptomatique de ces substances et la prolifération de maladies mortelles comme la leucémie ou le sarcome F Arkonis. Les périodes récentes ont vu les hommes affectés de manière bien plus fréquente que les femmes, celles-ci jouissant d'un métabolisme plus robuste ne serait-ce qu'à la suite d'une ou de plusieurs maternités, mais transmettant hélas à leurs rejetons mâles l'intégralité du potentiel carcinogène cumulé.

teault'gor, ou teoltaukan : palais, résidence, château.

Tsopan : monde originel des Skines ; seconde des quatre planètes du soleil jaune pâle appelé l'étoile de Tsopan, situé à 1 276 années-lumière de Kraumonn. Rayon orbital moyen 152 millions de kilomètres, diamètre 12 234 kilomètres, pesanteur 1,21 g. Durée moyenne du jour 12 tontas (17 heures terriennes). Pas de satellite naturel. Vers la fin du XXᵉ siècle de la chronologie terrienne, Tsopan est détruite lors d'expériences que ses habitants effectuent sur l'antimatière. Anticipant la catastrophe, un très petit nombre de

Skines réussit à s'échapper à temps en prenant la fuite à bord de quelques vaisseaux spatiaux.

Yoner-Madrul : dénomination apparue durant les Périodes Archaïques et désignant les chirurgiens (aussi appelés Arracheurs d'Entrailles ou Carabins).

Zarakh-Tantor (ordre de) : littéralement, ordre de « l'obscurité, les ténèbres, la nuit, le jour déclinant » en association à « la délivrance, la libération, la liberté ». Depuis les premiers temps du Taï Ark'Tussan, cet ordre spécifique qui existe sans bénéficier du moindre statut officiel représente la plus haute distinction que puisse se voir décerner un orbton arkonide au cours de sa carrière. Ironie qui confine au ridicule, il ne la recevra que dans le seul cas où il a agi à l'encontre délibérée de tous les ordres reçus, en obéissant uniquement à son jugement personnel, et où cette rébellion ouverte s'avérera *a posteriori* comme la seule attitude raisonnable qu'il pouvait alors adopter. La plainte pour insubordination qui accompagne la décoration constitue enfin le moindre des maux frappant l'officier et sa famille, dans la mesure où l'ordre de Zarakh-Tantor est en principe exclusivement attribué à titre posthume…

Zayii Gosner'alor Gor'chron (Z.G.G.) : littéralement, « patient/client/santé/secours/combat/chron(ners) » ; l'expression se traduit par « salut/aide dans la détresse ou dans l'urgence » et son acronyme, Z.G.G., possède un sens proche de celui de la Croix-Rouge ou du Croissant Rouge terriens. Il est très souvent employé en association avec le symbole de la médecine (voir Gosner'alor). Dans le contexte particulier propre à la mentalité des Arras, l'interprétation précise correspond plutôt à « (le) salut/(la) guérison/(la) santé (des) clients (ne s'obtient qu'au prix de) chron (ners) fixé par une dure négociation ». Autrement dit, « le client obtient ce pour quoi il a payé ».

L'AUTEUR

Né en 1961 à Andernach am Rhein, RAINER CASTOR se passionne très tôt pour la Science-Fiction avec un intérêt particulier pour les séries PERRY RHODAN et ATLAN. Vers le milieu des années 80, il devient le collaborateur de HANS KNEIFEL, l'auteur de l'équipe PERRY RHODAN qui s'est spécialisé dans les aventures de l'immortel Arkonide Atlan à travers l'Histoire de la Terre. RAINER CASTOR publie son premier roman de poche PERRY RHODAN en 1996, puis il intègre le groupe de rédaction de la série et fournit son premier épisode en 1999. Il écrit en parallèle d'autres types d'ouvrages, dont des romans historiques.

RAINER CASTOR se caractérise autant par ses connaissances scientifiques que par son expertise au sujet des Arkonides, de leur civilisation, de leur culture et de leur lointain passé – comme en témoigne le glossaire spécifique en fin de ce volume. Rien d'étonnant à ce qu'il ait donc pris en charge avec enthousiasme le remaniement des « Aventures de Jeunesse d'Atlan », parues entre 1973 et 1977 dans le cadre de la série-sœur de PERRY RHODAN, ce qui nous vaut depuis octobre 2000 la nouvelle édition servant de base à la présente collection.

PLONGEZ À TRAVERS L'ESPACE ET LE TEMPS !

DÉCOUVREZ UN AUTRE UNIVERS-CULTE DE LA SCIENCE-FICTION !

Retrouvez Atlan d'Arkonis dans un lointain futur aux côtés de **PERRY RHODAN**, héros de la plus grande saga de Science-Fiction du monde !

Vous y vivrez le futur d'une humanité unie, ses confrontations à d'autres peuples stellaires et à des puissances d'ordre supérieur, ses incursions jusqu'à des galaxies inconnues par-delà des gouffres d'espace et de temps ! Action et mystère, dépaysement et aventure, humour et exotisme mais aussi réflexion sur la place de l'Homme dans le cosmos – toutes les facettes de **PERRY RHODAN** vont vous captiver !

Saisissez l'occasion de deux numéros exceptionnels pour entrer sans plus tarder...

... dans le nouveau cycle inédit « Les Cappins », à partir de février 2004 et du **PERRY RHODAN 188** *L'Humanité au Crépuscule* – un volume enrichi des suppléments indispensables à votre embarquement !

... dans la réédition du cycle *Andromède ou les Maîtres Insulaires*, à partir de janvier 2004 et du **PERRY RHODAN 88** *À l'Assaut d'Andromède* – lui aussi pourvu du bagage de base qui vous sera nécessaire !

PERRY RHODAN,
une série des Éditions FLEUVE NOIR

Site Internet : www.fleuvenoir.fr

Renseignements complémentaires :
Fan Club BASIS
c/o Claude Lamy
18, rue Victor Hugo
18570 La Chapelle-Saint-Ursin

Site Internet : http://www.perry-rhodan.fr.st

Vous désirez en apprendre plus sur
PERRY RHODAN et **ATLAN**

Rejoignez le premier Fan Club
francophone et embarquez à bord du

BASIS

Fanzine trimestriel
L'outil de référence !

L'univers Perry Rhodan
Schémas techniques
Présentation des peuples
Analyse des cycles
L'actualité allemande
Le futur et les épisodes non traduits
Des récits originaux

Astroport : 18, rue Victor Hugo
18570 La Chapelle-Saint-Ursin

Association loi 1901
Jean-Michel Archaimbault · Claude Lamy

Site Internet : http://www.perry-rhodan.fr.st

Groupe de Discussion :
voir les modalités d'inscription (gratuite)
sur le site Internet